De Gaulle

FRANÇOIS
MAURIAC

———

De Gaulle

Préface d'Éric Roussel

Bernard Grasset
Paris

ISBN 978-2-246-14473-1
ISSN 0756-7170

Préface

On imagine mal aujourd'hui quelle attente suscita le *De Gaulle de François Mauriac en 1964. Depuis que l'auteur du* Baiser au lépreux *avait annoncé son intention de consacrer un livre au plus illustre des Français devenu en 1958 chef de l'Etat et fondateur d'une république nouvelle, la fièvre régnait dans le monde de l'édition et de la presse. Avant même que l'ouvrage fût disponible, les maisons d'édition étrangères s'en disputaient les droits. Rarement sortie en librairie fut aussi bien préparée. La curiosité se révélait d'autant plus vive que, dans les années d'après-guerre, la métamorphose du romancier en observateur sans concession de son temps avait heureusement surpris. En portant son regard sur la scène publique et ses divers acteurs, Mauriac semblait avoir trouvé une seconde jeunesse. On connaissait l'explorateur du cœur humain, on découvrit le polémiste qui se définissait lui-même comme une vieille locomotive encore capable d'écraser quelques passants. De Joseph Laniel à Georges Bidault, les malheureux chefs de gouvernement de la IVe République avaient été quasiment tous ses cibles favorites, sort d'autant plus cruel que beaucoup d'entre eux, et ils le savaient, ne devraient leur survie dans l'Histoire qu'à leur pré-*

sence dans le célèbre Bloc-Notes *donné d'abord au* Figaro *puis à* L'Express *quand le public conservateur ne supporta plus les prises de position non conformistes de l'académicien sur la décolonisation de l'Afrique du Nord. Sans détenir aucun mandat, Mauriac, au fil des ans, était devenu un acteur du jeu politique – une puissance d'autant plus redoutée qu'on le savait totalement indépendant. On mesure son influence si l'on veut bien considérer que, lors des élections législatives de 1954, ses prises de position en faveur de Pierre Mendès France, chef du Front républicain, firent basculer, selon les spécialistes, près d'un million de voix catholiques.*

Couronné par le prix Nobel de littérature en 1952, promu grand-croix de la Légion d'honneur en 1958, considéré par le Général comme le plus grand écrivain français vivant, François Mauriac atteignait donc le sommet de la gloire quand, sourd aux souhaits de son éditeur désireux de le voir raconter ses engagements politiques, il décida d'écrire un livre sur celui qui venait de restaurer l'Etat, de mettre fin au drame algérien, suscitant ainsi sa fervente admiration. L'ouvrage, pourtant, ne déclencha pas un concert de louanges unanimes. Certains, et non des moindres, ne cachèrent pas leur déception face à un essai en forme de déclaration d'amour exaltée. « Un grand homme, de Gaulle, un grand écrivain, Mauriac, un mauvais livre le De Gaulle de François Mauriac, décréta Claude Roy dans L'Observateur. [...] Mauriac est semblable devant de Gaulle à ces amoureux passionnés qui alternent les déclarations enflammées avec des crises d'agressivité infantile, qui ne parviennent pas à fondre dans un même sentiment bienveillant et clairvoyant leur tendresse justifiée et leurs réticences nécessaires, le don de soi et la défense de soi. » Sur l'autre bord de l'échiquier politique, le ton ne fut pas moins vif. Dans son pamphlet Mauriac sous de Gaulle, Jacques Laurent ne fit grâce à l'auteur du Bloc-Notes d'aucune omission, complaisance ou jugement aventuré : il n'eut pas de mal à établir, par exemple, que de Gaulle n'avait nullement prévu le rôle de l'aviation dans les guerres modernes ou encore que le traité franco-soviétique conclu à Moscou en décembre 1944 avait eu une contrepartie puisque la France envoya bel et bien un représentant officieux, Christian Fouchet, auprès du comité de Lublin, composé de Polonais aux ordres des Soviétiques.

La postérité sera sans doute plus juste à l'égard de ce livre car si François Mauriac – qui d'ailleurs ne se prétendait pas historien – a pu en effet offrir le flanc à la critique en apprêtant un peu trop la statue élevée à la gloire du Général, il ne s'est guère trompé sur l'essentiel. Alors qu'à l'époque et au sein même de l'intelligentsia, beaucoup voyaient l'aura de l'homme du 18 Juin ternie par son retour aux affaires en 1958 et prédisaient un peu vite la fin de la Ve République, Mauriac, sans tarder, a perçu le caractère fondamental de ce tournant politique et constitutionnel. Mieux que maints spécialistes, il a senti que la France était lasse de l'impuissance de l'exécutif, évidente sous les IIIe et IVe Républiques, appelait de ses vœux le « pouvoir actif » défini par Bertrand de Jouvenel et si bien incarné par de Gaulle.

François Mauriac, en vérité, n'avait jamais aimé le régime né de la défaite de 1870. Catholique fervent, il avait été très choqué par les circonstances pénibles dans lesquelles s'était déroulée, au début du XXe siècle, l'indispensable séparation de l'Eglise et de l'Etat et il ne devait guère pardonner à la IIIe République ce péché originel. A l'exception de Pierre Mendès France, les radicaux étaient ses bêtes noires : il leur faisait grief non seulement d'une attitude sectaire en matière religieuse mais aussi d'une politique étrangère non conforme aux intérêts permanents de la France. Car, par un curieux paradoxe, ce disciple de Marc Sangnier s'est toujours trouvé en accord, dans le domaine extérieur, avec la ligne définie par les porte-parole de l'Action française, à commencer par Jacques Bainville : il en fait d'ailleurs l'aveu dans le présent livre. Maurice Barrès aussi l'a marqué au plus haut point, et pas seulement parce que, dans un article enthousiaste *paru dans* L'Echo de Paris, *il a salué son premier recueil de poèmes* Les Mains jointes. *De Barrès, Mauriac n'appréciera évidemment jamais les textes anti-dreyfusards; en revanche, il fit sienne sa critique d'une IIIᵉ République défigurée par l'hypertrophie du pouvoir législatif, et surtout sa conception d'une histoire de France pleinement acceptée dans sa globalité et sa diversité. Sur ce point, Barrès se distinguait nettement du courant maurassien, réfractaire à la Révolution. Tel était aussi le sentiment de Charles de Gaulle et sans doute n'a-t-on pas assez souligné combien leur commune admiration pour Barrès a pu rapprocher l'homme d'Etat et l'écrivain.*

Lorsqu'ils se rencontrèrent pour la première fois au ministère de la Guerre, le 1ᵉʳ septembre 1944 dans un Paris « encore fumant », à peine libéré de l'occupation allemande, Mauriac et de Gaulle purent donc constater qu'ils parlaient le même langage : la France pour laquelle ils s'étaient battus depuis 1940 était bien ce pays que tous deux avaient spontanément tendance à placer au-dessus des autres, mais aussi une nation ouverte, se définissant avant tout par sa langue. Ils s'aperçurent vite aussi qu'ils avaient les mêmes ennemis, ce qui constitue toujours un lien très fort. Jusqu'au bout, ils furent haïs par les représentants d'une droite intolérante, passéiste, nostalgique de Vichy. Sans doute ne furent-ils pas toujours absolument d'accord. François Mauriac ne cacha nullement son aversion pour le Rassemblement du Peuple Français : en voulant réunir les droites au sein de ce mouvement, de Gaulle à ses yeux faisait fausse route et les événements ne tardèrent pas à lui donner raison. Provisoirement, l'écrivain reporta ses espoirs sur Pierre Mendès France. Beaucoup plus tard, à partir de 1968, il devait manifester aussi beaucoup de sympathie à Georges Pompidou, ce qui agaça un peu le Général. Cependant, à l'égard de ce dernier, les sentiments profonds de Mauriac ne varièrent guère.

Avec ce De Gaulle *vibrant de passion, on est loin évidemment de l'objectivité souveraine d'un Tocqueville. Mauriac ne cherche aucunement à dissimuler son soutien au fondateur de la Ve République. Parfois, inconsciemment, il substitue ses propres motivations à celles de son héros. Reste un livre précieux à l'intelligence du peintre et de son modèle, indispensable surtout pour qui veut comprendre les raisons du ralliement à de Gaulle d'une large partie de l'opinion à partir de 1958.*

ÉRIC ROUSSEL

I

L'histoire d'un homme, c'est l'histoire d'une époque. « Trente années de la vie du monde », voilà le sous-titre d'une biographie de Charles de Gaulle, et je ne l'envisage pas sans frémir. Comme les faux romanciers, les historiens amateurs courent les rues. Pour moi, je n'essaierai pas de donner le change ni de feindre d'être armé pour une telle entreprise.

Il reste qu'au long de ces trente années, je me suis fait une certaine idée du général de Gaulle. Cette idée est tout le sujet de mon livre. Je me le redis pour me rassurer, comme si ce qu'est de Gaulle à mes yeux pouvait être séparé de ce qu'il a fait ! Je ne cesserai donc de me mesurer à cette histoire que je ne raconterai pas.

Que faire donc ? Rien que de regarder mon modèle, que de continuer à le dévorer des yeux comme je le fais depuis 1944, et de rêver tout haut de lui comme je faisais durant l'Occupation – car une part de rêve demeure dans les rapports que nous entretenons avec lui. Le mythe qu'il fut pour nous durant les quatre années de la résistance ne s'est jamais tout à fait dissipé.

Ce n'est pas qu'il nous fascine et que je sois incapable d'un jugement désintéressé en ce qui le concerne, comme certains m'en accusent. Je ne cesse de le juger depuis

1940 et parfois de revenir sur tel de mes jugements. Ainsi pour le R.P.F. auquel je fus hostile. Je montrerai, le moment venu, en quoi je paraissais avoir raison – et pourtant, sur un point essentiel, j'étais aveugle. Je ne me suis jamais interrompu d'observer de Gaulle avec une curiosité, avec un intérêt qui est le contraire de l'état de transe dans lequel on veut que j'entre dès qu'il s'agit de lui. Un intérêt, il est vrai, pénétré d'angoisse parce que l'histoire n'est pas finie, que je n'en connais pas le dernier chapitre et que Brutus et que Cassius s'agitent dans l'ombre de ce grand destin.

Ce n'est pas une histoire que je raconte, mais d'abord un portrait que je m'efforce de cerner : avec des traits, des hachures, des retouches, des repentirs, rien qui ressemble à un plan logique et raisonné. Et lorsque la figure apparaîtra telle que je l'ai conçue, je me tournerai, dans une seconde partie, vers de Gaulle lui-même et je ferai une remontée à travers ses textes (dont certains parmi les moins connus), jusqu'à ce que j'aie trouvé la confirmation par de Gaulle lui-même de l'idée que je me suis faite de lui dès le premier jour où nous déjeunions face à face, le 1er septembre 1944, rue Saint-Dominique.

La brume ne s'est jamais tout à fait dissipée qui le baignait à l'époque où il n'était pour nous qu'une voix brouillée par les parasites de l'ennemi : « Ici, Londres ! Le général de Gaulle vous parle… » C'était à Malagar, au cœur d'un hiver, le plus noir de toute notre vie. Nous entendions, au-dessus de nos têtes, craquer les bottes de l'officier allemand.

Ce de Gaulle mythique, une page écrite à Vémars, en Seine-et-Oise, le 19 août 1944, en fixe la dernière image. Elle parut dans l'un des premiers numéros du *Figaro* libéré, le 24 août, sous ce titre : *Le premier des nôtres.*

Une voix pleine de larmes lisait cette page à la radio dans le bruit des cloches de Paris ; et tandis que j'écoutais, que je m'écoutais moi-même, les Allemands en déroute depuis Le Bourget envahissaient le jardin, pénétraient dans la maison. Si je m'arrête à cette anecdote, c'est pour bien marquer qu'à cette vision du de Gaulle mythique une autre était en train de se substituer qui dure encore.

Le 30 août, Vémars est libéré. J'avais cherché un refuge, la dernière nuit, chez mon voisin Emile Roche qui m'avait accueilli et donné sa propre chambre. Le 31 août, mes deux fils, envoyés par le général de Gaulle, venaient me chercher dans une auto de la présidence. Des soldats enlevaient encore des mines sur la route du Bourget. Dans mon souvenir, je croyais être allé directement de Vémars à la rue Saint-Dominique, où j'aurais déjeuné avec le général. Mais le journal de Claude Mauriac est formel : c'est le 1er septembre 1944 qu'eut lieu ce déjeuner, que pour la première fois je vis le héros face à face et qu'enfin je ne l'imaginai plus.

J'épingle ici quelques traits du *Premier des nôtres*, comme je ferais d'un portrait-souvenir du de Gaulle mythique auquel allait se substituer celui que j'attendais, le cœur battant, en ce matin du 1er septembre, les yeux fixés sur la porte qu'il allait pousser. Voici comment débutait cette page qui fit grand bruit à ce moment-là :

A l'heure la plus triste de notre destin, l'espérance française a tenu dans un homme ; elle s'est exprimée par la voix de cet homme – de cet homme seul. Combien étaient-ils, les Français qui vinrent alors partager sa solitude, ceux qui avaient compris ce que signifie : faire don de sa personne à la France ? Morts ou vivants, ces ouvriers obscurs de la première heure resteront incarnés pour nous dans le chef qui les avait appelés, et qu'après avoir tout quitté ils ont suivi, alors que tant d'autres flairaient le vent, cherchaient leur avantage, trahissaient. C'est vers lui, c'est vers eux que la France débâillonnée jette son premier cri ; c'est vers lui, c'est vers eux que, détachée du poteau, elle tend ses pauvres mains. Elle se souvient : Vichy avait condamné cet homme à mort par contumace. Le jeune chef français qui, le premier en Europe, avait connu, défini les conditions de la guerre nouvelle, recevait l'anathème d'un vieux maréchal aveugle depuis vingt ans. La presse des valets français, au service du bourreau, le couvrait d'outrages et de moqueries. Mais nous, durant les soirs de ces hivers féroces, nous demeurions l'oreille collée au poste de radio, tandis que les pas de l'officier allemand ébranlaient le plafond au-dessus de nos têtes. Nous écoutions, les poings serrés, nous ne retenions pas nos larmes. Nous courions avertir ceux de la famille qui ne se trouvaient pas à l'écoute : « Le général de Gaulle va parler, il parle ! » Au comble du triomphe nazi, tout ce qui s'accomplit aujourd'hui sous nos yeux était annoncé par cette voix prophétique...

« Le Général va venir... » Comment ceux qui n'ont pas vécu, souffert, et sinon combattu, du moins obscurément résisté dans la France occupée, sans avoir un seul jour (ce fut mon cas) franchi la ligne de démarcation, pourraient-ils comprendre que je dus, pour ne pas défaillir, m'appuyer au mur ? Mais ce fut ma dernière « transe ». Quelques instants après, assis à sa table en face du général de Gaulle, je le regardais, je l'observais comme je n'allais plus cesser de le faire, à la fois déconcerté et intéressé, non plus « sous le charme », comme on dit – au contraire délivré du charme qu'exprime *Le premier des nôtres* – mais pris dans le mouvement d'une pensée souveraine. Elle ne se manifestait pas d'ailleurs à moi, ce matin-là, dans ce Paris à peine libéré, avec solennité ni même gravité. Que n'ai-je noté ce qui fut dit au long de ce premier déjeuner ! Si mon fils Claude avait été présent, j'en retrouverais tout aujourd'hui. Ce qui me déconcerta, ce fut précisément que le drame en train d'être vécu fut à peine abordé. Qui l'eût cru ? De Gaulle m'interrogeait sur André Gide ! Il s'intéressait à l'Académie, aux sièges à pourvoir. Je me rendais compte que pour cet homme, la libération de Paris avait dû être un moment essentiel, certes, mais enfin qu'il ne détachait pas du temps vécu depuis juin 40 et du temps à vivre encore, jusqu'à ce que la nation ait été rétablie dans sa puissance et dans sa gloire.

Ce que j'eusse voulu connaître, ce matin-là, c'étaient les chances que le Général pensait avoir de réussir l'amalgame des F.F.I., des F.T.P. avec l'armée régulière, de maîtriser la province alors que toutes ses forces étaient jetées dans la bataille aux côtés des Alliés ; la France serait-elle présente le jour du règlement des comptes ?

J'appartenais moi-même alors au Front national. Je me trouvais empêtré dans ce filet que tenait fortement le Parti communiste. J'aurais eu mon mot à dire sur sa tactique... Mais non : de Gaulle s'intéressait à André Gide et à l'Académie ! J'étais un écrivain et, certes, cela comptait à ses yeux. S'il se glorifie de quelque chose au monde, c'est d'être lui-même un écrivain français. Sans doute eût-il été fort capable de prononcer le mot de Louis XVIII sur Chateaubriand : « Il faut se donner de garde de rien confier à ces gens-là, ils perdraient tout... » Mais il ne l'eût pas dit du même ton méprisant, ni même avec une ombre de dédain, car il n'y a rien du capital de gloire de la France, qui compte plus pour lui que ses écrivains. Mais ils ne sont pas utilisables, à la manière d'un financier ou d'un légiste. Je ne sais si André Malraux a jamais osé dire au Général que ce qui lui aurait convenu, à lui, André Malraux, ce n'était pas de débarbouiller les monuments de Paris ou d'inaugurer des musées, c'eût été d'être ministre de l'Intérieur.

Ce dont je pris conscience, au cours de cette première rencontre, ce ne fut pas du mépris que ses ennemis prêtent au général de Gaulle à l'égard de tous les hommes, mais de cette petite distance infranchissable entre nous et lui, non celle que crée l'orgueil de la grandeur consciente d'elle-même, mais celle que maintient cette tranquille certitude d'être l'Etat, et c'est trop peu dire, d'être la France.

Louis XIV n'a peut-être jamais dit : « L'Etat, c'est moi. » Et si Mme du Barry appelait familièrement Louis XV : « La France », c'était façon populaire de parler. Pour moi, « observateur du cœur humain » par profession, j'étais assis en face de quelqu'un qui ne se distinguait pas de la France, qui disait ouvertement : « Je suis la France » sans que personne dans le monde criât au fou. Il ne me déplaisait pas, ce jour-là, de me sentir séparé de ce personnage étrange, de n'avoir rien à faire qu'à ouvrir l'œil, qu'à dresser l'oreille. Un personnage, j'en avais inventé beaucoup mais, le croirait-on, je n'en avais jamais vu, ce qui s'appelle vu. Et celui-là, qui se tenait enfin sous mon regard, à la fois mythique et de chair et d'os, shakespearien et contemporain, à la fois en pleine vie, en pleine Histoire et en pleine littérature, je serais tout à mon aise, aux premières loges, pour le suivre de près, au long du dernier acte de la pièce dont les premiers s'étaient déroulés loin de moi et dont je n'avais eu que l'écho déformé.

Du même coup, et dès les premiers jours qui suivirent ce déjeuner, je vis naître le malentendu qui dure encore entre le général de Gaulle et les résistants des diverses formations politiques. Ce bref intervalle entre lui et nous dont je m'accommodais le mieux du monde parce que je n'appartenais pas à une certaine faune parlementaire, cet intervalle infranchissable pour les bourrades, pour les tapes sur le ventre, pour les : « Comment va, Président ? », il régnait déjà entre de Gaulle et les partis, comme il règne encore aujourd'hui.

Au Front national, auquel j'appartenais (sans l'avoir choisi et parce que mon réseau de résistance s'y était trouvé inféodé), on commentait avec scandale le refus opposé par le Général à un jeune résistant syndicaliste, Louis Saillant, qui avait souhaité de recevoir certains apaisements. Les syndicats n'avaient point à se mêler des affaires de l'Etat, fût-ce pour poser des questions ; c'est tout ce qu'obtint de de Gaulle notre résistant, très influent dans les milieux syndicaux : de quoi stupéfier et indigner tout ce petit monde, résidu grouillant de la IIIᵉ République, très vivace encore.

Ce que ces politiciens, ces militants ne comprenaient pas, c'est que cette distance entre de Gaulle et eux, il la maintenait entre Churchill et lui, entre Roosevelt et lui. Aucun sentiment d'une supériorité sociale, à leur égard, ou même personnelle, mais affirmation d'une autorité souveraine, d'une autonomie essentielle, non celle d'un homme, mais celle de l'Etat, et plus que de l'Etat : celle de la nation.

Cet écart, maintenu entre lui et tous les individus et toutes les collectivités qui ne sont pas « le peuple » (le peuple sur les places et sur les routes des villages traversés), j'y fus sensible à l'extrême, le 12 septembre 1944, au Palais de Chaillot, lors de la réunion organisée par le Comité national de la Résistance. C'était la première fois qu'il se réunissait officiellement autour du général de Gaulle, dans ce Paris fumant où des barricades se dressaient encore. Comme nous allions pleurer ! De Gaulle, bien sûr, évoquerait les fusillés et les torturés. Comme on

allait crier vengeance ! Il n'en fut rien. Le Général passa
vite sur tout le côté passionnel de la conjoncture. Il hait la
sensiblerie, ce Français de Lille. Et nous, les âmes tendres,
nous nous sentions glacés. Nous ne savions que faire de
nos mouchoirs. Tout autre homme que de Gaulle aurait
changé cette rencontre entre le premier résistant de France
et la masse des résistants en une séance du genre « baiser
Lamourette ». Mais lui, il alla droit et sèchement aux
questions les plus brûlantes et qui divisaient le plus les
Français de gauche : les milices, les F.F.I. et les F.T.P.,
incorporés de force dans l'armée régulière ; nos alliés à
convaincre qu'ils se trompaient en traitant la France avec
ce mépris que Yalta allait manifester à la face du monde.

Nous avions cru que de Gaulle s'adresserait aux survivants que nous étions de cette lutte dans les ténèbres qui
avait duré quatre années ; mais il s'en moquait bien : ce
qui l'obsédait, ce jour-là, et ce qui comptait seul, c'était ce
qui l'obsède encore aujourd'hui, après vingt ans :
convaincre nos alliés de ce qui est dû à la France de tout
temps à jamais. En 1964, au moment où j'écris ceci, de
Gaulle achève de persuader l'ombre de Roosevelt qu'il n'y
a rien à gagner à vouloir se passer de la France et que
Yalta lui coûterait cher.

Ce que les résistants réunis à Chaillot avaient souffert
ne paraissait pas plus intéresser de Gaulle que ne l'intéressait ce que lui-même avait souffert et souffrirait encore.
Rien ne lui importait moins que de s'attendrir sur le
révolu. Avoir donné sa vie à la France, c'était la moindre
des choses, et à quoi bon en parler ? Refaire l'Etat ; refaire
l'Armée, faire la guerre, forcer la main aux Alliés pour
que la France fût présente à leur côté dans l'Allemagne
occupée, et à sa capitulation, cela seul comptait. Pour le
reste, que les morts enterrent les morts !

Un froid de banquise soufflait sur nous. Notre déception était faite de toutes les larmes que nous n'avions pas
versées. Quant à ceux d'entre nous dont la politique était
la profession, à toute cette faune de comités et de congrès,
ils prenaient conscience de ce qui allait être leur drame :
ce général qui avait un nom « à courant d'air », sorti de
Saint-Cyr et de l'Ecole de guerre leur apparaissait comme
l'incarnation de ce qui leur était le plus antipathique :
prépondérance absolue de l'Etat, culte de la nation, indifférence aux idéologies, méfiance à l'égard des partis politiques, mais c'est trop peu dire : hostilité déclarée à leur
endroit et détermination de les dominer, de les réduire à
l'impuissance, si possible de les détruire. Les politiciens
professionnels le comprenaient, dès ce jour-là ; cet homme
serait leur drame ; cette barre de fer ne plierait pas ; il
fallait le prendre ou le laisser, comme on dit, mais l'histoire, qui commençait ce jour-là et qui dure encore, se
ramènerait à ceci : chaque fois qu'on le laisserait, on serait
obligé de le reprendre sous peine de mort. Cet homme
insupportable était un homme inévitable.

Autour de cette contradiction, se noua ce jour-là l'histoire de de Gaulle, et lui-même en eut conscience. Il note
dans ses *Mémoires de guerre* qu'il sortit de Chaillot le
cœur plein de doute :

> Il est vrai, qu'entrant dans la salle, prenant place, pro-
> nonçant mon discours après l'allocution éloquente de
> Georges Bidault, j'avais été l'objet d'ovations retentissantes.
> A n'écouter que les vivats, j'aurais pu me croire reporté aux
> assemblées unanimes de l'Albert Hall et de Brazzaville ou
> aux auditoires bien accordés d'Alger, de Tunis, d'Ajaccio.
> Pourtant, je ne sais quelle tonalité différente de l'enthou-
> siasme, une sorte de dosage des applaudissements, les
> signes et les coups d'œil échangés entre les assistants, les
> jeux de physionomie calculés suivant mes propos, m'avaient

fait sentir que les « politiques », qu'ils fussent anciens ou nouveaux, nuançaient leur approbation. On discernait que, de ce côté, l'action commune irait se compliquant de réserves et de conditions.

Plus que jamais, il me fallait donc prendre appui dans le peuple plutôt que dans les « élites » qui, entre lui et moi, tendaient à s'interposer. Ma popularité était comme un capital qui solderait les déboires, inévitables au milieu des ruines (III, p. 8).

« Plus que jamais, il me fallait prendre appui dans le peuple plutôt que dans les "élites" qui, entre lui et moi, tendaient à s'interposer... » Voilà la phrase-clé de ce destin. Il n'y a pas d'autre débat entre de Gaulle et les hommes politiques de tous les partis : il les supprime par sa seule présence. Il n'a pas besoin d'eux. Ils deviennent comme de vieux tramways ne pouvant plus servir à rien. La foire à la ferraille, le marché aux puces, à la place de Matignon ou du ministère de l'Intérieur ! Quelle différence de perspective ! Tout le problème pour eux est de savoir s'il s'agit d'un anéantissement provisoire, lié à la présence de de Gaulle, et s'ils rentreront dans la danse, lui disparu ; ou si de Gaulle a ruiné pour toujours le système dont la France a manqué de mourir mais qui, politiquement, était leur vie.

De Gaulle n'avait pas attendu cette réunion de Chaillot pour prendre conscience de cette opposition irréductible. Déjà, à Alger, dès 1943, il avait vu clair : « Sondant les âmes, écrit-il dans ses *Mémoires de guerre* à propos de l'Assemblée consultative, j'en venais à me demander si parmi tous ceux-là qui parlaient de révolution, je n'étais pas en vérité seul révolutionnaire » (II, p. 153).

Oui, le seul révolutionnaire ; et la révolution qu'il exige ne relève d'aucune idéologie. Aussi dresse-t-elle contre lui tous les idéologues de la gauche, tous les idéologues de la droite. La révolution qu'il exige et qu'il accomplira contre vents et marées (quelles marées et quels vents !) est liée aux conditions de la survie pour la France – conditions que refusait, que repoussait la génération politique formée par la IIIe République et encadrée dans les partis traditionnels.

C'est le moment de poser la question : « Qui est donc cet homme plus fort que tous les autres ligués contre lui ? » Un prophète qui s'est cru investi par une volonté d'en haut ? Non : Ce chrétien n'a pas entendu de voix. Il a cru avant l'événement, et il a vérifié quand l'événement a surgi, que le caractère de l'homme qu'il était dominerait l'événement quel qu'il fût. Il a su que son caractère serait sa destinée.

Je relis *Le Fil de l'épée*, paru en 1932, mais la plupart des pages qui le composent reproduisent trois conférences données à l'Ecole supérieure de guerre en 1927 par le capitaine de Gaulle : *L'Action de guerre et le Chef*, *Du caractère*, *Du prestige*. Treize ans avant la catastrophe imprévisible, inimaginable à cette époque, ce jeune chef de trente-sept ans, d'avance sait ce qu'il fera et ce qu'il sera.

Au long de sa vie publique, il ne tiendra compte que de ce qui est ; l'analyse du réel, une analyse qu'aucun préjugé ne vicie, constitue sa force. Mais le réel, c'est aussi sa nature à lui, Charles de Gaulle, c'est son caractère dont les possibilités ne lui échappent pas plus que le reste : ce caractère qui nécessitera son destin.

Je m'interroge sur ce jeune chef qui, en 1927, au même titre que moi était un écrivain, qui avait été un enfant, un adolescent, qui avait dû souffrir, qui avait dû être aimé et aimer, qui priait, qui avait une idée de Dieu et des rapports avec Dieu : pas une ligne de ce qu'il a écrit à ma connaissance ne concerne cet inconnu. Il s'est sans doute livré dans un cri à son ami Louis Nachin à l'époque où, en 1929, il quittait à Trèves le commandement du 19e bataillon de chasseurs à pied : « Ah ! toute l'amertume qu'il y a de nos jours à porter le harnais ! Il le faut pourtant. Dans quelques années, on s'accrochera à mes basques pour sauver la patrie... » Ce cri d'orgueil prophétique concerne la patrie et non son destin d'homme privé. En 1927, on pourrait croire qu'il n'a déjà plus d'histoire particulière (il en avait une, bien sûr !).

Si, depuis le romantisme, un homme de lettres est d'abord quelqu'un qui se livre, Charles de Gaulle, certes, n'en est pas un, soit qu'à aucun moment il n'ait été tenté, comme nous le sommes tous, depuis Montaigne, d'être lui-même la matière de son ouvrage, soit que le personnage historique à peine né, et à mesure qu'il grandissait, ait dévoré et ait fini par absorber l'homme privé, de sorte que très tôt il ne parvint plus à se dissocier lui-même de la France et qu'il ait fini par ne plus pouvoir se regarder à part.

Et certes cela n'étonne pas, ou du moins cela se conçoit à partir du 18 juin 1940. Réfugié à l'étranger, un fou considère qu'il est la France et le monde l'a cru parce que c'était vrai, parce que son affirmation, qui apparaissait d'un fou, relevait en réalité de l'analyse du réel le plus réel. Mais, treize ans plus tôt, alors qu'aucune perspective autre que celle d'une carrière militaire normale ne s'ouvrait devant ce capitaine, nul doute, et c'est là l'étrange, qu'il ait pressenti et c'est trop peu dire : qu'il ait connu son destin.

Qu'il n'ait pas cédé alors à cette pente de se confier et de se livrer, c'est que dès ce moment-là une seule passion

dominait toutes celles qu'il avait eues, s'il en eut jamais :
c'était la France, la France aimée – non comme elle l'était
par un maurrassien ou par un homme de gauche en tant
qu'elle incarne certaines idées, non pas la France de la
révolution ou celle de l'ordre monarchique – mais la
France telle qu'elle a été faite par mille ans d'Histoire, la
France telle qu'elle est, si précieuse et si menacée, qui n'a
reçu aucune promesse d'éternité, que la géographie même
offre comme une proie facile à la tentation de l'envahisseur allemand et que les mauvaises mœurs politiques de
son peuple condamnent aux divisions des partis et à l'ins-
tabilité mortelle du pouvoir. Dès *Le Fil de l'épée*, il ne dut
plus y avoir pour ce capitaine d'autre histoire à raconter
que celle de cet unique amour.

Il fut un temps – et ce temps dura presque toute ma vie
– où le prestige de l'écrivain l'emportait pour moi sur tout
autre et pas seulement celui du créateur d'un monde
comme Balzac ou Proust, mais même celui d'un auteur
de confessions comme André Gide et comme la plupart
d'entre nous. Je constate qu'à la fin de ma vie, et tandis
que j'observe de Gaulle, tout m'apparaît dans une autre
perspective. A peine Gide, que j'ai tant admiré, était-il
entré dans son repos, que son œuvre sous mon regard s'est
réduite à très peu ; et j'y cherchais en vain ce qui durant
tant d'années m'avait séduit ; mais ce qui en subsistait,
c'était cette obsession d'une difformité glorifiée et subli-
mée, la prédominance du sexuel.

Au sortir de ce déjeuner du 1er septembre 1944 où de
Gaulle que je voyais pour la première fois me surprit
beaucoup en me parlant de Gide, dans ce Paris encore
fumant, il se produisit au-dedans de moi un renversement
de valeurs ; la vraie grandeur (la sainteté mise à part)
m'apparut dans la gloire d'un homme qui s'est identifié

avec son peuple. Et non dans celle d'un homme qui s'est identifié avec sa difformité. Avant de Gaulle, au cours de ma longue vie, c'est un fait qu'aucun homme public, vu de loin ou de près, n'avait suscité en moi ce renversement. Il est vrai que le maréchal Lyautey, par exemple, je ne l'ai connu qu'à son extrême déclin. Ce n'était plus qu'un vieux lion aux rugissements dérisoires. Je n'ai jamais approché Clemenceau. Il n'empêche qu'à la lumière de de Gaulle sans soldats, sans mandat de personne, obscur et inconnu, né en quelque sorte d'un désastre honteux, jeté sur le rivage de l'Angleterre par une vague horrible, et tenant tête pourtant à deux illustres vainqueurs : Winston Churchill et Franklin Roosevelt, oui, j'ai compris pourquoi, en 1919, à Versailles, Clemenceau me paraissait décevant, lui, le chef de la France victorieuse, de la plus puissante armée du monde, et qui ne tenait pas le coup contre le président Wilson et contre Lloyd George, deux très petits hommes comparés à Churchill et à Roosevelt.

Je n'entre pas en transe devant de Gaulle mais c'est vrai qu'à partir de ce premier déjeuner j'ai eu un sentiment nouveau de ce qu'étaient la vraie grandeur et la vraie gloire.

Quelle est-elle ? Qu'y avait-il de si étrange et de si singulier, dans ce général de brigade à titre temporaire, passé en 1940 à la dissidence et qui allait être pour ce crime condamné à mort ?

Depuis la Libération, qu'il ait tenu la barre ou qu'il s'en soit volontairement écarté, rue Saint-Dominique, à Colombey-les-Deux-Eglises, à Matignon, ou à l'Elysée, son pouvoir demeure, ce pouvoir qu'il détenait déjà à Londres, à Alger, contre lequel la volonté du tout-puissant Roosevelt devait se briser. Un pouvoir fondé sur quoi ? Le général de Gaulle n'est pas un génie, au sens où le général

Bonaparte en était un. Le terme d'ailleurs paraît trop vague pour un esprit qui est le contraire du vague. Que son caractère fût sa destinée, il l'a vu avec précision dès le départ et même treize ans avant le départ. Le capitaine de trente-sept ans savait à quels traits de sa nature il devrait de dominer la vie.

Un vieil homme de ma sorte, s'il considère son existence révolue, la part du hasard, qu'elle lui paraît grande, quelle qu'ait été celle du vouloir et de l'audace ! Il mesure ce qu'il doit aux circonstances qui ont infléchi son destin et qui auront décidé de tout. De Gaulle, lui, demeure pour moi l'unique exemple d'un homme encore en pleine jeunesse, et obscur, et qui treize ans avant que l'Histoire l'ait pris pour ne plus le lâcher, définit avec une précision confondante ce qu'il faut qu'il soit pour pouvoir maîtriser des événements alors imprévisibles, et dont personne n'aurait pu, en 1927, imaginer l'horreur. Car l'autre homme encore obscur, Adolf Hitler, n'avait pas quitté la coulisse ou s'il traversait la scène déjà, on pouvait le prendre pour un comparse peut-être même comique.

Le chapitre du *Fil de l'épée* intitulé « Le Caractère » est un cas étrange de prophétie réalisée grâce à la seule analyse que fait de lui-même cet officier français : en se déchiffrant, il déchiffre du même coup les circonstances qui, à partir de 1940, obligeront son peuple à ne plus se passer de lui comme il l'avait annoncé en 1929 à Louis Nachin.

Il ne s'agit pas d'une inspiration mystique, mais d'un constat : « Tel que me voilà, je ne puis pas ne pas être, à un moment donné, au centre du drame. » Il discerne une correspondance inéluctable entre la force qu'il détient, liée à ce qu'il appelle « le caractère », et le destin d'une nation victorieuse et en apparence toute-puissante, mais qui commence à glisser, et de Gaulle, esprit simplificateur, a déjà noté et enregistré les raisons politiques de ce glissement qui va à la mort.

Non, rien de mystique chez ce soldat, maître de l'analyse, qui tire sa prévision à la fois de ce qu'il observe au-dehors, et de ce qu'il constate au-dedans de lui : toute cette force dont il déborde, et toute cette faiblesse des peuples et de leurs assemblées ; cet amour en lui, ce don total à la France et au-dehors tous ces intérêts particuliers qui se liguent et qui s'entrechoquent.

Certes, il croit à son étoile ; mais il connaît les raisons de son étoile. Il a décuplé en lui par l'étude qu'il en fait, par l'exercice quotidien de ses dons, « le caractère » :

> Ce qu'Alexandre appelle « son espérance », César « sa fortune », Napoléon « son étoile » n'est-ce pas simplement la certitude qu'un don particulier les met, avec les réalités, en rapport assez étroit pour les dominer toujours ? Souvent d'ailleurs, pour ceux qui en sont fortement doués, cette faculté transparaît au travers de leur personne, sans que leurs paroles ni leurs gestes aient rien en soi d'exceptionnel, leurs semblables éprouvent à leur contact l'impression d'une force naturelle qui doit commander aux événements. Cette impression, Flaubert l'exprime quand il nous peint Annibal adolescent revêtu déjà « de l'indéfinissable splendeur de ceux qui sont destinés aux grandes entreprises ». (*Le Fil de l'épée*, pp. 12-13.)

Ce n'est pas le trait qui frappe le moins chez le jeune chef de 1927 que dès cette année-là il pressent à la fois qu'il dominera sur les êtres et qu'il ne sera pas aimé d'eux, ou du moins, s'il est aimé, ce ne sera pas cela qu'il cherchait ni ce qu'il souhaitait d'être. Car le prix de cette maîtrise des événements, c'est ce dont nous avons déjà parlé, mais il y faut revenir, c'est cette distance par rapport aux êtres, l'écart qui suffirait à rendre de Gaulle odieux à une certaine race née chez nous d'un siècle et demi de parlementarisme, oui à cette race-là, mais non au peuple, mais non à la masse qui ne participe à la grandeur qu'à travers un grand homme comme celui-là, et lui, il a besoin d'elle, il a besoin du contact direct avec elle pour se charger en quelque sorte comme une pile se charge. Le peuple n'est pas humilié par cet homme qui ne pourrait rien sans lui, s'il n'était en prise directe avec lui. En revanche la faune de la politique et du monde qui s'agite à la surface de l'événement ne lui pardonnera jamais cet écart, cette différence de niveau qui implique aussi un changement de ton dans les paroles échangées.

Que le président de la République de 1964 se soit installé dans cette solitude altière, nous le concevons, lui qui depuis vingt ans a dû passer seul à travers tant de flammes et de gouffres, avant de franchir le perron élyséen. Mais je demeure frappé de ce que le capitaine de 1927 ait choisi, dès ce moment-là, de ne pas plaire, qu'il se soit retranché dès ce moment-là et mis à part, comme s'il se savait d'avance choisi, marqué, désigné :

> D'ailleurs, les personnalités puissantes organisées pour la lutte, l'épreuve, les grands événements, ne présentent pas toujours ces avantages faciles, cette séduction qui plaisent dans le cours de la vie ordinaire. Les caractères accusés sont, d'habitude, âpres, incommodes, voire farouches. Si la masse convient, tout bas, de leur supériorité, et leur rend une obscure justice, il est rare qu'on les aime et, par suite, qu'on les favorise. [...] L'homme de caractère incorpore à sa personne la rigueur propre à l'effort. Les subordonnés l'éprouvent et, parfois, ils en gémissent. D'ailleurs, un tel chef est distant, car l'autorité ne va pas sans prestige, ni le prestige sans éloignement. Au-dessous de lui, on murmure tout bas de sa hauteur et de ses exigences. Mais dans l'action, plus de censeurs ! (*Le Fil de l'épée*, pp. 32-33 et 47.)

Que le capitaine le mieux noté de sa génération
(« C'était le meilleur ! » disait encore à Vichy le maréchal
Pétain) fût déjà résolu à ne pas plaire, à être seul, non par
misanthropie ou parce qu'il en avait le goût, mais parce
que la domination implique la solitude, cela étonne certes
– moins pourtant qu'une autre idée qu'il envisage, qu'il
médite dès ce moment-là, qu'il caresse presque – la mieux
faite pour choquer, pour scandaliser dans le milieu qui est
le sien : un soldat doit savoir désobéir, c'est ce que le capitaine de Gaulle pensait et c'est ce qu'il écrit ; et je suppose
que ce passage du *Fil de l'épée* figurait déjà dans la conférence donnée à l'Ecole de guerre. Il l'a publié en tout cas
huit ans avant le 18 juin 1940. Il a écrit : « Ceux qui
accomplissent quelque chose de grand durent souvent passer outre aux apparences d'une fausse discipline… » Il cite
l'exemple de Pélissier à Sébastopol, de Lanrezac, après
Charleroi, de Lyautey. Il rappelle le jugement du premier
lord de l'amirauté sur l'amiral Jellicoe : « Il a toutes les
qualités de Nelson, sauf une : il ne sait pas désobéir. »

Eût-il été étonné, ce réfractaire en puissance de 1927 et
de 1932, si par quelque miracle son proche destin lui était
apparu, s'il s'était trouvé transporté à Clermont-Ferrand
le vendredi 2 août 1940, s'il avait entendu le général de
corps d'armée Frère commandant la douzième région, et
présidant le tribunal militaire (les généraux de La Lau-
rencie et de La Porte du Theil figuraient parmi les juges),
condamner l'ex-général Charles de Gaulle à la dégradation militaire, à la confiscation de ses biens et à la peine
de mort ? Qu'eût-il ressenti, l'auteur du *Fil de l'épée*, s'il
lui avait été révélé que le 8 décembre 1940 il serait déchu
de la nationalité française ?
    Cet horrible enchaînement s'était déclenché dès le

22 juin de cette année-là : par décision ministérielle la promotion de Charles de Gaulle au grade de général de brigade avait été annulée. Le 26 juin, à l'instigation du général Weygand, un ordre d'informé contre Charles de Gaulle avait retenu l'inculpation de refus d'obéissance en présence de l'ennemi et de provocation à la désobéissance. Le tribunal militaire de la dix-septième région réuni à Toulouse avait condamné ce jour-là Charles de Gaulle à quatre ans de prison et à cent francs d'amende.

Si l'auteur du *Fil de l'épée* avait eu en 1932 la révélation de ces deux jugements sans rien connaître des circonstances qui les provoqueraient, on pourrait l'imaginer se disant : « C'est donc que j'aurai joué et que j'aurai perdu... » Eh bien ! non, ce n'eût pas été là sa réaction, parce qu'en dépit de ce qu'on répète à son sujet, il n'est personne de moins joueur que de Gaulle, si un joueur est un homme qui se fie au hasard et qui se fie à la chance, et qui se fie à elle dans l'absolu. Pour de Gaulle, au contraire, la chance tient dans les chances que comporte son jeu. Joueur, certes, il l'est, si c'est l'être que de risquer gros, mais il ne court de risque qu'à bon escient, car ce n'est pas de lui qu'il s'agit ; sa fortune est la fortune de la France.

Cette identification, c'est la part de mystique, c'est la part de folie dans ce personnage singulier, mais la folie ici rejoint la réalité. Ce joueur joue à coup sûr parce que l'avenir est inscrit invisiblement dans ce qui se passe sous son regard, et que le génie de de Gaulle tient à ce qu'il déchiffre cette écriture invisible pour les autres, et qu'il n'a presque jamais commis d'erreur de déchiffrage.

En fait, de Gaulle règle sa conduite présente sur l'événement futur qui existe en puissance dans ce qui se passe. Voilà pourquoi je pouvais supposer le capitaine de Gaulle

nullement ému par une prophétie qui lui eût mis le nez
dans sa condamnation à mort. Je l'imagine en revanche se
disant : « Rien ne peut faire que je sois jamais contre la
France. J'aurai échappé à mes juges puisqu'ils me
condamneront par contumace. C'est donc que là où je
serai, là sera la France. »

Le 29 novembre 1940, il devait déclarer au micro de
Londres :

> Chacun de nous est un homme qui lutte et qui souffre –
> oui ! qui lutte et qui souffre – non pour lui-même mais pour
> tous les autres.

De Gaulle ne s'attarde pas, mais il en a dit sur son
drame personnel plus sans doute qu'il ne l'a voulu. Accusé
de « trahison, atteinte à la sûreté extérieure de l'Etat,
désertion à l'étranger en temps de guerre », il a donc été
condamné par contumace le 2 août 1940, à la peine de
mort et à la dégradation militaire. Dès le lendemain, le
Général y fait allusion dans son discours radiodiffusé :

> L'ennemi commence à démembrer et achève de piller la
> partie du territoire français qu'il occupe. Les vieillards qui
> se soignent à Vichy emploient leur temps et leur passion à
> faire condamner ceux qui sont coupables de continuer à
> combattre pour la France.

Point d'autre trace alors de ce que de Gaulle doit éprou-
ver, sinon peut-être cette répétition, à quatre jours d'intervalle, de la même formule méprisante (car déjà, le discours
du 30 juillet faisait mention des « hommes qui se soignent
à Vichy »), sinon aussi, peut-être, ces quelques lignes :

> Le devoir envers la France, le devoir envers l'Empire,
> interdisent l'hésitation, la fausse prudence, les lâches ména-

gements. Dans l'immense bouleversement, ne valent, ne marquent, ne comptent, que les hommes qui savent penser, vouloir, agir, suivant le rythme terrible des événements. Les autres seront balayés.

Le 12 août, il achève ainsi son allocution à la radio :

> Voilà ce que j'ai fait, voilà ce que je veux faire. J'en rends compte au peuple de France au service duquel je me suis, une fois pour toutes, placé ! L'ennemi et ses complices de Vichy taxent de trahison ma conduite et celle des bons Français qui se sont joints à moi pour combattre. Rien ne nous encourage davantage. Car rien ne démontre mieux que notre chemin est le bon chemin.

La fin du discours suivant, le 16 août, montre qu'il continue d'être hanté par la condamnation de Clermont-Ferrand :

> La voie du salut, c'est la Victoire. Les Français regardent vers ceux qui combattent pour la remporter et que le maréchal Pétain et sa suite font condamner pour trahison. Ceux qui combattent pour la victoire ont l'âme tranquille et le cœur plein d'espoir. Car ils savent que l'on reconnaîtra bientôt qui trahit et qui sert la France.

Autant qu'à lui, c'est à ses compagnons qu'il pense :

> *27 octobre 1940 :* On comprend maintenant très bien pour quelle raison et pour le compte de qui les gens de Vichy poursuivent, emprisonnent et condamnent à mort ceux qui ne se résignent pas à l'infâme servitude.
>
> *16 décembre 1940 :* Bien entendu, ce sont ceux-là que la cour de Vichy poursuit de sa haine et de ses outrages. Ce sont ceux-là que la cour de Vichy qualifie de traîtres et condamne à mort. Ce sont ceux-là dont la cour de Vichy décrète qu'ils ne sont plus français !

Le de Gaulle de 1927 ne sait pas ce que sera l'événement dont les prodromes apparaissent à peine, mais il se connaît lui-même. Il sera, quel que doive être l'événement, à sa mesure. L'événement est imprévisible, non le caractère de cet homme au plein de sa force. Ce caractère est à la fois un don de Dieu mais aussi le gain obtenu jour après jour par la réflexion et par l'expérience, et par l'exercice d'une volonté inflexible. Tel que le voilà, il sait que l'événement peut venir : lui, Charles de Gaulle, sera soulevé et porté à la crête de la vague. Il note en 1927 que « Disraeli s'accoutumait dès l'adolescence à penser en premier ministre ».

Il s'agit déjà pour de Gaulle d'infiniment plus que d'occuper la première place et nous retombons dans sa folie – la folie que devait confirmer l'Histoire. Je ne prétends pas qu'il pensait déjà en 1927 : « Moi, la France ! » Mais déjà il confondait son destin particulier avec celui de la nation. Il ne serait pas grand en dehors d'elle, mais elle non plus en dehors de lui. Nul doute qu'il ne se soit rangé dès ce moment-là parmi ceux qu'il appelle « les ambitieux de premier rang » et dont il nous dit : « qu'ils ne voient à la vie d'autre raison que d'imprimer leur marque aux événements et qui de la rive où les fixent les jours ordinaires, ne rêvent qu'à la houle de l'Histoire ».

Il a pu croire être l'un d'eux, ce lecteur de Chateaubriand, mais il se calomniait. Il les dépassait déjà à son insu de toute la hauteur de l'amour qu'il avait voué non à lui-même mais à la France ; ou à lui-même, mais à condition que la France et lui ne constituent qu'un seul être.

Jamais, à aucun moment de sa vie publique ou privée, il ne se sera servi de la France. Ce n'est pas par une ruse d'ambitieux, à la manière des deux Bonaparte qui régnèrent sur elle, que de Gaulle identifie son intérêt particulier avec celui de la nation. Car c'est dans l'extrême du malheur de cette nation et de sa ruine, et de sa honte que se noue cette alliance. Il est étrange de penser que c'est l'instinct de conservation (non le sien, mais celui de la France) qui le précipita, en juin 1940, dans une aventure où il y allait de l'honneur pour lui, plus encore que de la vie. Risquer sa vie n'eût rien été pour ce soldat de 1914, mais sa gloire au sens absolu, mais le risque de l'opprobre éternel, le condamné à mort par contumace de 1940, nous l'aurons vu l'affronter une fois encore en Algérie : car enfin les généraux mutins eussent pu l'emporter. S'il avait fallu subir la loi de l'O.A.S. victorieuse, nul doute que ses colonels eussent tiré parti contre l'homme exécré, de la Lettre qui assimilait au territoire national les départements algériens. Pourtant l'homme que nous avons tous vu et entendu, un certain soir, sur le petit écran de la télévision, dénoncer avec un mépris total et paisible le « quarteron » de généraux mutinés, nous comprîmes au premier regard qu'il n'avait aucun doute lui-même sur ce que serait la fin de l'histoire.

C'était bien le même homme qui, en juin 1940, au lendemain de sa première condamnation à Toulouse, avait lui-même jugé et condamné ses juges et déféré les hommes de Vichy au tribunal devant lequel ils comparurent en effet pour finir, comme de Gaulle le leur avait promis. Ce qui nous ramène à la singularité de ce joueur : il joue toute sa mise sur une seule carte, mais pas au hasard, car il la connaît et il sait qu'elle est la bonne. Il joue, non certes à coup sûr ; mais nul ne sait calculer comme lui les probabilités.

A mesure que grandissait la menace du malheur, il en décelait les causes, il en définissait le remède, mais en vain. Entre 1934 qui vit paraître *Vers l'Armée de métier* et 1940, il ne sert à rien à de Gaulle qu'il sache ce qu'il faudrait faire pour que Troie ne soit pas détruite. Mais Troie une fois détruite, il continue de prophétiser sur les ruines, et il décrit par avance telle qu'elle s'accomplira en effet, la débâcle finale de l'envahisseur. Les mêmes divisions blindées dont il n'a pas dépendu de de Gaulle que l'Armée française fût pourvue, détruiront l'Allemagne.

Au départ, sa réflexion n'est que celle d'un soldat appliqué à bien définir la nature de la bataille qui se prépare et à dégager les conditions de ce qui aurait pu être notre victoire et qui assureront celle d'Hitler. J'avais tort de comparer de Gaulle à Cassandre. Il ne prophétise pas, il ne cherche pas dans les entrailles de poulet le secret de ce qu'exige notre salut. On ne saurait être moins mystique. Ce qu'il interprète, c'est le réel le plus réel. Rien d'un voyant : les dernières possibilités de gagner cette guerre, nous les détenions encore en 1930. En 1935, il est temps encore. En 40, il est trop tard.

La vérité que son génie simplificateur sut dégager de l'enlisement des routines, sans convaincre, hélas ! les chefs de qui la décision dépendait, il l'avait d'abord déchiffrée sur le terrain même, sur ce terrain qui est le corps vivant de la patrie. Il faut relire cette page maîtresse de *Vers l'Armée de métier* :

> Nos batailles décisives, nous les livrons par un temps clair, dans une large plaine où mènent des routes en bon état. L'assaillant, venu à couvert des forêts rhénanes, mosellanes, ardennaises, trouvant pour déboucher un terrain partout perméable, a beau jeu de choisir les lieux et les temps. Le défenseur, s'il reste passif, se voit surpris, fixé, tourné, et voilà Villeroi défait à Ramillies, un Bazaine bloqué dans Metz. Au contraire, mobile, entreprenant, tels le Luxembourg de Fleurus ou le Napoléon de 1814, il court là où il

faut, pare à l'imprévu, tire à lui l'initiative, seule attitude féconde vis-à-vis de l'Allemand, qui hors de pair pour réaliser ce qu'il a préparé, perd ses moyens pour peu qu'on le frappe d'une manière qu'il n'attendait pas et montre cette maladresse à s'adapter à l'imprévu qui explique Valmy, Iéna, la Marne. C'est donc en manœuvrant que l'on couvre la France (pp. 39-40).

Cette bataille que Charles de Gaulle, auteur de *Vers l'Armée de métier,* livrait à l'immobilité dont la ligne Maginot devenait le symbole, cette bataille qu'il devait perdre, obligea très tôt ce soldat à fixer sa réflexion sur la politique, sur les conditions politiques du malheur qu'il voyait prendre corps sous son regard, de jour en jour et presque d'heure en heure : ce qui aurait pu être prévenu et ce qui ne le serait pas pour des raisons que de Gaulle déchiffrait et qu'il semblait être seul à déchiffrer, dans cette France d'avant le désastre, partagée entre le Front populaire et l'Action française, avec, au centre, la masse énorme des intérêts particuliers incapables de réagir à ce qui n'est pas l'immédiat. On pourrait croire qu'il n'y a que lui en France en ces années-là, qui ne soumette sa réflexion à aucune idéologie, à aucun intérêt de classe ou de parti, et en cela aussi étranger à la droite qu'à la gauche.

Ce solitaire, nous discernons, dès les années 30, ce qui fonde à jamais sa solitude, dans une démocratie pulvérisée en partis, dont les deux plus grands, la S.F.I.O. et les communistes, relèvent de dogmes qui échappent à toute discussion, mais qui en revanche cèdent à l'opportunisme électoral et parlementaire.

Au vrai, ce soldat de métier, de bonne famille catholique, a tout de même en commun, avec les meilleurs de la gauche, les futurs résistants, cette passion jacobine qui a fait la France si grande entre 1792 et 1814. Ce jeune chef qu'on dit maurrassien, il n'exclut personne dans l'Histoire passée comme il n'exclura personne dans l'Histoire qu'il va dominer : pourvu que la France ait été servie, et pourvu qu'elle soit servie, il ne demande pas de comptes aux Français engagés sous tant de bannières, sous tant d'insignes différents. Il n'a pas d'autre mission au monde que de tenter de les rallier, lui, le plus audacieux de tous, le plus révolutionnaire, lui le réfractaire qui a osé se dresser contre le pouvoir politique légal et contre un maréchal de France glorieux, lui condamné à mort par contumace et qui, dès ce jour-là, est devenu le juge de ses juges, lui auprès de qui les politiciens socialistes et communistes font figure de petits-bourgeois circonspects.

Mais c'est à droite qu'il a toujours suscité le plus de haine, et non sans raison. Il s'agit ici d'une certaine droite, car c'est tout de même de la masse nationaliste et bourgeoise que sortiront une part des résistants, et elle fournira le gros des troupes du R.P.F. ; et elle le soutient encore à chaque scrutin, en dépit des mots d'ordre des partis. Mais de Gaulle a été haï dès le premier jour par cette espèce de conservateurs dont les privilèges déterminent le choix politique. La sauvegarde des privilèges tourne chez eux à la hantise et « sacralise » en quelque sorte le communisme, devenu la bête à abattre, quoi qu'il en doive coûter, et même, quand le front populaire menace ou règne, s'il faut pour y atteindre passer par l'occupation allemande et rallier la croix gammée.

Nous jetons maintenant un voile pudique sur ce que nous avons vu et lu en juin 40, sur l'horrible soulagement de certains, sur cette euphorie dont débordaient leurs écrits. Je ne confonds pas ces conservateurs-là avec les éléments honnêtes qui de Vichy à l'Algérie française opposèrent à de Gaulle le refus de ceux qui ne voient rien, n'entendent rien, ne comprennent rien de ce que dans le réel contredit leur parti pris, et qui sont souvent des êtres nobles. Le conservateur qui en juin 1940 ressentit un obscur et horrible plaisir appartenait à une tout autre race.

La haine du communisme chez les possédants qui tremblaient d'être dépossédés ne ressemblait en rien à l'hostilité de de Gaulle au parti communiste français, dont la tare, inexpiable à ses yeux, est d'être dépendant de l'étranger et de se soumettre aveuglément à ses directives. Rien de commun entre cette haine viscérale des uns et cette hostilité raisonnée de l'autre – laquelle est fort capable de désarmer, quand il y va de l'intérêt national, et de faire de Thorez un ministre. Ce n'est pas là le trait de de Gaulle qui fait le moins horreur à une certaine droite.

Ce type du Français que Juin 40 a obscurément satisfait existe chez nous depuis 1814 : ce sont les privilèges qui créent les ultras. De Gaulle, lui, est indifférent à l'argent, cela va de soi. Mais il se tient au-dessus de tout honneur possible et imaginable. Dans la perspective du destin historique qu'il a conçu très tôt comme étant le sien et qui tendait à confondre sa fortune et la fortune de la France, quels privilèges eussent pu compter à ses yeux ? En juin 40 il a vu se poser en clair le dilemme qui jusque-là était demeuré confus en lui : il serait le premier des Français ou rien – ou plutôt le restaurateur de la grandeur française ou rien.

Encore une fois, je note qu'il s'est heurté à droite à des adversaires, indifférents eux aussi à l'argent, et désintéressés : non la droite la plus bête, comme l'a prétendu Guy Mollet, mais la droite la plus délibérément résolue à vivre les yeux crevés. Ce que ceux-là détestent dans de Gaulle c'est l'intelligence politique la plus positive. C'est ce pragmatisme qui lui fait admettre froidement et sereinement l'inévitable, fût-ce la perte d'un empire – non par indifférence, certes, mais parce qu'elle s'inscrit dans un contexte auquel le reste du monde s'est soumis par la force des choses, et qu'il en voit d'un coup d'œil les avantages et les profits à long terme. Alors que la droite dont je parle rythmait à coups de Klaxon le slogan de l'Algérie française, le de Gaulle de Brazzaville (pour qui le coup était plus dur que pour aucun de nous) transposait dans l'ordre de l'influence mondiale les possibilités d'une France non plus colonisatrice mais toujours inspiratrice et guide, et maîtresse par le langage, par la culture, par la technique, par les lois. Ce de Gaulle-là a exaspéré un certain type de Français hypnotisés par la carte de l'Afrique et celle de l'Asie où, quand ils étaient à l'école, ils coloriaient de rose les possessions françaises, les mêmes qui se sentent humiliés et offensés par tel mauvais procédé de Ben Bella, alors que de Gaulle n'accuse même pas le coup, soucieux seulement de ne pas laisser s'infléchir la politique qu'il est résolu à poursuivre en Afrique francophone, fondée en raison, liée à des faits commandés par l'Histoire, par la géographie, par la communauté du destin avec le tiers-monde.

Non, encore une fois, que l'homme qui entre 1939 et 1944 avait tiré ses premières forces de la terre d'Afrique et qui avait reçu d'elle la preuve éclatante de sa légitimité, n'ait pas dû souffrir de cette ruée à l'indépendance si soudaine et si brutale, lui qui avait cru peut-être que l'union française autour du général de Gaulle résisterait à tous les acides. Mais ce que de Gaulle ressent devant ses échecs, tout ce qui chez lui relève de l'humeur, ne concerne pas le monde et il ne lui en fait pas part. La décolonisation appartenait à l'ordre de choses qu'il ne dépendait pas de lui ni de personne de freiner ou de fixer à un certain stade.

« Le fait est que » : il faudrait détacher cette expression courante et lui donner une valeur de devise. Le fait ayant été ce qu'il fut, il s'agit pour de Gaulle de n'être pas le syndic d'une faillite : ce syndic que le destin eût fait de lui s'il avait été un autre. Si 1940 ne fut pas au total une faillite, si le désastre absolu, si une honte en apparence sans rémission nous apparaissent aujourd'hui, grâce à de Gaulle, comme le point de départ d'un recommencement, d'une remontée qui dure encore, c'est que de Gaulle n'a rien eu, à aucun moment de sa vie, du prophète qui déchire ses vêtements et qui hurle à la mort. Il a toujours fait la part des choses. Il a toujours su départager ce qui appartient aux choses et ce qui relève du vouloir et du pouvoir des Français. Ces deux parts-là, il les tenait déjà sous son regard durant les années 30, avant que les jeux ne fussent faits.

Il dépendait encore des Français de renoncer au régime des partis et aux gouvernements d'assemblée dont l'impuissance, la paralysie face à Hitler frappaient ce jeune chef et fixaient à jamais dans son esprit les principes d'une doctrine politique qui ne fût pas conçue dans l'absolu. De Gaulle est l'homme le plus différent d'un abbé Sieyès à la recherche de la meilleure Constitution imaginable. La vérité politique pour de Gaulle n'est pas affaire d'opinion ou de conjecture : il l'a dégagée jour après jour. Il a tiré la leçon d'une histoire atroce et, s'il n'a pas été le seul à la tirer, il aura été le seul à pouvoir imposer aux Français ce total renversement de leurs institutions.

Nous revenons ici à ce qui a dressé contre de Gaulle toute la génération politique française issue de la IIIe République et qui continue de la dresser contre lui ; car elle ne se résigne pas à convenir que l'Histoire a donné raison à Charles de Gaulle depuis 1927, jour après jour, et que la France s'est relevée dans l'exacte mesure où elle a renoncé à une certaine forme de parlementarisme. La seule présence de de Gaulle à la barre, le fait qu'il n'existe pas de pouvoir en France capable de l'en déloger en dépit de l'hostilité de tous les partis, suffirait à témoigner de la conscience qu'a le peuple pris dans sa masse que tant que de Gaulle sera là, le péril parlementaire, péril mortel, sera conjuré.

En 1927, ce n'est pas parce que le capitaine de Gaulle s'appelle de Gaulle, qu'il devient l'adversaire déterminé du régime des partis. Ce n'est pas parce qu'il déteste le système parlementaire en tant que tel. A mesure que ce soldat poursuit sa démonstration du changement stratégique et tactique qu'il n'est pas encore trop tard d'accomplir face à l'Allemagne nazie, il prend chaque jour conscience de l'obstacle politique contre lequel sa volonté va se briser. Dès lors il voit, il sait, il touche la contradiction irréductible qui existe entre les mœurs politiques des Français et la vocation de grandeur de la France. Sa vocation de grandeur, mais même sa vie au sens le plus physique. Il ne s'agit pas pour cet officier d'une vue de l'esprit inspirée par des opinions héritées ou acquises. C'est au contraire parce qu'aucune idéologie n'influe sur sa réflexion, qu'il devient l'adversaire irréconciliable d'un système qui va à la mort, et qui y va à vue d'œil, si l'on peut dire : c'est une course à l'abîme, comment ne le voyez-vous pas ? Et ce qu'il faudrait faire ne sera pas fait par la faute, au premier regard, d'une certaine conception défensive arrêtée une fois pour toutes par l'état-major.

Certes, durant ces années-là et jusqu'à la guerre, et encore tant que dura la « drôle de guerre », la lutte désespérée que mène le colonel de Gaulle se limite aux pro blèmes militaires. Après l'écroulement de la Pologne en 1940, il adressa ce dernier appel désespéré à tous les responsables, au président Daladier (qui, dit-on, ne le lut même pas), au général Gamelin, qui haussa les épaules. Dans ce *Mémorandum* du 26 janvier 1940 il affirmait aux quatre-vingts principales personnalités du gouvernement, du commandement, de la politique : « A aucun prix, le peuple français ne doit tomber dans l'illusion que l'immobilité militaire actuelle serait conforme au caractère de la guerre en cours. C'est le contraire qui est vrai. Le moteur confère aux moyens de destruction modernes une puissance, une vitesse, un rayon d'action, tels que le conflit présent sera, tôt ou tard, marqué par des mouvements, des surprises, des irruptions, des poursuites, dont l'ampleur et la rapidité dépasseront infiniment celles des plus fulgurants événements du passé. » Et il précisait :

> Les mêmes institutions militaires qui, le 9 mars 1936, nous contraignaient à l'immobilité, qui, lors de l'annexion de l'Autriche par l'Allemagne, nous frappaient d'inertie totale, qui, en septembre 1938, puis en mars 1939, nous imposaient d'abandonner les Tchèques, devaient fatalement nous contraindre, en septembre dernier, à assister de loin à la ruée allemande sur la Pologne sans pouvoir rien faire autre que de suivre sur la carte les étapes victorieuses de l'ennemi [...]. Il n'y a plus dans la guerre moderne d'entreprise active, que par le moyen et à la mesure de la force mécanique [...]. Nul ne peut raisonnablement douter que si l'Allemagne avait, le 1er septembre dernier, disposé seulement de deux fois plus d'avions, d'un millier de chars de cent tonnes, de trois mille de 50 ou 30, et de six mille de 20 ou 10, elle aurait écrasé la France [...]. Si l'ennemi n'a pas su constituer déjà une force mécanique suffisante pour briser nos lignes de défense, tout commande de penser qu'il y travaille [...]. Le défenseur qui s'en tiendrait à la résistance sur place des éléments anciens serait voué au désastre. Pour

briser la force mécanique, seule la force mécanique possède une efficacité certaine. La contre-attaque massive d'escadres, aériennes et terrestres, voilà donc l'indispensable recours de la défensive moderne. Dans le conflit présent, comme dans ceux qui l'ont précédé, être inerte, c'est être battu. Jadis, la guerre des nations armées exigeait la masse au combat. Aujourd'hui, la guerre totale exige la masse au travail.

Comment l'auteur de tant de pages prophétiques n'eût-il pas vu que la surdité et que l'aveuglement de l'état-major étaient pour une large part la conséquence de nos mœurs parlementaires ? Les conceptions de l'état-major étaient accordées à un régime politique qui interdisait toute initiative : derrière une ligne de défense supposée inviolable et infrangible, les partis et leurs meneurs entendaient poursuivre le jeu comme s'il ne se passait rien d'étrange à Berlin, ni à Rome, ni à Madrid – rien qui dût les mettre en éveil ; comme si d'année en année, de mois en mois, Hitler lui aussi ne jouait à ciel ouvert... Nous ne reprendrons pas cette histoire. Mais le plus étrange et qui n'a pas étonné de Gaulle, car il s'y attendait (on le voit à tous les tournants de ses *Mémoires*), le désastre une fois accompli, la remontée de l'abîme entreprise et achevée enfin (à quel prix !), c'est que les partis en France n'avaient rien appris, et avaient tout oublié. C'était inimaginable et c'est pourtant ce que nous avons vu : tout allait recommencer, tout recommença et le 19 janvier 1946 de Gaulle quitta la barre. Non sans avoir mis l'Assemblée devant ce qui demeurait à ses yeux l'unique problème :

J'ajouterai un mot après avoir entendu les explications de vote des orateurs des divers groupes. Ce mot n'est pas pour le présent, il est déjà pour l'avenir. Le point qui nous sépare de certains d'entre vous, c'est une conception générale du

Gouvernement et de ses rapports avec la représentation nationale.

Nous avons commencé à reconstruire la République. Vous continuerez à le faire. De quelque façon que vous le fassiez, je crois pouvoir vous dire en conscience, et sans doute est-ce la dernière fois que je parle dans cette enceinte, je crois pouvoir vous dire en conscience que, si vous le faites sans tenir compte des leçons de notre histoire politique des cinquante dernières années et, en particulier, de ce qui s'est passé en 1940, si vous ne tenez pas compte des nécessités absolues d'autorité, de dignité et de responsabilité du gouvernement, vous irez à une situation telle qu'un jour ou l'autre, je vous le prédis, vous regretterez amèrement d'avoir pris la voie que vous aurez prise.

De Gaulle n'a jamais cru à la France éternelle, sinon par les raisons du cœur qui chez lui ne se séparent jamais des raisons de la raison. Il n'aurait servi de rien qu'il eût en juin 40 choisi de devenir un hors-la-loi, il n'aurait servi de rien qu'il eût en quelques semaines, ayant réuni à Londres les effectifs de deux bataillons, amené l'Angleterre et les Etats-Unis à le reconnaître comme un allié et qui incarnait la France, il ne lui eût servi de rien de subir l'infamie de Mers-el-Kébir et d'en assumer les horribles conséquences : les coups de canon qu'il essuya à Dakar. Il ne lui aurait servi de rien d'avoir en si peu de mois rallié autour de sa croix de Lorraine une grande part de notre empire, et que Brazzaville fût devenu une capitale d'où la France combattante parlait au monde. Il n'eût servi de rien que durant quatre années, cet homme seul, ce condamné à mort de Vichy, ait tenu tête partout, lorsqu'il s'agissait des intérêts de la France, non seulement à son ami Churchill, mais à Franklin Roosevelt, président des Etats-Unis d'Amérique, qui jugeait la France définitivement hors de cause et qui était résolu à se débarrasser d'un pseudo-général prétentieux et encombrant (et c'est ce combat qui dure encore). Il n'aurait servi à rien que du Fezzan à Paris la division Leclerc ait ressuscité l'honneur de la France; il n'eût servi de rien que par un renversement incroyable, inespéré, la France victorieuse ait été présente le jour de la capitulation allemande. Il n'aurait servi de rien à de Gaulle d'avoir rendu le miracle possible en tenant tête seul, et sans un soldat, à l'anarchie des provinces, d'avoir réussi l'absorption des F.F.I. et des F.T.P. par l'armée régulière, il n'aurait servi de rien qu'il eût, presque à la dernière seconde, empêché les Américains d'évacuer Strasbourg, si rien ne devait être changé à nos institutions ni aux mœurs politiques qui avaient enfanté le plus honteux de nos désastres et qui, le cas échéant, en susciteraient de pires.

On s'étonne que de Gaulle, sachant cela, ait choisi de s'éloigner en janvier 1946. En fait, il jouait – mais non au hasard. Il mesurait le risque; mais en restant, il eût été ligoté et impuissant. Du dehors, il pourrait agir. Il ne s'est pas trompé : il a agi. Ce qu'il en a coûté, nous le savons. L'histoire de la IVe République aura été une démonstration interminable, une leçon clinique faite sur le corps même de la France. Et le chirurgien était dans la coulisse, prêt à intervenir à tout instant; mais les médecins de la famille, les médecins traitants agissaient comme s'ils eussent préféré que leur malade crevât; et bien loin de rien changer au régime qui la tuait, ils poussaient la démonstration à ses dernières limites de grotesque, mais le grotesque tourna vite au tragique.

Quelle était alors la profonde pensée de de Gaulle ? S'il avait pu prévoir qu'il laisserait le champ libre aux partis pour tant d'années, en eût-il couru la chance ? J'eus une entrevue avec lui à ce moment-là dont je n'ai rien retenu,

mais j'en retrouve le récit dans le journal de Claude Mauriac (alors secrétaire particulier du Général) : « Mon père
nous a rapporté l'essentiel de la conversation. De Gaulle
lui a dit qu'il était dans l'obligation de s'en aller, les partis
lui rendant le gouvernement impossible. Il le savait et y
était résolu depuis longtemps. Le choix du moment
importait peu, à huit jours près. "C'est un fait, a dit le
Général, qu'il est impossible de gouverner avec les partis.
C'est un fait aussi que jamais une assemblée, quelle
qu'elle soit, n'a gouverné en France, que toujours le pouvoir a échappé au parlement, quelle que soit sa forme.
C'est un chef qu'il faut au pays." "Il m'a alors exposé son
point de vue sur la Constitution, commente mon père, et
je t'assure que, s'il triomphait, le Président aurait des pouvoirs !" […] De Gaulle explique aussi qu'il y avait eu deux
sortes de résistance entre lesquelles nulle entente, après la
Libération, n'était possible : "La mienne et la vôtre, qui
était résistance à l'ennemi. Et puis la résistance politicienne qui était antinazie, antifasciste, mais nullement
nationale." »

Je demeure persuadé que ce jour-là de Gaulle me tint
les propos réservés aux gens du dehors et qu'il jugeait
propres à créer le mouvement d'opinion souhaité par lui.
En fait, son optimisme relatif était de façade. Il ne sortait
que pour rompre les ficelles dont les lilliputiens l'avaient
ligoté et pour créer les conditions d'un retour « en
maître ». S'il avait pu prévoir un interrègne de douze
années – et de quelles années ! –, en eût-il couru le risque ?

J'ai peine à comprendre aujourd'hui pourquoi et comment je ne fus pas avec lui, ni à ses côtés, ni derrière lui,
dans la bataille du R.P.F. La raison essentielle se ramenait
à ceci qu'à mes yeux ce prétendu rassemblement des
Français ne rassemblerait que des Français de droite, que

de Gaulle contre les partis galvaniserait certains éléments nationaux et qu'il se couperait de la gauche résistante. Que j'en aie jugé ainsi, ce n'est pas ce qui me choque aujourd'hui ; mais ma profonde raison était d'un autre ordre et l'événement m'a donné tort au point que je dois ici en faire l'aveu. Ce que j'ai craint à ce moment-là, et peut-être même ce que j'ai cru, c'est que de Gaulle allait d'un seul coup perdre ce pouvoir étrange qu'il détenait depuis 1940, lui, l'homme seul, face à tous les partis ligués contre lui, l'incroyable pouvoir d'oser dire : « Moi, la France ! » et d'être cru. Je me persuadai que par la faute du R.P.F. il allait devenir pareil à l'un de ceux contre lesquels il se dressait. On m'accuse d'être en transe devant de Gaulle. J'ai été capable pourtant à ce moment-là de perdre ma foi en lui. Ou plutôt, j'ai été aveugle soudain : je n'ai plus vu ce qui demeure le nœud de ce destin singulier, ce qui en lui résiste à toute conjoncture comme à toute conjuration et qui irradie même s'il se retire à Colombey-les-Deux-Eglises, même si par accord tacite des partis de la droite et de la gauche son nom n'est plus jamais prononcé.

Après l'échec du R.P.F. et à mesure que la situation se dégradait, la pensée de de Gaulle s'imposait à ses adversaires les plus déterminés. Pour lui, il n'y avait pas d'autre problème que d'évaluer la distance entre « Il est temps encore... » et « Trop tard ! ».

Je puis fixer le jour, en relisant le *Bloc-Notes*, où je compris mon erreur : il n'existait pas de commune mesure entre la vocation de de Gaulle et des vicissitudes électorales. Certes, je n'avais cessé de penser à lui, de tourner les yeux vers lui (comme le bloc-notes en témoigne). Mais enfin j'avais joué moi aussi le jeu des partis. J'appartiens moi aussi à la couvée de la IIIe République. Alors que de Gaulle avait jugé, dès le premier jour, le prétendu « parti de la fidélité » et savait ce qu'en valait l'aune, moi j'avais fait confiance au M.R.P. Cela d'ailleurs m'était commode : je m'en remettais au M.R.P. pour mener au mieux les affaires de la France et de la République. Il fallait bien songer à son travail : une carrière littéraire ne finit jamais ; ce beau métier ne comporte pas de retraite et le prix Nobel me guettait au tournant. Mais j'observais, j'enregistrais cette histoire qui de jour en jour se dégradait et qui allait devenir dégradante. Les premières pages du *Bloc-Notes* montrent que j'eus dès lors les yeux ouverts.

Le jeudi 8 avril 1954, de Gaulle tint une conférence de presse. Ce jour-là, je compris enfin et je battis ma coulpe :

Jeudi 8 avril 1954 : Conférence de Gaulle. Voilà des années que je n'avais vu l'homme. Il n'a guère vieilli. Dès qu'il ouvre la bouche, c'est le même ton souverain. Ses échecs ne le concernent pas. Son regard sur la France et sur l'Europe est simplificateur, mais non simpliste. Le cratère que creuserait la bombe à hydrogène, ce cratère où plus rien de vivant ne subsisterait, il l'ouvre devant nous, comme ferait Bossuet, et du même ton, mais il en tire une politique qui est celle du bon sens. De Gaulle, homme de droite, aura seul su résister à cette forme très basse de l'anticommunisme qui, chez nous, fait tenir aux intelligents les propos des imbéciles. Pour lui la Russie est la Russie. Il dresse en pleine lumière une politique française, face à la politique d'abdication que nous menons, depuis qu'il n'est plus là. Grandeur et misère de la politique. De Gaulle ne consent à en épouser que la grandeur. C'est ce qui assure le règne des Commis. Le R.P.F. était à mes yeux l'erreur absolue. J'ai cru que son échec marquerait la fin de l'homme qui était « La France ». Or le R.P.F. a bien eu le destin que j'attendais, mais l'homme, lui, survit, et aujourd'hui encore, lorsqu'il dit : « J'étais la France ! », cet imparfait devient un présent au-dedans de nous. « J'irai à l'Arc de Triomphe, je serai seul, le peuple de Paris sera là et se taira... » Aucune protestation. Qu'éprouve cette assemblée ? Elle respire ce souffle froid venu de très haut, de très loin, du temps que la France était la grande nation. De Gaulle, le dernier Français, qui nous aura fait croire qu'elle l'est toujours. Il nous en aura persuadés au tournant le plus ténébreux, le plus honteux de notre Histoire. Il se trouve encore des millions de Français pour ne pas l'oublier. Nul ne songe à lui demander : « Avez-vous l'accord du gouvernement ? » C'est que, par sa seule présence, le général de Gaulle rend invisible à l'œil nu la dictature de Lilliput. Qui de nous n'est sorti de cette conférence avec au cœur le regret poignant de ce qui aurait pu être, de ce qui n'a pas été – et je le sais aujourd'hui, de ce qui ne pouvait pas être, parce que la grandeur conçoit, mais la bassesse agit. La liberté que nous préférons à tout assure le règne de ceux qui ont des appétits et l'argent, c'est-à-dire la puissance...

Peut-être de Gaulle s'est-il senti pris dès cette année-là dans une sorte d'étranglement : puisque le R.P.F. avait échoué, il fallait que les choses allassent au plus mal pour qu'il y ait quelque chance que les partis rappellent de Gaulle – car pour eux rappeler de Gaulle équivaudrait politiquement au suicide.

Nous touchons ici au trait dominant de ce destin : ce n'est pas un hasard si de Gaulle aura été l'homme de l'abîme, appelé irrésistiblement et comme aspiré par le vide que crée un désastre. C'est qu'il représentait lui-même la mort pour tout ce qui en France vit de la politique, pour tous les professionnels des assemblées et que la mort n'est jamais subie qu'en dernière instance.

Rien n'est si vain que de s'interroger sur l'Histoire qui n'a pas été et qui aurait pu être. Le colonel de Gaulle aurait pu être écouté avant 1939, l'armée eût été motorisée selon ses vues et la victoire eût changé de camp. De même pouvons-nous rêver du tour qu'eût pris l'Histoire si le R.P.F. l'avait emporté et si une majorité compacte avait ramené de Gaulle... Eh bien, non : cela ne fut pas parce que cela ne pouvait être. Qu'il s'agît de l'état-major de Pétain, de Debeney, de Weygand, de Gamelin, ou qu'il s'agît de la faune politicienne de la IIIe et de la IVe République, de Gaulle incarnait pour ces hommes la contradiction absolue, et en même temps le dernier recours, mais vraiment le dernier : durant les ultimes soubresauts de la IVe République à la veille du premier S.O.S. lancé vers Colombey-les-Deux-Eglises, par les dirigeants aux abois, la corde raide était tendue au-dessus du vide ; si cet homme qui s'avançait enfin, appelé par eux, avait dû être précipité, eh bien ! c'eût été pour eux tout de même partie gagnée, car bien qu'ils l'eussent rappelé, de Gaulle demeurait adversaire irréconciliable. « Ni avec toi ni sans toi », c'est ce qui paraît écrit dans le filigrane de ce destin. Et c'est la tenaille dans laquelle il a pris, depuis sa rentrée en scène, le monde politique français, mais il s'y est pris lui-même, car il ne peut sauver la France à son idée sans tenir compte des Français ; et les Français se manifestent à lui sous deux aspects contradictoires, selon qu'ils sont la mer humaine dans laquelle de Gaulle plonge au cours de ses tournées en province, le flot qui le recharge et qui le revigore, et qui le confirme à chaque fois dans sa mission providentielle, ou selon qu'ils constituent des partis et des groupes et des cartels, et qu'ils tendent à dominer l'Etat et à paralyser l'exécutif.

A mesure que ce grand destin approche du dernier tournant, les données de la partie qui se joue se simplifient sous notre regard. Nous le voyons en clair au moment où j'écris : il ne subsiste plus d'autre question pour de Gaulle, mais aussi pour chaque Français attentif à sa propre histoire, que de savoir si *l'homme*, écarté ou disparu, les institutions qu'il nous a données résisteront au retour offensif des tenants de la subordination de l'exécutif, et du régime des partis.

Question de mort ou de vie, et la preuve que le pays en a pris conscience, c'est que les adversaires de de Gaulle affectent de condamner, eux aussi, l'ancien système, jurent leurs grands dieux qu'ils ne prétendent pas y revenir. Mais le gaullisme sans de Gaulle d'un Gaston Defferre, par exemple, éveille à gauche une méfiance liée à l'équivoque dans laquelle pourtant la gauche la plus orthodoxe s'enlise aussi, puisqu'elle proteste de son hostilité à un système et à des mœurs parlementaires dont chacun sait bien que si Guy Mollet et les siens triomphaient ils n'auraient de cesse qu'ils ne les aient rétablies, et qu'elles ne fussent de nouveau en honneur.

C'est leur survie politique qui se trouve en question. La carte que joue de Gaulle, notre carte à nous qui sommes avec lui, tient dans le peuple d'où ce seigneur, ce soldat tire sa force, depuis 1940, par un contact presque physique. Il est étrange qu'il ait fallu l'expérience gaulliste pour faire un croyant véritable du démocrate de désir que j'étais depuis ma jeunesse. J'avais toujours cru, si démocrate que je fusse, qu'il n'y a rien de si aveugle ni de si dénué de toute signification, que la loi du nombre. Je découvre aujourd'hui que si être intelligent c'est savoir ce qu'on désire et c'est connaître ce qu'il faut éviter pour ne pas mourir, eh bien le nombre, en France, est intelligent.

Sans doute de Gaulle était-il parti d'un terrain solide et d'un roc : la résistance à l'occupant, le maintien de la France au côté de ses alliés jusqu'à la victoire. Mais, à partir de là, de Gaulle durant des années ne cherche guère à attirer ni à séduire. Au départ, son nom n'est pas illustre comme l'était celui du prince-président. L'homme n'a jamais suscité non plus cette sorte d'engouement d'où est sorti le boulangisme. Le suffrage universel, en ce qui concerne de Gaulle, ne cède à aucun entraînement charnel, viscéral ; il manifeste au contraire une volonté raisonnée, combattue par tous les cadres, par les syndicats, par ce qui s'appelle « les élites », et la presse qu'elles dirigent – et il impose finalement un homme qui ne le flagorne pas, mais qui a toujours été d'accord avec les faits et à qui, au-dehors et au-dedans, les faits ont toujours donné raison.

La politique étrangère du général de Gaulle se développe et se déploie à mesure que les institutions gaullistes s'enracinent : elles en sont la condition nécessaire. L'hégémonie anglo-saxonne postule en France la faiblesse de l'exécutif et l'impuissance chronique des gouvernements d'assemblée. La même raison qui dresse contre de Gaulle, en France, tous les partis, de la droite à la gauche, a fait de lui l'adversaire que, dès le premier jour, le président Roosevelt cherchait à écarter et dont jusqu'à la fin il s'efforça de venir à bout, et non seulement Roosevelt mais Churchill lui-même, en dépit d'une amitié sans doute sincère. Au cours d'une entrevue avec de Gaulle à Marly, en 1946, il me rappela à quel point, depuis les premières heures, l'Angleterre avait travaillé contre nous. Comme je protestais : « Pourtant Churchill... » « Oui, reprit de Gaulle, les tout premiers jours... Mais presque aussitôt il se reprit, débauchant les troupes de Béthouart que j'avais converties – et agissant comme vous savez à Mers el-Kébir, ce qui me valut d'être reçu à coups de canon à Dakar. » (Journal inédit de Claude Mauriac.)

Rien n'a pu empêcher de Gaulle devenu maître du pouvoir, et bien que la France sortît ruinée d'une honte inexpiable, de restituer à la vieille nation sa place, celle que l'Histoire lui assigne, mais que les Anglo-Saxons ne lui ont jamais accordée que comme contrepoids à l'Allemagne, tant que l'Allemagne fut puissante, et l'Allemagne une fois vaincue, contre la Russie soviétique ; mais dans leur esprit il ne s'agissait que d'une place subordonnée aux conceptions et aux directives arrêtées autrefois à Londres, aujourd'hui à Washington : ce qui a toujours été admis par tous les partis français, en dehors des communistes. L'hégémonie anglo-saxonne, la grande presse de Paris et de province en France y souscrit et la soutient, ouvertement ou sournoisement.

J'ai entendu souvent reprocher au général de Gaulle le mépris que lui inspireraient les journalistes. S'il existe, ce mépris, ce dont je n'ai jamais reçu aucune preuve directe, il doit être lié, j'imagine, à l'opposition irréductible quoique larvée que subit toute politique française qui sans être hostile aux Etats-Unis se dégage de leurs directives.

C'est un fait pourtant que le monde n'est plus pris entre deux mâchoires comme en 1945 et que l'Europe, et que la France en Europe, sont libres désormais de leurs mouvements, et que la France, cette paralytique, s'est relevée de son grabat.

Tout nous ramène donc à l'unique question, celle que se pose, nous dit de Gaulle lui-même, « l'inquiétude lucide de l'amour ». Cette inquiétude, depuis un quart de siècle, a fait de ce soldat, très étrangement, un esprit obsédé par le problème constitutionnel, au point que ses adversaires ont voulu faire croire – et peut-être ont-ils fini par croire de bonne foi – qu'il était un général politicien. Le général Giraud affectait, face à de Gaulle tacticien politique, de n'être lui qu'un soldat (alors qu'il était surtout un instrument docile dont Roosevelt se servait pour éliminer de

Gaulle). Plus tard, Salan, Challe, Jouhaud se fiaient eux aussi à cette supériorité prétendue sur le chef de la résistance française d'avoir commandé devant l'ennemi.

Pourtant Charles de Gaulle n'avait pas seulement été le premier théoricien de l'armée motorisée et cuirassée, il avait lui-même sur le terrain, à Laon et à Abbeville, écrit la seule page glorieuse d'une époque honteuse : « Son action menée le 30 et le 31 mai avec un brio extraordinaire, écrit Philippe Barrès, prouva que nous pouvions parfaitement battre les Allemands avec les méthodes mêmes qu'ils employaient contre nous. De Gaulle détruisit de très nombreux tanks ennemis, s'empara de 400 prisonniers et d'un important matériel comprenant des tanks, des camions et plus de soixante canons antichars. Ajoutons que le 30 mai, au soir, l'avance de la quatrième division provoqua la fuite en panique d'un régiment allemand qui reflua jusque dans Abbeville. La nuit seule permit à l'ennemi de se ressaisir. Le général Weygand décerna au général de Gaulle, le 2 juin, la citation suivante : "Admirable chef, audacieux et énergique, a attaqué le 30 et le 31 mai, une tête de pont ennemie, pénétrant à cinq kilomètres dans ses lignes et capturant plusieurs centaines de prisonniers et un matériel considérable." »

On dirait que de Gaulle lui-même a oublié qu'il eût pu être, qu'il aurait dû être le Foch de la seconde guerre mondiale. Frustré de cette gloire, il a tourné sa réflexion vers un autre terrain, pour une autre manœuvre, dans une autre bataille : celle qui dure encore et dont les données lui apparaissent aussi clairement et dans les mêmes termes en 1945 que dix années plus tard. Déjà, au lendemain de la Libération, tout sur ce point s'impose à lui :

Ce qui me frappait surtout dans les partis qui se reformaient, c'était leur désir passionné de s'attribuer en propre, dès qu'ils en auraient l'occasion, tous les pouvoirs de la République et leur incapacité, qu'ils étalaient par avance, de les exercer efficacement. A cet égard, rien ne laissait prévoir une amélioration quelconque par rapport au vain manège en quoi consistait avant guerre le fonctionnement du régime et qui avait mené le pays à un désastre épouvantable. Verbalement, on reniait à l'envi ces pratiques. « Révolution ! » C'était le slogan qui dominait les discours. Mais nul ne précisait ce que cela signifiait au juste, quels changements effectifs devaient être apportés de gré ou de force à ce qui existait naguère, surtout quelle autorité, et dotée de quels pouvoirs aurait à les accomplir [...]. Recevant les délégations, lisant les journaux, écoutant les orateurs, j'en venais à penser que la révolution était, pour les partis renaissants, non pas une entreprise visant des buts définis et impliquant l'action et le risque, mais bien une attitude de constante insatisfaction vis-à-vis de toute politique, même s'ils l'avaient préconisée. (*Mémoires de guerre*, III, p. 102.)

Les adversaires de de Gaulle, ceux surtout qui l'ont suivi jusqu'à une certaine époque et que les remous des événements ont séparés de lui, dénoncent chez l'homme une exigence de domination à tout prix que rien ni personne n'a jamais pu fléchir. Je n'essaierai pas de simplifier de Gaulle. Je n'épurerai pas le personnage de tous les éléments dont il ne peut pas ne pas être pénétré comme tout être humain : comment douter de son désir de se conformer à un certain type historique projeté dans l'avenir ? Tel qu'en lui-même enfin il se change d'avance, de Gaulle se considère et se construit. Mais rien de tout cela ne serait déterminant. Ce qui l'est, ce sont les conditions de notre indépendance à l'égard des deux alliés tout-puissants : elles ne se séparent pas dans son esprit des institutions définies par lui et qu'il a finalement imposées. Et si elles devaient être détruites, tout ce qu'il a fait depuis 1940 n'aura servi de rien. Cette partie engagée depuis vingt-quatre ans, qui paraît gagnée au moment où j'écris, ne le sera à coup sûr que le jour où le successeur de de Gaulle, élu au suffrage universel, gouvernera sans qu'aucune atteinte ait été portée aux institutions de la Ve République.

Ce n'est pas par ambition que de Gaulle s'est trouvé engagé dans des événements aussi troubles que ceux du 13 mai. Il n'a pas dépendu de lui d'être rappelé plus tôt, mais il y allait de la vie du pays que coûte que coûte il fût rappelé. Les circonstances qui rendirent ce retour possible furent celles-là. Qu'il ait laissé des partisans se servir de son nom et mener leur jeu, je ne m'attarderai pas à retourner ces vieilles cartes d'une partie jouée et gagnée. La vie ou la mort étaient liées à son retour. Il fallait qu'il revînt ; et qui était d'un avis contraire à ce moment-là ? L'instinct de conservation joua même chez ses ennemis qui le rappelèrent les premiers. De Gaulle assume ses torts s'il en a eu, comme il assume ses risques. Ce qui dépend de lui, c'est la direction et il a choisi. Non les circonstances : elles décident des crochets qui détournent sa course un instant, mais il la redresse aussitôt.

Des Français qui ne sont pas des professionnels de la politique et qui n'ont pas les raisons de le haïr qu'ont un Mitterrand ou un Mollet, et qui ne sont pas forcément non plus des hommes de droite, s'opposent pourtant à de Gaulle et souvent avec une antipathie qui tient à cette inconséquence dont les meilleurs esprits ne sont pas exempts : ils se scandalisent de ne pas trouver dans un grand homme les qualités qui, s'il les avait détenues, eussent fait de lui le contraire de l'être qu'il est. Il fallait que de Gaulle se brisât ou qu'il se bronzât. Ce n'est pas un doux, et ce n'est pas un tendre. Ou s'il l'est, ceux qui le savent et qui en ont l'expérience (ses enfants, ses petits-enfants) n'avaient pas à nous le raconter. Il est passé à travers le feu. Il a subi un baptême tel que l'Histoire n'en réserve qu'à quelques-uns de ses élus.

Cet élu de l'Histoire diffère de tous les autres en ce qu'il a épousé étroitement le malheur de la patrie, en ce qu'il est lié au désastre – à tous les désastres – non comme leur cause mais comme leur guérison. Dès qu'il prend le pouvoir, ou qu'il le reprend, fût-ce dans les remous d'un pronunciamiento et d'une guerre civile, la cote de la France dans le monde entier devient celle de de Gaulle.

Ainsi trempé, ainsi forgé, cet homme paraît dur, ce qui ne signifie pas qu'il le soit : plutôt que dur, lointain, il regarde ailleurs par-dessus nos têtes. Il ne confond pas les Français avec la France – sauf sur les places et sur les routes des villages. Qu'il méprise les hommes, on le dit, mais qu'est-ce à dire ? Aucun chef de gouvernement n'échappe à cette expérience amère : il se heurte dans l'homme à l'animal politique qui est implacable et dont la fringale de pouvoir ne cède à aucune raison ; ce trait le rend évidemment méprisable aux yeux d'un chef qui se confond avec la France.

Mais à moi qui ai le goût des personnages, il ne déplaît pas que ce Lillois à mes antipodes soit tel que le destin l'a forgé. Bordelais, je n'ai aucun goût pour le politicien du Midi qui régna sous la IIIe République : le politicien de style Fallières ou de style Doumergue. Il faut croire que la race des seigneurs fut détruite dès le XIIe siècle chez nous, durant la croisade albigeoise. Après sept siècles, c'est encore un baron du Nord qui règne sur nous. Je m'en accommode. Non qu'il ne me déçoive à certaines heures. « *Rien d'humain ne battait sous son épaisse armure* »... ce vers de Lamartine m'est revenu parfois lorsque de Gaulle ne trouvait pas le mot que j'attendais : au Vercors

par exemple, devant ces survivants et ces tombes...
Comme il me semblait froid, comme il passait vite ! Et
puis je songeais que de Gaulle est l'homme de vigie, qu'il
regarde au loin, par-dessus les têtes et les tombes. Il ne
perd pas son temps à s'attendrir ni à se souvenir. Il ne
cherche pas à nous émouvoir. Le révolu ne l'intéresse que
dans la mesure où il y déchiffre une réponse qu'il cherche
pour le destin en train de se forger.

Il n'empêche que le chrétien que je suis et qui a pris
dans le débat politique depuis la guerre civile espagnole
une certaine position, et qui n'a jamais séparé la politique
de la loi morale (et donc religieuse) devrait être gêné
d'avoir partie liée avec Machiavel, fût-ce avec le Machiavel de l'Histoire – si différent de celui de la légende ; car
enfin la certaine idée de la France que se fait de Gaulle,
c'est une certaine idée qui a toujours servi de fondement
à son hégémonie : la France relevée, la France souveraine,
la France sinon dominatrice, du moins régulatrice et
directrice de l'Europe, et par l'Europe du tiers-monde...
Je simplifie la « certaine idée », mais enfin c'est bien celle
de de Gaulle et quels sont ses moyens ? Relèvent-ils de la
conscience chrétienne ? Il s'agit bien de cela ! C'est une
question que de savoir s'il faut mener le jeu politique à
partir de certains principes, ou si, le nez collé à la terre,
ne s'en rapporter qu'à ce qu'on flaire, à ce qu'on sent sur
la piste où le gibier est passé. Cette contradiction est en
moi d'une exigence morale en politique telle que je l'ai
manifestée en toute occasion depuis la guerre d'Abyssinie
et la guerre civile espagnole.

Pourtant mon admiration va croissant pour ce jeu que
mène de Gaulle depuis 1940, et qui me satisfait d'autant
plus que ses moyens sont plus restreints et ses adversaires
plus puissants. Depuis 1940, il n'aura jamais cessé d'être
David face à deux Goliaths. Vingt-quatre ans après que la

lutte commença, le plus faible continue de se montrer le plus fort non par un miracle, ni par une grâce d'en haut, mais par une soumission intelligente à ce qui est donné, imposé jour après jour, une soumission et à la fois une domination : de Gaulle ne se soumet au réel que pour finalement s'en rendre maître.

Mais encore une fois comment le chrétien que je suis s'en arrange-t-il ? J'ai beau vouloir me rassurer, je me choque moi-même de cet attrait que je ressens pour tant d'habileté. L'excuse que je me trouve tient encore à cette force des choses, à cette nature des choses dont de Gaulle demeure tributaire. Il cherche en tout l'intérêt de la France, mais le fait est que cet intérêt demeure aujourd'hui lié à notre vocation la plus haute, la plus désintéressée. Si en fait la politique de de Gaulle depuis 1940 est allée dans le sens de ce que souhaitait la gauche, si finalement de Gaulle a inscrit dans la réalité ce qui paraissait le plus difficile à faire admettre aux Français nationalistes et chauvins, ce n'est pas parce qu'il a voulu être fidèle à certains principes, c'est parce que la grandeur française et que sa restauration, à laquelle il se consacre, ne peut plus aujourd'hui être fondée que sur des valeurs spirituelles que nous détenons.

Quelle eût été la politique de de Gaulle s'il avait eu les moyens de la grandeur : ceux de la Russie soviétique ou des Etats-Unis ? Je n'ose y songer. Mais enfin son génie doit s'appliquer à un tout autre problème : maintenir à sa place historique cette France devenue une nation de deuxième ordre et qui ne saurait entrer en compétition avec les grands authentiques.

C'est ici que le capital spirituel de la France entre dans le calcul d'une politique réaliste et rejoint les vues les plus désintéressées. Si la gauche n'est pas reconnaissante à de

Gaulle de ce qu'il a accompli et qui aurait dû la combler, c'est qu'il ne fut pas inspiré par des principes. Il faut y insister encore. La communauté du but à atteindre n'a jamais rapproché de Gaulle des politiciens qui l'entouraient. On ne saurait être moins étranger que ne l'était ce chef à ses partisans du temps de la résistance. Dès 1944, de Gaulle prit conscience à l'Assemblée de cette contradiction irréductible. Il nous le confie dans ses *Mémoires* :

> Qu'on célébrât « le triomphe prochain de la justice et de la liberté pour l'écrasement du fascisme », ou « la mission révolutionnaire de la France », ou « la solidarité des démocraties », alors les délégués se trouvaient en état de réceptivité. Mais que l'on traitât explicitement du Rhin, de la Sarre, de la Ruhr, de la Silésie, de la Galicie, du Levant, de l'Indochine ; que l'on dît : « Non ! » par avance à ce que nos alliés décideraient en dehors de nous ; qu'on fît entendre que, si nous unissions notre sort à leur sort, ce n'était pas, à tout prendre, pour la raison que l'Angleterre était parlementaire, l'Amérique, démocratique, la Russie, soviétique, mais parce que toutes les trois combattaient nos envahisseurs, l'auditoire, tout en se montrant attentif et approbateur, faisait sentir par divers signes qu'il trouvait la lumière trop vive... (III, p. 57.)

Si le chrétien ne risque rien à suivre de Gaulle, ce n'est donc pas parce que de Gaulle lui-même est chrétien ni parce que le sermon sur la montagne inspire sa politique. C'est parce que l'intérêt de la France à ce moment de son Histoire ne se sépare pas de sa vocation la plus haute. Mais cela, à ma connaissance, il ne l'a nulle part expliqué en clair et je me redemande une fois encore, sans vouloir trop y arrêter mon esprit : Si de Gaulle avait eu les moyens de la puissance...

Sur ce point, un des chapitres de ses *Mémoires* et qui donne le plus à penser est celui qui relate son voyage à Moscou et ses entrevues avec Staline. L'intérêt à mon sens ne réside plus ici dans les faits rapportés (le pacte franco-soviétique, la reconnaissance par la France du comité de Lublin). Il est d'ordre psychologique. Comment de Gaulle a-t-il réagi devant Staline ? L'indignation, l'horreur ne sont pas des sentiments auxquels cède un homme d'Etat quand il traite avec un fauve de grande taille comme était celui-là. Je ne m'étonne pas que de Gaulle s'en soit gardé ; mais qu'il ait eu à y résister, c'est ce que je ne sens nulle part. Le vieux loup qui a encore du sang aux babines l'intéresse, le divertit et par instant l'impressionne. Il écrira par exemple :

> Staline était possédé de la volonté de puissance, rompu par une vie de complots à masquer ses traits et son âme, à se passer d'illusions, de pitié, de sincérité, à voir en chaque homme un obstacle ou un danger, tout chez lui était manœuvre, méfiance et obstination. La révolution, le parti, l'Etat, la guerre lui avaient offert les occasions et les moyens de dominer. Il y était parvenu, usant à fond des détours de l'exégèse marxiste et des rigueurs totalitaires, mettant au jeu une audace et une astuce surhumaines, subjuguant ou liquidant les autres.
>
> Dès lors, seul en face de la Russie, Staline la vit mystérieuse, plus forte et plus durable que toutes les théories et que tous les régimes. Il l'aima à sa manière. Elle-même l'accepta comme un tzar pour le temps d'une période terrible et supporta le bolchevisme pour s'en servir comme d'un instrument. Rassembler les Slaves, écraser les Germaniques, s'étendre en Asie, accéder aux mers libres, c'étaient les rêves de la patrie, ce furent les buts du despote. Deux conditions pour y réussir : faire du pays une grande puissance moderne, c'est-à-dire industrielle, et, le moment venu, l'emporter dans une guerre mondiale. La première avait été

remplie au prix d'une dépense inouïe de souffrances et de pertes humaines. Staline, quand je le vis, achevait d'accomplir la seconde au milieu des tombes et des ruines. Sa chance fut qu'il ait trouvé un peuple à ce point vivant et patient que la pire servitude ne le paralysait pas, une terre pleine de telles ressources que les plus affreux gaspillages ne pouvaient pas les tarir, des alliés sans lesquels il n'eût pas vaincu l'adversaire, mais qui, sans lui, ne l'eussent point abattu. (III, pp. 60-61.)

Je sens dans ces derniers propos une obscure nostalgie : que la France d'aujourd'hui est petite ! Pour le reste, de Gaulle lui aussi veut rassembler ceux de sa race – lui aussi il est supporté, il est accepté parce qu'il est nécessaire. Lui, le chevalier de l'Occident par tout un côté de son destin, il rejoint ce monstre.

De Gaulle et Staline sont à deux de jeu. Ils parlent la même langue. « Si j'étais vous, dit Staline à de Gaulle, je ne mettrais pas Thorez en prison, c'est un bon Français... » Et de Gaulle de répondre : « Le gouvernement français traite les Français d'après ce qu'il attend d'eux... » Non selon leur mérite, mais selon leur efficacité : cela va loin. Cela fonde une morale et en détruit une autre, et nous introduit dans un monde où Staline et de Gaulle, en dépit des abîmes qui les séparent, se comprennent d'un clin d'œil.

Au dîner de gala qui suivit, de Gaulle tint sous son regard le piqueur et sa meute rampante et tremblante qu'il fouaille, que tour à tour il menace et qu'il caresse :

Staline tenait des propos directs et simples. Il se donnait l'air d'un rustique, d'une culture rudimentaire, appliquant aux plus vastes problèmes les jugements d'un fruste bon sens. Il mangeait copieusement de tout et se servait force rasades d'une bouteille de vin de Crimée qu'on renouvelait devant lui. Mais avec ses apparences débonnaires, on discernait le champion engagé dans une lutte sans merci. D'ailleurs, autour de la table, tous les Russes, attentifs et contraints, ne cessaient pas de l'épier. De leur part une soumission et une crainte manifestes, de la sienne une autorité concentrée et vigilante, tels étaient, autant qu'on pût le voir, les rapports de cet état-major politique et militaire avec ce chef humainement tout seul. (III, p. 74.)

Suit la page fameuse où Staline, dans une série de toasts, glorifie et tour à tour menace chacun de ces dogues qui le regardent et qui tremblent. Staline a le mot pour faire rire, mais sa plaisanterie trahit sa férocité. De Gaulle en rapporte les pires, sans commentaire : « Ah ! ces diplomates, criait-il. (Il s'agissait des ministres des Affaires étrangères qui, dans la pièce à côté, poursuivaient leurs discussions.) Quels bavards ! Pour les faire taire, un seul moyen : les abattre à la mitrailleuse. Boulganine ! Va en chercher une ! »

C'est quand Staline plaisante qu'il se trahit et qu'il livre le fond boueux, l'horrible lie de son être. Un peu plus tard, pour faire rire de Gaulle (de Gaulle a-t-il ri ?) Staline feindra de vouloir envoyer en Sibérie leur interprète « parce qu'il en sait trop ». Et puis, la partie jouée, et gagnée par de Gaulle (le pacte franco-soviétique est signé sans que nous ayons reconnu le comité de Lublin), Staline tout à coup s'abandonne, se livre, et, chose incroyable, s'attendrit sous le regard glacé de de Gaulle : « Il parlait de tout à présent d'une façon détachée, comme s'il considérait les autres, la guerre, l'Histoire, et se regardait lui-même du haut d'une cime de sérénité. "Après tout, disait-il, il n'y a que la mort qui gagne." Il plaignait Hitler, "pauvre homme qui ne s'en tirera pas". A mon invite : "Viendriez-vous nous voir à Paris ?" il répondit : "Comment le faire ? Je suis vieux. Je mourrai bientôt." »

Qu'on m'entende bien : je ne cherche pas à mettre de Gaulle dans le même sac que Staline. Qu'a-t-il de commun avec cet homme de sang ? Rien d'autre que d'être en tête de la même distribution, dans le même drame, dans le même éclairage et à la même époque. L'Histoire impose à ses interprètes, quels qu'ils soient, sa morale, du moins durant tout le temps qu'ils occupent la scène. Rentré dans la coulisse, je ne sais pas comment est de Gaulle. Sur le prie-Dieu de sa paroisse, à Colombey-les-Deux-Eglises, ou peut-être le soir au pied de son lit démesuré, que dit-il à l'Etre infini, s'il lui parle ? Et de quel ton lui parle-t-il ? Quelle est l'oraison de de Gaulle ? Et fait-il oraison ? Cela, nous ne le saurons jamais.

L'étonnant de cette peinture : Staline vu par de Gaulle, c'est qu'un personnage de Shakespeare se détache un instant, quitte le plateau et, de la salle, observe son partenaire et le juge. J'entre mal dans l'indifférence de tant de gens qui se piquent d'aimer les lettres et les arts et à qui la vie propose un héros français comme celui-là à l'échelle enfin d'une histoire dramatique, qui a un côté image d'Epinal : aussi grand dans le bien qu'Hitler le fut dans le crime, plein de calculs, certes, capable de ruses, remâchant de longues rancunes. Mais cela même échappe à toute petitesse à cause de la grandeur qui en est la raison et l'objet : non pas la sienne propre mais celle de la France – et non pas de la France seule (comme on l'en a accusé absurdement) mais de la vieille nation qui fut la première de toutes les nations, qui fut « la grande nation » avant qu'il y en eût aucune autre et qui aujourd'hui, remise debout par de Gaulle, est devenue comme la mère vénérée des jeunes nations sorties d'elle en Afrique ou bien en Amérique latine, fécondées par son esprit.

Tel est ce de Gaulle que vous haïssez ou que vous jugez

de haut. Shakespeare en quête de personnages n'aurait trouvé que celui-là en France, outre les comparses, il va sans dire : autour de Coriolan, comme autour du cadavre de César, les Mitterrand et les Guy Mollet et les Tixier-Vignancour pullulent. Que de Gaulle se voie lui-même comme un personnage de Shakespeare et comme le héros d'une grande histoire, cela se manifeste clairement chaque fois (et c'est souvent) qu'il parle de lui à la troisième personne. Le général de Gaulle se tient sous le regard du général de Gaulle qui l'observe, qui le juge, qui l'admire d'être si différent de tous les autres hommes.

Au vrai, pour imaginer comment de Gaulle se voit lui-même, le moindre vieil homme, si obscur qu'il soit, en comparaison de celui qui nous occupe, s'en fait une idée, poursuivant une expérience analogue au crépuscule de sa vie. Qui de nous, après soixante ans d'une existence plus ou moins publique, plus ou moins réussie ou manquée, n'observe son propre personnage comme sur un écran une projection agrandie de lui-même au cours d'un film parvenu à son dernier épisode ? La différence est que pour de Gaulle le reflet ne se confond pas avec un écran imaginaire mais qu'il se confond avec la réalité de la France.

C'est ce qui rend le personnage si singulier. L'orgueil qu'on reproche à de Gaulle est lié à une autovénération qui s'adresse non à lui-même mais à ce qu'il incarne. On en revient toujours avec cet homme à la première phrase de ses *Mémoires*, à cette « certaine idée de la France » dont il a été pénétré dès l'éveil de sa pensée, qui a orienté toutes ses lectures, décidé de ses admirations, fait de lui le saint-cyrien et puis le soldat de la première guerre. Il fit dès ce jour-là le don de sa jeune vie – comme tous les autres ? Oui, bien sûr. Que d'autres de Gaulle sont morts !

Des êtres d'élite, eux aussi qui eussent peut-être été des sauveurs eux aussi. Et par quel miracle celui-là a-t-il été épargné : blessé deux fois en Belgique, en août 1914 et en mars 1915, à Mesnil-les-Hurlus. Pour finir, le 2 mars 1916, à Douaumont, il demeure blessé sans connaissance après l'explosion d'un obus, se réveille prisonnier.

Il était vivant. Il suffit d'un homme et quelquefois d'une femme pour sauver un peuple. C'est pourquoi sans doute l'Histoire se permet cette dilapidation de son capital humain, ce gâchage des guerres dites mondiales, ces millions de jeunes vies sacrifiées pour rien et dont quelques-unes étaient chargées de possibilités infinies. De Gaulle a été épargné à Dinant, à Mesnil-les-Hurlus, à Douaumont. Sa chance incroyable a été notre chance. Il fallait que ce lieutenant inconnu fût sauvé en ces jours-là, pour que nous le fussions nous aussi vingt-quatre années plus tard.

Si l'une de ses blessures avait été mortelle pourtant ? Quel autre Français, en 1940, aurait tenté, aurait osé, ce que de Gaulle a tenté et ce qu'il a osé ? Quel autre ? Je cherche un nom et je n'en trouve aucun. Que le destin d'un peuple soit lié à une seule vie, à ce qu'il y a de plus fragile, de plus menacé, de plus éphémère, c'est une évidence et qui confond l'esprit et qui me retient quant à moi de m'attendrir sur ceux qui ont eu le dessein de l'abattre.

C'est un lieu commun de réunions publiques, un cliché à l'usage des journalistes que de dénoncer le culte de la personnalité. Il en va de la personnalité comme de la nation : deux idoles contre lesquelles on met en garde les consciences de la gauche – et en particulier de la gauche catholique.

Mais nous avons appris de de Gaulle à ne considérer que ce qui est. Le culte de la personnalité ? Si j'avais à faire tenir l'Histoire de France en dix mots, je dirais : « Il y a toujours eu quelqu'un à un moment donné... » Ou bien : « A ce moment-là, il n'y avait personne. » L'aventure de de Gaulle l'illustre, comme celle de Jeanne d'Arc ; et ce rapprochement dont ses ennemis font une dérision est à nos yeux une évidence, et tellement une évidence que pour les ennemis de de Gaulle il n'y a jamais eu d'autre nécessité que celle de l'abattre, comme il n'y en avait pas d'autre pour les Anglais que de dresser un jour un bûcher sur une place de Rouen.

Eh oui ! tout a toujours tenu à une personne : ceux qui avaient armé Ravaillac le savaient ; et Charlotte Corday l'a cru. Si Mirabeau n'était pas mort en 1789, la monarchie eût été peut-être sauvée. Si le lieutenant de Gaulle, le 2 mars 1916, à Douaumont, au lieu d'être blessé comme il le fut, avait été enseveli vivant et son cadavre retrouvé plus tard, s'il était aujourd'hui le Soldat inconnu sous la dalle de l'Arc de Triomphe, l'Histoire de France eût été une autre histoire. Elle se fût poursuivie, tout de même, parce que la France est, en tant que nation, et qu'elle eût persévéré dans l'être. Ce qui nous ramène à l'idée de nation qui ne se sépare pas de la personne. Personne et nation, les deux prétendues idoles constituent les deux réalités dont la conjonction en de Gaulle constitue le gaullisme.

Ce que chantaient les foules ouvrières de ma jeunesse ne s'est pas accompli : l'Internationale n'est pas devenue le genre humain. Le genre humain s'est ramené d'abord à une société puis à une organisation de nations de plus en plus nombreuses, de plus en plus définies et différenciées. La passion nationaliste de celles qui naissent en Afrique, c'est de nous qu'elles l'ont héritée ; c'est la vieille nation dont la « certaine idée » que s'en faisait déjà l'enfant

Charles de Gaulle s'impose de plus en plus à un monde que les deux puissances atomiques prétendaient dominer absolument, avec le consentement et même l'adhésion empressée de ce qu'il faut bien appeler le parti américain en France ; ceux qui en toute bonne foi considèrent que l'hégémonie du Pentagone est une nécessité et qui ne saurait être remise en question.

Ce que de Gaulle démontre sur le terrain diplomatique comme il avait fait avec ses chars en 1940, à Laon et à Abbeville, c'est qu'il suffit à la France d'avoir les mains libres pour redevenir la maîtresse du jeu, même face à deux puissances démesurées.

Cette liberté prise à l'égard des Etats-Unis constitue sa carte la meilleure : non pas même l'hostilité aux Etats-Unis – il suffit de ne plus dépendre d'eux absolument pour que nous incarnions l'espérance du tiers-monde. A l'étonnement et presque à la stupeur ressentie et manifestée en Amérique, parce que la France en Chine et en Indochine a des vues et une politique qui contredisent celles de Washington, nous pouvons mesurer le chemin parcouru par de Gaulle. La démonstration est d'autant plus saisissante qu'elle est faite sur les débris d'un empire et alors que partout, et en Algérie pour finir, les couleurs ont été amenées. Avoir su, avoir compris, que ce qui apparaissait à toute cervelle française formée à droite, et surtout à tout militaire français comme un malheur et comme une honte et dont lui-même avait souffert et qui l'avait atteint plus qu'aucun de nous, était au fond une délivrance, que ce qui semblait être la fin de tout marquait le recommencement de quelque chose, de quelque chose d'immense, dont nous avions perdu jusqu'au souvenir – voilà l'honneur de de Gaulle.

Il reste que le « oui » inconditionnel donné à de Gaulle semble contredire certains de mes partis pris dans le passé. Si je m'arrête à mon cas particulier, c'est qu'il concerne toute une famille d'esprits. En vérité un homme de ma génération, né et grandi sous la IIIᵉ République et dont les deux grandes guerres encadrent la destinée d'homme et d'écrivain, et qui survit maintenant à tant de désastres et à tant de hontes, il n'y a vraiment pas à chercher pour lui d'autre raison à son gaullisme : il est né du contraste entre cet effondrement et ce relèvement.

Mais enfin l'homme de lettres que j'ai été, dans la mesure où il s'est mêlé de politique, surtout à partir de la guerre d'Abyssinie et de la guerre civile espagnole, s'est en somme battu du côté du front populaire et contre ceux qu'on appelait en gros nationalistes. J'aurai été toute ma vie un adversaire du nationalisme intégral et de Charles Maurras, quoi qu'en raconte une histoire récente de l'*Action française*, où j'apparais comme un maurrassien intermittent.

Ce qui me paraît vrai, c'est qu'entre 1910 et 1925 j'approuvais Jacques Bainville. En fait, mon opposition déterminée à Maurras, et qui n'a jamais fléchi, ne portait pas sur la politique étrangère de la France. C'est le catholique en moi qui depuis sa dix-huitième année « silloniste » a cherché à rompre l'équivoque maurrassienne : non, le catholicisme n'est pas solidaire d'un certain ordre politique et social ; il n'a pas à le garantir ; il n'est pas lié à l'existence d'une certaine civilisation ; il ne constitue pas le patrimoine de l'Occident.

Mais je m'en rends compte aujourd'hui : mon opposition déterminée à Maurras sur le plan religieux, et qui pour moi était essentiel, détournait ma pensée des points où je me trouvais d'accord avec son analyse. Si j'ai rendu les armes si aisément aux nouvelles institutions de la

Vᵉ République, c'est que durant quarante ans de ma vie j'ai suivi chaque matin, comme sans doute de Gaulle lui-même dans l'*Action française*, l'analyse implacable de la vie parlementaire française et de sa lente corruption et de la paralysie qui s'ensuivit. Durant l'entre-deux-guerres, l'antiparlementarisme tel qu'il se manifesta avec éclat le 6 février était devenu en France la chose du monde la mieux partagée. La France ne s'est pas réveillée antiparlementaire avec de Gaulle et par de Gaulle. Ce qu'il faut dire, c'est que de Gaulle a poursuivi en quelque sorte non plus au tableau noir mais sur le corps crucifié de la patrie, descendue enfin de la croix, la démonstration commencée par Maurras : il a établi un rapport entre les mœurs politiques des Français et ce qui leur était advenu, conséquence directe de notre politique intérieure.

Je me suis toujours connu comme antiparlementaire. Mais, sous la IIIᵉ République, un adversaire du Parlement en France n'imaginait même pas qu'il fût possible de concevoir pour la France un système différent de celui qui la tuait, tellement le régime paraissait se confondre avec notre être même. Il a fallu le séisme de la guerre perdue, il a fallu quatre ans d'occupation, non pour détruire le système puisqu'il s'est survécu jusqu'au 13 mai 1958, mais pour faire apparaître sa tragique inadaptation et pour rendre possible l'impossible, je veux dire la réforme constitutionnelle telle que de Gaulle l'avait mise au point.

Mais si le gaullisme contentait inespérément la vieille hostilité nourrie en moi contre le Parlement depuis plus d'un demi-siècle, en revanche il m'ouvrait les yeux sur l'équivoque dans laquelle j'avais vécu depuis bien des années. Sauf entre 1910 et 1925, j'avais été en réaction contre le nationalisme – ou plutôt contre les nationalistes, tels que l'Affaire Dreyfus les avait à jamais déshonorés dans mon esprit. L'opposition au fascisme, au national-socialisme, était devenue une lutte contre la nation divinisée. En dépit de ce combat j'avais bien moi aussi « une certaine idée » de la France pas très différente de celle que se faisait alors le colonel de Gaulle mais je n'y songeais pas. Je me battais au nom d'un principe (démocratie chrétienne, socialisme chrétien) contre le nationalisme raciste de Berlin et de Rome. Le nationalisme qui m'était ennemi m'avait dissimulé la nation à laquelle j'étais lié et dont j'avais tendance à ne lire l'histoire qu'au passé. En fait, je croyais son destin achevé.

Tel fut l'apport du gaullisme pour moi : l'Europe des patries du général de Gaulle ne s'oppose pas à l'Europe de Robert Schuman comme une conception surannée et dépassée à une idée nouvelle. Simplement elle correspond à ce qui est : chaque nation existe puissamment et absolument avec ses caractères singuliers, ses passions, ses vertus, sa folie, son génie. Irréductibles l'une à l'autre autant qu'un être humain à un autre être humain. Et en même temps, l'Europe elle aussi se crée difficilement sous nos yeux. Elle sera quelque chose d'autre que ce dont rêvaient Robert Schuman et les « Européens » de naguère. Sur ce plan-là, la France, en tant que nation, déborde de possibilités que continuent de nier, ouvertement ou à demi-mot, tous les tenants français de l'hégémonie américaine. Et pourtant de Gaulle aura fait, sur le terrain diplomatique, la démonstration du pouvoir intact que la France détient encore aujourd'hui, et il l'a faite avec une force de persuasion décuplée par le fait que la manœuvre s'accomplit vingt ans après le plus grand désastre de notre Histoire, et durant les années qui auront vu la liquidation (catastrophique en Indochine et en Algérie) de notre empire. Que dans de telles conditions la nation française, en dépit de la

prépondérance absolue que l'arme atomique assure à la
Russie des Soviets et aux Etats-Unis, ait retrouvé sa place,
ait repris sa liberté de manœuvre, qu'elle polarise
aujourd'hui l'espérance du tiers-monde, cela signifie que
le gaullisme est moins une doctrine qu'une expérience
réussie, qu'une vérification, qu'une confirmation par les
faits d'une certaine idée que l'enfant Charles de Gaulle se
faisait déjà de la France.

Eh quoi ! Aucune réserve ? Ne vous posez-vous pas de
question ? Ne nourrissez-vous aucun doute ? Je veux
l'examiner pour finir. Mais d'abord j'écarterai tous les
reproches qui ont trait au caractère de l'homme, au caractère qui fait que de Gaulle aura été de Gaulle. Je l'ai dit
déjà, mais j'y reviens et j'insiste.

Rien ne me paraît si vain que de dénoncer dans un
personnage aussi dessiné que celui-là le caractère qui en
quelque sorte a nécessité son destin ou que de se lamenter
sur l'absence des vertus opposées aux qualités qui constituent sa nature propre : une certaine douceur, par exemple,
une certaine bénignité, une certaine bonhomie, des possibilités d'attendrissement. De Gaulle a la larme difficile, si
l'on peut dire. Ce métal humain a subi de l'Histoire une
certaine trempe, et cela a donné ce type unique, qui certes
n'est pas à prendre ou à laisser, car il a bien fallu le prendre
de gré ou de force. Il n'aura pas donné le choix aux Français d'aujourd'hui qui lui ressemblent si peu, lui qui se
tient au milieu d'eux comme délégué par les Français du
vieux temps.

Un autre reproche rejoint celui qui concerne le caractère du personnage : c'est l'usage qu'il aura fait de la
Constitution, c'est le pouvoir le plus personnel que la
France ait jamais connu. De cela il faut bien convenir,
nous ne pouvons le nier : tant que de Gaulle occupera le

pouvoir, nous ne pourrons nous faire une idée exacte de ce que valent les institutions actuelles. Pour en avoir le cœur net, il faut attendre l'élection à la présidence de la République d'un candidat de type courant. J'entre dans les raisons de ceux qui s'y résignent mal. Ce n'est pas parce que cette république consulaire ne heurte aucun parti pris en moi, et qu'elle y flatte plutôt un goût secret, que je dois prendre légèrement les réactions d'une certaine conscience de la gauche au pouvoir personnel, et au fait que la politique étrangère de la France est conçue par une seule pensée, exécutée selon les vues et selon la tactique d'un homme seul qui n'en discute avec personne. Cela relève du phénomène de Gaulle auquel je consens de tout mon cœur et de tout mon esprit, mais encore une fois je comprends qu'on s'y oppose, et qu'en tout cas on ne s'y résigne pas.

Je mets à part un autre ordre d'objections, non parce que je leur dénie de l'importance mais parce que je suis incapable d'une opinion personnelle en la matière : la France a-t-elle les moyens de sa politique, et « la chétive pécore » n'éclatera-t-elle pas pour finir ? Certes j'ai pris parti, sur ce sujet-là comme sur tous les autres, mais pour des raisons qui ne relevaient pas de l'économique. Ce qui m'aura aidé à suivre les raisons du cœur dans une matière qui pourtant les concerne si peu, c'est le caractère conjectural de tout ce qui se conclut en politique à partir de l'économie. Je me souviens qu'au lendemain du 13 mai et au moment de la prise du pouvoir par de Gaulle, une conférence de Pierre Mendès France prédisant des catastrophes m'avait accablé, car je ne doutais pas que Mendès France ne fût grand clerc en la matière ; et certes il l'était. A quel point il s'est trompé nous nous en rendons compte aujourd'hui.

Mais enfin ne trouverai-je donc rien dans ce régime qui heurte une part de moi-même ? En suis-je satisfait autant que je l'assure ? Ce que je ne dis pas mais que peut-être je pense, voici le moment d'essayer de le tirer à la lumière. Si je m'en suis gardé jusqu'à maintenant, c'est qu'en fait, j'ai toujours été fort pessimiste en politique, accoutumé au pire, depuis l'enfance, m'y attendant, et mon attente n'était jamais trompée. Et voici que pour la première fois les raisons du cœur et la raison cèdent en moi au même contentement.

Pour la première fois – je dis bien : pour la première fois – une pensée logique aux prises avec la conjoncture ne cesse depuis vingt-quatre ans à la fois de s'y adapter et de la dominer ; et les périodes d'éloignement du pouvoir servent de démonstration *a contrario* ; – de l'efficacité d'une politique ? Ce serait trop peu dire ; – d'une présence ? Oui, de la présence d'un homme, d'un certain homme, et de lui seul. C'est en réalité contre cette solitude que se mobilisent les démocrates des anciennes observances et nous l'avons vu, non sans raison. Mais moi qui, encore une fois, ne trouve rien à dire contre cet homme, ni contre ce qu'il a accompli, puis-je approuver ses méthodes ? N'y trouverai-je rien à blâmer ?

Eh bien ! oui, une certaine objection que je ne crois pas avoir jamais formulée a toujours été en moi latente parce qu'elle demeurait imprécise et c'est elle qu'il s'agit maintenant de tirer en pleine lumière. J'hésite sur l'expression à lui donner et sur sa portée. Ce dont je souffre (mais non, je n'en souffre pas !), ce qui me gêne dans la France gaulliste, c'est une disproportion entre la politique de grandeur telle que le général de Gaulle la mène au-dehors et l'indifférence à l'abaissement de l'esprit des Français, l'abandon dans lequel est laissée la jeunesse de France. On dirait que pour de Gaulle il n'existe pas de rapport entre la France qu'il remet à sa vraie place parmi les nations, et les Français, surtout les jeunes Français, livrés dès l'adolescence à toutes les excitations les plus basses de la sexualité et de la violence. Le cinéma, la radio, le disque l'entretiennent dans un état de frénésie auquel on admire qu'échappent les jeunes gens qui tant mal que bien choisissent tout de même de travailler. Je limite ma réflexion aux problèmes posés par la jeunesse, bien que ce qu'il faudrait appeler après Barrès « l'éducation de l'âme » concerne en fait tous les âges, et que l'ensemble de la société française manifeste des préoccupations, des goûts qui ne répondent en rien à l'idée de grandeur que leur guide incarne. Il ne paraît pas lui-même souffrir de ce contraste. Il semble une fois pour toutes avoir dissocié de la France éternelle les Français éphémères, comme s'il avait fini par admettre que la grandeur de la nation ne dépend que du cerveau qui la dirige et que pour le reste il faut s'en rapporter à ce que continue de donner malgré les tueries périodiques des temps de guerre, malgré la plaie affreuse et entretenue avec soin de l'alcoolisme, malgré la corruption industrialisée du cinéma, la vieille nation d'où l'Etat continue de tirer chaque année ce qu'il faut d'insti- tuteurs, d'ingénieurs, de gendarmes et de curés pour faire un peuple.

Partout où la grandeur de la nation prime sur tout le reste, dans les Etats totalitaires, partout où un peuple, au plus bas de son histoire, s'est relevé et est devenu très grand, en Russie, en Chine, le but est de faire de chaque enfant un citoyen. Dans la France gaulliste, il devrait s'agir de quelque chose d'autre, de quelque chose de plus que de l'éducation civique. Je me suis dit souvent que la seule idée féconde qu'il eût fallu retenir de Vichy c'était les chantiers de la jeunesse. Sous un régime où tout finis- sait par pourrir, il y eut pourtant, de ce côté-là, un com- mencement de réussite, une amorce de formation dont certains demeurent encore marqués.

Mais ce rappel suffit à me donner une idée de ce qui écarte Charles de Gaulle, chrétien dans le privé, de toute politique infléchie par un parti pris religieux. Ce qu'il en coûte de vouloir imposer du dehors l'ordre moral – et ce qu'il en coûte à la religion d'abord –, de Gaulle le sait, lui qui connaît l'Histoire de France et qui connaît les Français. J'imagine qu'à ses yeux la grâce est l'affaire de Dieu qui est le Dieu des cœurs. La politique humaine vise à interpréter les événements, « ces maîtres, nous dit Pascal, que Dieu nous donne de sa main », et à les dominer, et à les incliner pour le bien commun. Mais la politique humaine est sans autre pouvoir sur les passions qu'un pouvoir de surveillance et de police. Le chrétien de Gaulle comment ne se souviendrait-il pas des deux maréchaux de France Mac-Mahon et Pétain ? Nul doute qu'il ait médité ces deux exemples à ne pas suivre.

Aucun président civil et franc-maçon ne se sera mieux gardé que ce général catholique de toute ingérence, de toute pression d'ordre spirituel et confessionnel. Certes, il assiste, chaque fois que c'est de règle, aux cérémonies de l'Eglise, mais il n'a jamais cédé à la tentation de s'adresser en fidèle d'une Eglise particulière au peuple français qu'il dirige ; et à aucun moment il n'a donné l'impression qu'il pouvait recevoir de Rome et moins encore solliciter des directives ou des conseils.

Pourtant l'Eglise, l'Eglise gallicane, c'est trop peu dire que cela fait partie pour lui de la « certaine idée » qu'il se fait de la France. Qu'elle constitue son âme même, il le croit, et il le sait. Mais il ne paraît pas croire que le spirituel en tant que tel relève de la politique, ni qu'il lui appartient, en tant que président de la République, d'intervenir directement dans la formation des jeunes esprits. Hitler et Mussolini sont trop près de nous dans le temps, pour que les chants des jeunesses fanatisées ne retentissent pas toujours dans notre souvenir. Si de Gaulle souffre, comme j'en souffre moi-même, d'une disproportion entre l'idée qu'il se fait de la France et qu'il s'efforce d'imposer au reste du monde et l'anarchie morale et spirituelle qui se manifeste partout en France mais surtout à Paris, et dont la télévision, la radio, le cinéma se font les complices, nous ne le saurons sans doute jamais.

Ce grand chef temporel ne touche jamais au spirituel. Et pourtant il ne dépend pas de lui de dissocier dans la réalité les deux domaines. La puissance politique de la France sera à la mesure de son rayonnement. Tout se passe comme si pour de Gaulle aucune action directe du pouvoir politique ne pouvait agir sur la source de ce rayonnement : sur l'âme même.

Mais sans doute est-ce la part de la foi chez ce pragmatiste – la part d'une foi confirmée par l'Histoire du passé et par celle qu'il a vécue et dominée, et par celle qu'il continue de vivre : il y a toujours eu, il y aura toujours dans cette vieille nation beaucoup plus que les dix justes demandés par Dieu à Abraham pour sauver Sodome. Les Français de la race de Péguy et de la race de de Gaulle (différents en cela de Maurras et de Barrès qui eux entrevoyaient que la nation française risquait à chaque instant d'être anéantie si les conditions de son salut venaient à manquer), ces Français-là ont beau avoir été les contemporains de grands désastres ils n'ont jamais cru que la France pût être anéantie : fût-elle morte, en apparence comme en 1940, ils n'ont jamais douté de sa résurrection. C'est donc qu'il y a en elle un principe d'éternité qui se manifeste à tous les moments de son Histoire et auquel de Gaulle fait confiance : comme un mécanicien, tout entier occupé de la manœuvre, fait confiance au moteur qu'il ne voit pas.

De Gaulle nous propose une autre énigme. Cet homme qui aura, depuis 1940, inscrit dans les faits la politique de la gauche et qu'à cause de cela les hommes de gauche ont été obligés de soutenir malgré leur méfiance et leur antipathie, cet homme indifférent à l'argent et méprisant l'argent s'accommode du système capitaliste, ne manifeste aucun éloignement pour ceux qui l'incarnent, et il se sert d'eux, et il se fait servir par eux. En fait il utilise ce que lui donne la conjoncture sociale sans porter de jugement, sans chercher à y rien changer. Ce n'est pas là-dessus qu'il a reçu pouvoir d'agir. Il lui appartient de s'en arranger, non de la modifier. Le marxisme a fait de la Russie et de la Chine ce qu'elles sont devenues. Nul doute qu'un de Gaulle russe ou chinois (si c'était imaginable !) eût été marxiste. Mais le marxisme n'entre pas, du moins pour l'immédiat, dans les données françaises. Ce vieux peuple est tout tourné vers le mieux-être, il aspire à un certain confort, et même à un certain luxe et d'abord à ses loisirs. Un de Gaulle, ni ne s'en indigne ni ne le déplore : il le constate, il en tient compte. Il n'a pas reçu mission de faire régner sur la terre plus de justice, du moins directement et sans passer par la France. De Gaulle croit à la mission de la France parmi les hommes. Son rôle à lui concerne la France qu'il doit maintenir à son rang et à la place d'où il lui sera possible d'aider les nations.

II

Cette certaine idée que je me fais de de Gaulle, qu'en penserait de Gaulle lui-même? Il me reste de le lui demander. Il me reste de confronter cette idée à la parole de de Gaulle, cette parole sans cesse répétée depuis le 18 juin 1940, adressée à la fois à la nation française et au reste du monde. Nous n'avons pas le droit de nous tromper sur de Gaulle ni sur le rôle qu'il s'assigne à lui-même. Nous ne serions pas plus excusables de notre erreur que ne le furent les contemporains de Hitler qui avaient entendu ses discours et qui avaient lu *Mein Kampf*.

Je voudrais donc maintenant suivre pas à pas la pensée de de Gaulle telle qu'il nous l'a manifestée depuis le premier jour, et y répondre, et y céder, ou y résister selon ce que je ressens aujourd'hui en l'écoutant de nouveau, et compte tenu de ce qui s'est accompli et que de Gaulle n'avait pas toujours prévu. Mais il n'a jamais prétendu au don de seconde vue. Toute l'histoire de de Gaulle tient dans cette fatalité de l'Histoire conjurée par la pensée et par la volonté d'un seul homme.

Et d'abord je veux revenir sur ce qui est à la source de tout : que de Gaulle ait cru, qu'il ait su qu'il était de Gaulle. Cela ne va pas de soi. Il y eut une fois, une seule fois dans l'Histoire du monde, un homme qui a dit qu'il était le

Messie, et il n'a pas été enfermé avec les fous. Il a été pris au mot par ses amis et par ses ennemis ; et il continue, de siècle en siècle, à être pris au mot par eux. Il y eut une fois, une seule fois, cette bergère qui racontait que des saintes lui parlaient et lui ordonnaient de délivrer Orléans et de mener le Dauphin à Reims. Et il en fut ainsi et elle le paya de son martyre. Une autre bergère raconta qu'elle avait vu une dame dans une grotte. Elle non plus, on ne l'enferma pas, et les foules du monde entier n'ont plus cessé de battre ce rocher où la dame lui était apparue.

Rien ne contente la raison qui essaye de reconstituer l'enchaînement des circonstances dans ces trois histoires. Mais, avec de Gaulle, il en devrait aller autrement. Rien ne s'est passé qui ne soit explicable : il a parlé en même temps qu'il agissait. Il n'a cessé de parler et d'agir en pleine lumière et à la face du monde. Efforçons-nous donc de capter le mystère à sa source, de le voir sourdre, de le regarder naître dans sa parole même.

A partir du 18 juin 1940, l'histoire de de Gaulle est l'Histoire faite par de Gaulle. Il n'a plus de vie privée et se refuse de façon délibérée, définitive, à la moindre détente, à la plus petite satisfaction personnelle. Dès le 19 juin, il a déclaré solennellement :

> Devant la confusion des âmes françaises, devant la liqué-
> faction d'un gouvernement tombé sous la servitude enne-
> mie, devant l'impossibilité de faire jouer nos institutions,
> moi, général de Gaulle, soldat et chef français, j'ai
> conscience de parler au nom de la France.

Désormais et pour toujours, de Gaulle prend en charge la France. « Devant le vide effrayant du renoncement général, ma mission m'apparut d'un seul coup, claire et terrible. En ce moment, le pire de son histoire, c'était à moi d'assumer la France. » (*Mémoires de guerre*, I, p. 74.) Au commencement était l'acte de foi. Tout commence toujours par la foi. Mais la foi « les yeux ouverts » est le contraire de la foi « les yeux fermés ». De Gaulle, dès le premier jour, se voit, se regarde, se mesure, se juge. Evoquant son choix du 18 juin, il écrit :

> Quant à moi, qui prétendais gravir une pareille pente, je n'étais rien, au départ. A mes côtés, pas l'ombre d'une force, ni d'une organisation. En France, aucun répondant et aucune notoriété. A l'étranger, ni crédit, ni justification. Mais ce dénuement même me traçait ma ligne de conduite. C'est en épousant, sans ménager rien, la cause du salut national que je pourrais trouver l'autorité. C'est en agissant comme champion inflexible de la nation et de l'Etat qu'il me serait possible de grouper, parmi les Français, les consentements, voire les enthousiasmes, et d'obtenir des étrangers respect et considération. Les gens qui, tout au long du drame, s'offusquèrent de cette intransigeance ne voulurent pas voir que, pour moi, tendu à refouler d'innombrables pressions contraires, le moindre fléchissement eût entraîné l'effondrement. Bref, tout limité et solitaire que je fusse, et justement parce que je l'étais, il me fallait gagner les sommets et n'en descendre jamais plus (I, p. 70).

De Gaulle n'a pris la direction de la France Libre qu'après avoir vainement attendu qu'un homme politique ou un soldat plus haut placés et plus représentatifs que lui dans la hiérarchie arrivent à Londres. Les pouvoirs qu'il avait assumés, avec promesse solennelle de s'en démettre dès que les circonstances le permettraient, il ne les considérait pas, au début, comme devant être exercés par lui jusqu'à la Libération. Il pouvait encore déclarer le 28 décembre 1940 :

Nous proclamons que partout où des Français, quels que soient leur poste, leur grade, leurs opinions, voudront reprendre la lutte pour la France, nous serons avec eux sans délai et sans conditions. Nous proclamons que tous les chefs français, quelles qu'aient pu être leurs fautes, qui décideront de tirer l'épée qu'ils ont remise au fourreau, nous trouveront à leurs côtés sans exclusive et sans ambition. Nous proclamons que si l'Afrique française se lève enfin pour faire la guerre, nous ferons corps avec elle par notre morceau d'Empire.

Sans délai, sans conditions, sans exclusive, sans ambition, il s'effacera : il le proclame, et qui en pourrait douter ? Mais croit-il lui-même qu'il se trouvera conduit à le faire ? A mesure que, depuis le 18 juin, les jours passent, le nombre d'hommes capables de l'emporter sur lui en prestige se réduit au point de devenir inexistant, au Maréchal près, qui finira peut-être par se résoudre à gagner l'Afrique du Nord. Dans la hiérarchie militaire, ce général de brigade à titre temporaire occupe déjà une place si éminente que nul autre – sauf le Maréchal, pour peu de mois encore – ne peut se comparer à lui, général à deux étoiles qu'il restera toute sa vie parce qu'il s'est placé définitivement hors du rang – et hors rang.

Tous les chefs français, quelles qu'aient pu être leurs fautes... Ces quelques mots en disent long sur ce qu'est après juin 40 la situation morale du général de Gaulle. Il est là où il se trouve parce que personne d'autre n'est venu, que personne d'autre n'arrive à qui laisser la place. Mais en est-il un seul qui en soit digne ? Ceux aux ordres de qui de Gaulle se mettrait s'ils gagnaient Londres sont précisément des personnalités qui, par les fonctions qu'elles occupaient, sont à un titre ou à un autre responsables pour leur part du désastre national. De Gaulle, lui, n'est pas compromis par une catastrophe qu'il a prévue et, dans la mesure de ses possibilités, tout fait pour éviter. D'où, dans le malheur de la patrie, qu'il éprouve plus que quiconque en tant que citoyen et que soldat, une position qui lui rend possibles tous les refus. Il appartient déjà, en plein désastre, aux époques futures de l'honneur et du bonheur retrouvés, comme s'il était hors du temps, au service de cette France éternelle pour laquelle une défaite, si grave apparût-elle, ne peut être jamais que provisoire.

D'où l'assurance avec laquelle il prend la parole, lui qui n'est rien, qui n'a rien. Le ton est tel que les quelques Français qui captent alors, à la radio de Londres, cette voix d'un général exilé dont ils ignorent presque tout (notamment qu'il a prévu la guerre motorisée) savent qu'il ne berce pas, après coup, le pays de consolations faciles, mais qu'il dit la vérité en assurant, le 18 juin 1940 :

> Foudroyé aujourd'hui par la force mécanique, nous pourrons vaincre dans l'avenir par une force mécanique supérieure. Le destin du monde est là.

Et que ce ne sont pas des propos en l'air s'il assure le 12 août :

> Le peuple français se souvient qu'il a accepté de grand cœur tous les sacrifices demandés par ses chefs. Si les armées françaises furent surprises par la guerre mécanique, c'est parce qu'elles y avaient été mal préparées et je donnerai là-dessus, quelque jour, de capitales précisions.

Le 13 juillet, il s'était écrié : « Eh bien ! puisque ceux qui avaient le devoir de manier l'épée de la France l'ont laissée tomber, brisée, j'ai ramassé le tronçon du glaive. » Son allocution du 22 août marque l'orgueil de l'homme de gouvernement qui suit moins les événements qu'il ne les crée. De Gaulle *fait l'Histoire*, et il ne l'ignore pas :

Je dis, parce que je le vois, que notre alliée, l'Angleterre, est chaque jour plus forte que la veille. Je dis, parce que je le sais, qu'un irrésistible courant entraîne le Nouveau Monde au secours de la liberté. Je dis, parce que je le fais, que la force de la France commence à se ranimer.

Et, faisant l'Histoire, il sait quelle est sa situation réelle. En octobre 1940, le général Catroux, venant du Caire, le rejoint à Fort-Lamy. Dans ses *Mémoires*, de Gaulle écrit :

> Au repas, je levai mon verre en l'honneur de ce grand chef, à qui je portais, depuis toujours, une déférente amitié. Il répondit d'une façon très noble et très simple qu'il se plaçait sous ma direction. Eboué et tous les assistants connurent, non sans émotion, que, pour Catroux, de Gaulle était, désormais, sorti de l'échelle des grades et investi d'un devoir qui ne se hiérarchisait pas. Nul ne se méprit sur le poids de l'exemple ainsi donné. Quand, ayant fixé avec lui sa mission, je me séparai du général Catroux près de l'avion qui le ramenait au Caire, je sentis qu'il repartait grandi (I, p. 114).

Moins d'un mois après son appel du 18 juin, de Gaulle déclarait le 13 juillet 1940 à la radio de Londres :

> Je suis en mesure d'annoncer qu'il existe déjà sous mes ordres une force militaire appréciable, capable de combattre à tout instant sur terre, dans les airs et sur la mer. J'ajoute que cette force augmente tous les jours et je veux que l'on sache de quelle magnifique qualité est la jeunesse française qui accourt s'y engager. Il n'y a pas à douter une seconde que cette force ira en croissant au fur et à mesure de la guerre. Français ! sachez-le, vous avez encore une armée de combat.

Le 29 novembre 1940, il donne des chiffres :

Les résultats ? Eh bien ! Nous avons en ce moment 35 000 hommes sous les armes, 20 vaisseaux de guerre en service, un millier d'aviateurs, 60 navires marchands sur la mer, de nombreux techniciens travaillant à l'armement, des territoires en pleine activité en Afrique, en Inde française et dans le Pacifique, des groupements importants dans tous les pays du monde, des ressources financières croissantes, des journaux, des postes de radio et, par-dessus tout, la certitude que nous sommes présents à chaque minute dans l'esprit et dans le cœur de tous les Français de France.

Ce droit que de Gaulle se reconnaissait en juin 40 et qu'il devait alors à sa lucidité et à son génie, ce n'est plus dès la fin de cette même année à la seule rectitude de sa pensée mais aussi et surtout à l'efficacité de son action qu'il sait désormais le devoir. Il en prend acte dans son discours du 28 décembre :

La réalité, c'est l'ennemi ! L'ennemi exploitant la servitude pour exiger plus de servitude. L'ennemi pressant les collaborateurs pour en tirer plus de collaboration. L'ennemi jouant du déshonneur pour imposer plus de déshonneur.

Devant cette nouvelle faillite, nous avons, nous les Français Libres, le droit et le devoir de parler ferme et de parler haut. Nous en avons le droit, car nous n'avons jamais, nous, subi la loi de l'ennemi. Nous en avons le droit, à cause des soldats ennemis tués ou faits prisonniers, des navires ennemis coulés, des avions ennemis abattus, par nos armes. Nous en avons le droit, parce qu'un millier de nos soldats, de nos marins, de nos aviateurs sont morts pour la France depuis l'« Armistice ». Et nous en avons le droit, parce que la France livrée, écrasée, bâillonnée, ne parle plus que par notre voix.

Il est à remarquer qu'ayant parlé du droit et du devoir, de Gaulle ne reprend pas, à son habitude, chacun des termes pour les développer mais un seul. Le devoir va de soi, il lui suffit d'en faire mention ; en revanche le droit lui est contesté.

« Notre morceau d'Empire », disait-il le 28 décembre 1940. Et le 9 janvier 1941, s'adressant à des Britanniques :

> Je mesure, en même temps, l'intérêt particulier que vous voulez bien porter à ce fragment de la France qui lutte aujourd'hui aux côtés de ses alliés pour la libération de la Patrie et pour les grands buts communs.

Morceau, fragment. Ce sont les mots justes. De Gaulle admet, ce même 9 janvier 1941, que « la France Libre est littéralement partie de rien » mais c'est pour rappeler aussitôt qu'elle a « déjà rallié des territoires dont la population atteint six millions d'hommes » et qu'elle « a mis sur pied des troupes, des navires de guerre, un noyau d'aviation, une flotte marchande ». Le 15 novembre, s'il reconnaît implicitement et de façon rétrospective avoir surestimé, pour les besoins de sa cause (celle de la France) les forces dont il dispose, il n'en continue pas moins, pour le présent, à leur donner plus d'ampleur qu'elles n'en ont encore :

> Tel fut, au premier jour, notre but, tel il demeure aujourd'hui sans que rien en soit changé. Vers ce but, nous avons marché sans hésiter et sans fléchir. Quand on saura avec quels moyens, je crois bien que le monde en marquera quelque étonnement. Nous n'avions ni organisation, ni troupes, ni cadres, ni armes, ni avions, ni navires. Nous n'avions point d'administration, de budget, de hiérarchie, de règlements. Bien peu, en France, nous connaissaient et nous n'étions, pour l'étranger, que des risque-tout sympathiques sans passé et sans avenir.
>
> Or, il ne s'est pas passé un jour sans que nous ayons

grandi. Chacun sait quelles furent les étapes, toujours dures, parfois cruelles, de notre marche en avant. Chacun peut imaginer les difficultés matérielles et morales que nous avons dû surmonter. Chacun connaît l'étendue des territoires, le degré de force militaire, la valeur de l'influence, que nous avons pu reporter dans la guerre au seul service de la Patrie. Nous étions une poussière d'hommes. Nous sommes maintenant un bloc inébranlable. Nous nous sommes rendu à nous-mêmes le droit d'être des Français fiers et libres. Par-dessus tout, nous avons rétabli dans notre peuple prisonnier les liens de l'unité française avec la volonté de résistance pour la vengeance et de redressement pour la grandeur.

Ainsi de Gaulle saluait-il, pour le passé, cette « poignée d'évadés français (qui) avaient emporté avec eux l'âme éternelle de la France », sans oser dire, pour le présent, qu'elle était encore une « poussière d'hommes ». Eh bien, oui ! il faut tromper les hommes, ou du moins les leurrer pour les sauver. De Gaulle aura, au départ, jeté de la poudre aux yeux – mais, dirait-on, aux yeux de l'Histoire. Ce qui n'était pas vrai devenait vrai parce qu'il le disait et le faisait. Il a toujours usé volontiers de l'expression « faire en sorte que… ». Il a toujours fait en sorte que ce qu'il disait exister existât en effet.

Pourtant, au cours d'une conférence de presse donnée à Londres, à la suite de l'accord conclu entre les Etats-Unis et l'amiral Robert, haut-commissaire du gouvernement Pétain à la Martinique, de Gaulle, protestant contre cette reconnaissance par le gouvernement américain du pouvoir vichyssois sur les colonies françaises d'Amérique, emploie pour désigner la force réelle de la France Combattante, une expression aussi modeste que celles dont il avait usé, pour le passé, le 15 novembre précédent et il l'emploie *pour le présent* :

La représentation du peuple français est naturellement dans le peuple français. Nous ne pouvons pas avoir la prétention, étant une poignée d'hommes, de constituer la représentation politique du peuple français. Cette représentation politique ne pourra reparaître qu'à la libération, quand le peuple français reconstituera dans sa souveraineté sa représentation politique. (*27 mai 1942.*)

C'est sans doute que, le gouvernement américain sachant à quoi s'en tenir sur la puissance matérielle française, pratiquement encore négligeable dans l'équilibre des forces en présence, de Gaulle préfère avouer cette faiblesse pour mieux faire ressortir le poids moral, considérable, représenté par la France, la France Combattante.

Entre cet homme et ces hommes, il y avait une entente singulière et profonde. Tous ceux qui vécurent l'épopée de la France Libre en témoignèrent, à commencer par de Gaulle lui-même :

L'aspect des bataillons, des batteries, des blindés, des services motorisés de pied en cap, mêlant dans leurs rangs de bons soldats de toutes les races, conduits par des officiers qui, d'avance, sacrifiaient tout à la gloire et à la victoire, défilant radieux sous l'écrasant soleil du mois d'août, me comblait de confiance et de fierté. Il s'établissait entre eux et moi un contact, un accord d'âmes, qui faisaient déferler en nous une espèce de vague de joie et rendaient élastique le sable que foulaient nos pas. Mais tandis que s'éloignaient les derniers rangs de nos troupes, je revenais de ce vertige... (*Mémoires de guerre*, II, p. 14.)

Après l'échec de Dakar, de Gaulle, attendu par Leclerc, débarque à Douala où il est accueilli avec ferveur :

Cette identité de nature entre tous ceux qui se rangeaient sous la Croix de Lorraine allait être, par la suite, une sorte de donnée permanente de l'entreprise. Où que ce fût et quoi qu'il arrivât, on pourrait désormais prévoir, pour ainsi dire à coup sûr, ce que penseraient et comment se conduiraient les « gaullistes ». Par exemple : l'émotion enthousiaste que je venais de rencontrer, je la retrouverais toujours, en toutes circonstances, dès lors que la foule serait là. Je dois dire qu'il allait en résulter pour moi-même une perpétuelle sujétion. Le fait d'incarner, pour mes compagnons, le destin de notre cause, pour la multitude française le symbole de son espérance, pour les étrangers la figure d'une France indomptable au milieu des épreuves, allait commander mon comportement et imposer à mon personnage une attitude que je ne pourrais plus changer. Ce fut pour moi, sans relâche, une forte tutelle intérieure en même temps qu'un joug bien lourd (O.c., I, p. 111).

« Mon personnage. » Voilà le mot prononcé et écrit par de Gaulle : l'être qu'il n'est peut-être pas, au départ, qu'il devient par la volonté collective des Français résistants, condamné par eux à une attitude qui sera désormais sa vraie nature et sa vraie coutume, au point qu'un de Gaulle différent n'est plus imaginable.

Si de Gaulle sait ce que sa personne symbolise, il n'ignore point – et depuis les premiers jours – ce que représentent les Français qui l'ont rallié ou reconnu, si rares d'abord, puis de plus en plus nombreux, mais une minorité comparée à la masse de la nation. C'est ainsi qu'au Kingsway Hall de Londres, où se sont rassemblés, le 1er mars 1941, les « Français de Grande-Bretagne », il s'écrie, dès les premiers mots de son discours :

Cette réunion de plusieurs milliers de bons Français et de bonnes Françaises, venus pour le seul motif qu'ils s'y trouveront ensemble et participeront en commun à la même émotion, est un réconfort pour chacun de nous. Mais il faut y voir aussi une preuve, entre beaucoup d'autres, d'un fait d'une très grande portée, à savoir le resserrement dans l'épreuve de la volonté nationale. Car la France est une, la France est indivisible et nous savons tous que ce qui se passe dans le cœur des trois mille Français que nous sommes se passe en même temps dans celui des quarante-deux millions d'autres.

Texte d'autant plus révélateur que de Gaulle ne s'adresse pas alors à ses compagnons mais aux Français établis en Grande-Bretagne. Affirmation rendant compte d'une réalité que nous avons vécue, vérifiée dans la France occupée, puis libérée et où nous décelons l'importance attachée par de Gaulle dès les premiers jours de son action à l'émotion de « se trouver ensemble », de « participer en commun ».

Il y a cette masse de la France, qui réagit en toutes circonstances selon ce qu'exigent l'honneur et l'intérêt nationaux – masse qu'il incarne –, mais il y a aussi les Français qui manquent d'énergie, de lucidité, de désintéressement – et qu'il trouvera sur sa route, ici et là, aujourd'hui et demain. Dans ce discours du 1er mars 1941, il déclare :

Certains ont pu douter que l'âme française y résistât. Il n'a pas manqué de gens hostiles, ou simplement légers, pour croire que, dans le désespoir, notre Patrie allait subir une sorte de dissolution morale. En France même, ces hommes qui n'ont de foi qu'en leurs billevesées et de loi que leur intérêt, ces hommes que la décadence de notre régime avait fait foisonner dans la politique, les armées, la presse, le monde, les affaires, se sont rués à la servitude. Enfin une abominable propagande d'humiliation et de renoncement a réussi à influencer quelques esprits faibles et quelques cœurs mal accrochés. Cet ensemble de malveillances, de lâchetés, de médiocrités, put faire supposer que la France, atteinte aux sources de sa vie, tomberait dans l'état d'asthénie chronique où les nations perdent la volonté et jusqu'au goût de l'indépendance, bref, qu'elle ne serait plus autre chose qu'un grand souvenir du passé, une victime du présent, un accessoire de l'avenir.

Passe encore pour les hommes de Vichy. Mais ceux de Londres ne sont pas toujours aussi fermes que le Général le souhaiterait. Il écrit dans ses *Mémoires de guerre*, à propos des pressions dont il était l'objet de la part du gouvernement anglais :

Nos partenaires britanniques y étaient aidés par la propension naturelle des Français à céder aux étrangers et à se diviser entre eux. Chez nous, parmi ceux qui, de près ou de loin, avaient eu, dans leur carrière, à s'occuper d'affaires extérieures, la concession était, le plus souvent, une habitude, sinon un principe. Pour beaucoup, à force d'avoir vécu sous un régime dépourvu de consistance, il était comme entendu que la France ne disait jamais : « Non ! » Aussi, dans les moments où je tenais tête aux exigences britanniques, voyais-je, jusqu'autour de moi, se manifester l'étonnement, le malaise, l'inquiétude. J'entendais chuchoter en coulisse et je lisais dans les yeux cette question : « Où donc veut-il aller ? » Comme s'il était inconcevable qu'on n'allât pas à l'acceptation. Quant à ceux des Français émigrés qui ne nous avaient pas ralliés, ils prenaient parti contre nous d'une manière quasi automatique ; la plupart suivant la pente de leur école politique pour laquelle la France avait toujours tort, du moment qu'elle s'affirmait ; tous désapprouvant de Gaulle, dont la fermeté, qu'ils qualifiaient de dictatoriale, leur paraissait suspecte par rapport à l'esprit d'abandon qu'ils prétendaient confondre avec celui de la République ! (I, p. 140.)

Dans un discours du 4 mai 1943, de Gaulle notera que « ce drame effrayant et passionné met en œuvre des hommes, des hommes avec leur courage et leur grandeur, mais aussi avec leurs faiblesses et leurs médiocrités ». Ce que de Gaulle n'a pas vu ou n'a pas voulu voir depuis Londres, c'est que la masse des Français « occupés », si elle penchait vers lui, n'en demeurait pas moins dominée par l'idée des *deux tableaux* sur lesquels la France jouait. Ceux qui perdraient, perdraient tout, et l'honneur et la vie. Voilà ce que pensaient les Français prudents, mais pour la plupart dès 1941, certains de la victoire promise à l'Angleterre.

Cet accord de la majorité des Français, il le connaît par intuition et de l'intérieur, comme de l'intérieur et par intuition ces Français se reconnaissaient gaullistes sans rien savoir du général de Gaulle. Mais à ces certitudes directes et immédiates s'ajoute ce qu'il apprend chaque jour de la France par les Français qui en reviennent, soit qu'ils le rejoignent, soit qu'ils aient été envoyés par lui en mission sur le territoire occupé. Ainsi peut-il déclarer, le 1er mars 1941 :

> Ah! quel démenti donne en ce moment notre peuple à ceux qui doutaient de lui ! En fait, depuis la capitulation que des chefs affolés imposèrent à sa stupeur mais non à son consentement, la nation française n'a pas un seul jour perdu la conscience de ce qu'elle est, ni la résolution de le demeu- rer. Bien mieux, dans toutes les villes, tous les bourgs, tous les villages, elle tisse le réseau secret de sa résistance. Nous savons ce que l'on pense et ce que l'on dit dans nos maisons, nos écoles, nos ateliers, nos marchés. Nous savons quels insignes se cachent sur les poitrines. Nous savons quels écrits circulent de main en main. Nous savons quelles ins- criptions s'étalent sur les murs. Nous savons ce que signifie le regard détourné des hommes et le regard baissé des

femmes qui croisent l'ennemi dans la rue […]. Et s'il fallait d'autres preuves, nous en citerions des milliers, autant de preuves que de volontaires venus jusqu'à nous, à travers quelles difficultés !

Mais voilà la grande épreuve de de Gaulle. Au Levant, les Français Libres et ceux de Vichy s'affrontent. Ce que de Gaulle peut en souffrir, nous en avons une idée par ce passage d'une allocution improvisée à Beyrouth, le 27 juillet 1941, non reprise dans les *Discours et Messages*, mais que l'on trouve dans le tome I de ses *Discours aux Français*, publiés, pendant la guerre, par l'Office français d'édition :

> Et s'il arrive, hélas ! – les dernières semaines l'ont prouvé – que notre effort peut conduire aux événements les plus douloureux, je vous prie de croire que personne n'en a été déchiré dans son cœur plus que le chef des Français Libres. Mais je vous prie de croire aussi que pas même le plus grand chagrin ne nous détournera du chemin que nous suivons pour rendre à son destin la France.

Ce qu'il répète, à Damas, le 29 juillet, sous cette forme :

> Oui, la route est cruelle ; elle conduit parfois à des événements douloureux et je vous prie de croire que ce qui s'est passé ici durant ces dernières semaines n'a pas trouvé un cœur d'homme plus déchiré que celui de l'homme qui vous parle. Ce chagrin lui-même ne nous empêchera pas de marcher vers le but qui est de rendre à son destin la France.

Que de Gaulle ait parlé un jour de son « cœur déchiré », cela étonnera ceux qui croient que ce cœur de chair est un cœur de pierre, ceux qui ne sentent pas que le rassemblement des Français étant sa vocation essentielle, il lui était horrible d'être condamné à les dresser les uns contre les autres, les armes à la main, bien qu'il s'en crût innocent. Dans ces deux discours et presque dans les mêmes termes (voisins de ceux employés par lui le 1er mars), il évoque, comme pour se rassurer lui-même, « ce que l'on pense et ce que l'on dit dans toutes nos villes et dans tous nos villages », dont ses compagnons et lui ont connaissance (27 juillet) :

> Nous savons d'ailleurs qu'en chemin nous sommes suivis ardemment par la pensée d'une immense majorité nationale. Nous avons mille renseignements sur ce qui se passe et sur ce qui se pense chez nous. Nous connaissons ce que l'on dit et écrit dans nos villes et nos villages. Nous savons quelles sont les inscriptions qui s'étalent sur les murs et les insignes que l'on porte en secret sur son cœur. Nous savons quelle est la radio que l'on écoute avec passion (*29 juillet*).

Cela est vrai. Plus précisément, cela est devenu vrai à mesure que le doute est né et a crû, touchant la victoire allemande. Au départ, ce que de Gaulle eut d'abord avec lui, ce fut le petit nombre, mais ce furent les meilleurs (mis à part ceux qui ne cédaient qu'à la haine du fascisme), le petit nombre résolu à donner sa vie et qui la donna. Cette discrimination que l'Histoire a faite à ce moment-là, ce jugement qui pèse sur les collaborateurs, qui les désigne encore après vingt années, est la profonde raison de la haine qu'ils continuent à vouer à de Gaulle. Ils désirent sa mort ouvertement. Ils gémissent sans vergogne quand échoue un attentat contre lui. Ils le défèrent en esprit devant la Haute Cour de leur rêve…

Le 2 octobre 1941, de Gaulle donnait de Londres ces précisions :

Les mêmes sentiments et la même volonté qui animent les Français Libres et qui leur ont permis de remettre dans la guerre pour la libération une importante partie de l'Empire, des forces militaires, navales, aériennes non négligeables et une notable influence spirituelle et morale, se font jour parmi l'immense majorité des Français. Il s'est établi une correspondance permanente entre ce que pensent et veulent nos compatriotes de Paris, de Lyon, de Marseille, de Lille, de Rennes ou de Strasbourg, et ce que pensent et veulent ceux de Brazzaville, de Beyrouth, de Damas, de Nouméa, de Londres ou de New York. Il se reforme peu à peu une vaste résistance française dont on a le droit de croire qu'elle influera de plus en plus sur les événements de la guerre et qu'au jour du triomphe final des Alliés elle placera la démocratie française, renouvelée par ses épreuves, de plain-pied avec la victoire.

Notons (nous aurons longuement à y revenir) l'allusion, dès cette date, à une démocratie renouvelée. Parfois, alors qu'il rappelle ou qu'il célèbre l'abnégation de ses compagnons, c'est sa propre peine, ses sacrifices les plus personnels que secrètement et d'une façon d'autant plus émouvante il évoque. Ainsi, dans un discours du 15 novembre 1941 :

Ce que nous sommes ? Rien n'est plus simple que de répondre à cette question. Il y aura dix-sept mois demain qu'elle a été posée et résolue. Nous sommes des Français de toute origine, de toute condition, de toute opinion, qui avons décidé de nous unir dans la lutte pour notre pays. Tous l'ont fait volontairement, purement, simplement. Je ne commettrai pas l'indélicatesse d'insister sur ce que cela représente, au total, de souffrances et de sacrifices. Chacun de nous est seul à connaître, dans le secret de son cœur, ce qui lui en a coûté. Mais c'est d'une telle abnégation autant que d'une telle cohésion, que nous tirons notre force.

Voici donc encore ce cœur de de Gaulle que tant de Français prétendent n'avoir jamais entendu battre. « Le secret de son cœur... » Je recueille avec un sentiment mêlé de pudeur et de tendresse ce rapide aveu du prix qu'il a fallu payer pour tant de gloire. Il n'en parlera plus volontiers après la Libération et la page tournée. Mais, à Londres, il ne l'oublie pas, il ne le méconnaît pas. Le 1er avril 1942, s'adressant non à ses compatriotes mais à des Britanniques, de Gaulle évoque, en passant, « la mystique instinctive et quelque peu légendaire qui soutient ceux des Français qui, sans lois, sans droits, sans gouvernement, bravent la mort des champs de bataille ou des poteaux d'exécution, livrent les leurs aux représailles, renoncent à tout ce qu'ils possèdent ». Ces « citoyens français que l'on engage à souffrir mort et passion dans la Résistance », de Gaulle explique à ses alliés, au cas où ils ne l'auraient pas compris, qu'ils « ne sont au service de personne, excepté de la France ». Le laconisme de ces quelques mots : *sans lois, sans droits, sans gouvernement* est révélateur de ce que de Gaulle souffre lui-même. On ne pense jamais assez à ce que pouvait signifier, pour un homme qui met si haut l'Etat, l'acte de désobéissance du 18 juin.

Et s'il faut encore convaincre ceux qui l'accusent d'être insensible, c'est le moment de leur faire entendre ce cri que cet homme froid ne retient pas lorsque, dans ses *Mémoires*, il en arrive à l'épopée de Bir Hakeim (juin 1942) :

> Je remercie le messager, le congédie, ferme la porte. Je suis seul. Oh ! cœur battant d'émotion, sanglots d'orgueil, larmes de joie ! (I, p. 258.)

C'est presque l'accent de Pascal. Mais quel accent de France de Gaulle n'aura-t-il pas fait sien ? Tous lui appartiennent, quoiqu'il ne les maîtrise pas tous également : les moralistes lui conviennent mieux que les romantiques et, parmi ces derniers, Chateaubriand l'inspire mieux que Barrès.

Parfois, ce qu'il avoue, longtemps après, dans ses *Mémoires*, nous permet de vérifier l'impression que nous avaient donnée ses propos publics. C'est ainsi que nous avions cru déceler une demi-confidence, et combien émouvante, dans son célèbre discours de l'Albert Hall du 18 juin 1942, notamment dans ce passage :

> Ah ! certes, quand il y a deux ans nous nous sommes jetés à corps perdu – c'est bien le cas de le dire – dans l'accomplissement de notre mission nationale, il nous fallait faire, dans la nuit, au moins trois actes de foi..

L'angoisse qu'il reconnaissait ce jour-là pour le seul passé nous était demeurée sensible encore dans ce présent où il l'affirmait révolue. Présent devenu à son tour passé, et dont il peut dès lors parler avec plus de franchise, lorsque, confirmant ce que nous avions deviné en revivant par la lecture la cérémonie de l'Albert Hall, où il avait senti « planer l'allégresse », il achève le premier tome des *Mémoires de guerre* (et dans ces phrases, quels cris !) :

> Les acclamations se sont tues. La réunion a pris fin. Chacun retourne à sa tâche. Me voilà seul, en face de moi-même. Pour cette confrontation-là, il n'y a pas d'attitude à prendre, ni d'illusions à ménager. Je fais le bilan du passé. Il est positif, mais cruel. « Homme par homme, morceau par morceau », la France Combattante est, assurément, devenue solide et cohérente. Mais, pour payer ce résultat, combien a-t-il fallu de pertes, de chagrins, de déchirements ! [...] Et

moi, pauvre homme ! aurai-je assez de clairvoyance, de fermeté, d'habileté, pour maîtriser jusqu'au bout les épreuves ? Quand bien même, d'ailleurs, je réussirais à mener à la victoire un peuple à la fin rassemblé, que sera ensuite son avenir ? Entre-temps, combien de ruines se seront ajoutées à ses ruines, de divisions à ses divisions ? Alors, le péril passé, les lampions éteints, quels flots de boue déferleront sur la France ?

Trêve de doutes ! Penché sur le gouffre où la Patrie a roulé, je suis son fils qui l'appelle, lui tient la lumière, lui montre la voie du salut. Beaucoup, déjà, m'ont rejoint. D'autres viendront, j'en suis sûr ! Maintenant, j'entends la France me répondre. Au fond de l'abîme, elle se relève, elle marche, elle gravit la pente. Ah ! mère, tels que nous sommes, nous voici pour vous servir (I, p. 261).

Il entend, oui, il ne cessera d'entendre *la France lui répondre*. Ici le grand ton majestueux est à la fois celui de Bossuet et celui des *Mémoires d'outre-tombe*. De Gaulle se dresse aux confins de deux styles. Il relève des deux. Et la passion qu'il manifeste dans un cri nous aide à faire la différence entre le nationalisme politicien et raciste de la droite sous la IIIe République – et cet amour, par-delà tout intérêt de classe et toute idéologie – cet amour raisonnable et raisonné qui sait que le cœur de l'Europe bat à Paris et que sa pensée s'y définit.

Dans sa déclaration du 14 mars 1943, en réponse à des assurances données d'Alger par le général Giraud « quant à la souveraineté française, au respect des lois de la République et à la condamnation de Vichy », de Gaulle, se référant à « la doctrine de la France Combattante », écrit une fois de plus : « Les innombrables témoignages qui nous sont venus de France prouvent que cette doctrine est passionnément approuvée par l'immense majorité de la nation opprimée. » Et le 4 mai, alors que rien encore n'a abouti avec le général Giraud et ceux qui l'opposent à de Gaulle :

> Si nous avons tenu à fêter aujourd'hui nos camarades plus récemment arrivés de France, c'est [...] parce qu'en leur personne nous saluons les plus récents témoins de l'union inébranlable une fois pour toutes établie entre les Français Combattants et la masse des Français captifs.
>
> Si nous avions besoin de nous prouver à nous-mêmes que la voie, choisie par nous depuis bientôt trois années et suivie sans aucun détour et sans aucune défaillance, est bien celle que l'instinct national a reconnue comme la voie du salut, la présence de ces bons Français venus jusqu'à nous en surmontant les pires obstacles suffirait à nous en donner une réconfortante certitude.
>
> Et quand nous les entendons, eux qui viennent de tous les points du territoire, eux qui appartiennent à toutes les conditions, à toutes les opinions, dont se diversifie notre peuple, nous dire de la même voix et du même enthousiasme que partout dans tous les milieux, la masse immense des Français, dans sa misère et dans son combat, est moralement rassemblée autour de la France Combattante, nous nous sentons animés d'une merveilleuse confiance et plus résolus que jamais à poursuivre notre chemin.

Après sa première visite sur le fragment de territoire libéré, de Gaulle, rappelant, le 26 juin 1944, aux membres de l'Assemblée consultative d'Alger que si la France n'est pas encore considérée officiellement par certains gouvernements alliés comme belligérante parmi les Nations Unies, tout au moins ses armées se trouvent-elles à présent reconnues, peut ajouter :

> Nous voulons voir dans l'accord particulier dont je viens de parler un augure favorable pour ceux qu'il reste à conclure. Nous croyons d'ailleurs que chaque jour qui passe

apporte au bon sens un concours nouveau. En tout cas, l'Assemblée me permettra de souligner que l'immense ferveur nationale qu'a récemment constatée parmi les populations du morceau libéré de Normandie le président du Gouvernement, ferveur qu'il a ressentie comme une obligation sacrée envers le pays et envers la République, que cette ferveur nationale apporte un argument de plus. Si on l'a rencontrée dans la centième partie du territoire métropolitain libéré, qui donc peut douter qu'on la rencontrera identiquement la même dans les quatre-vingt-dix-neuf autres ? Messieurs, cette ferveur ne peut que nous confirmer dans notre devoir de faire valoir et admettre tout ce qui est dû à la France, dans notre volonté de redoubler d'efforts pour contribuer, dans toute la mesure de nos forces, à la déroute d'un ennemi détesté, aux côtés de tous nos vaillants et chers alliés.

Par exception, je n'ai pas emprunté ce texte à la version Berger-Levrault de ses *Discours et Messages* (1946), seule définitive et revue par le Général, mais à l'édition Egloff (1945). De Gaulle écrivait, il écrit toujours ses allocutions avec le plus grand soin. Nous lisons, par exemple, dans ses *Mémoires de guerre*, alors qu'il évoque sa vie privée à Alger : « Aux *Oliviers*, le soir, je m'efforce d'être seul pour travailler aux discours qui me sont une sujétion constante » (II, p. 173). Le même passage du discours du 26 juin 1944, non plus cité d'après une sténographie, mais tel que l'écrivit et le revit de Gaulle, est plus bref. Notons que de telles différences entre les textes publiés sont relativement rares. On ne les trouve que dans les allocutions improvisées et dans quelques interventions parlementaires.

A Bayeux, le 15 juin 1944, il avait dit, alors qu'il venait pour la première fois depuis juin 1940 de revoir la terre de France :

Nous sommes tous émus en nous retrouvant ensemble dans l'une des premières villes libérées de la France métropolitaine, mais ce n'est pas le moment de parler d'émotion. Ce que le pays attend de vous à l'arrière du front, c'est que vous continuiez le combat aujourd'hui, comme vous ne l'avez jamais cessé depuis le début de cette guerre et depuis juin 1940. Notre cri, maintenant, comme toujours est un cri de combat, parce que le chemin du combat est aussi le chemin de la liberté et le chemin de l'honneur.

Dans Paris libéré, le 25 août 1944, le général de Gaulle commence ainsi, selon une des versions qui en ont été publiées, son discours à l'Hôtel de Ville : « Et pourquoi voulez-vous que nous dissimulions tous notre émotion ? » Oui, pourquoi ? Qui y songeait, dans cette foule bouleversée, sauf lui-même ? A ce texte, peut-être recopié d'après les enregistrements radiophoniques, ou mal reconstitué par les journalistes, et publié dans l'édition Egloff, de Gaulle a, dans ses *Discours et Messages*, substitué un autre, plus élaboré, et où nous retrouvons mieux son ton. Il n'en débute pas moins comme ceci :

Pourquoi voulez-vous que nous dissimulions l'émotion qui nous étreint tous, hommes et femmes qui sommes ici, chez nous, dans Paris debout pour se libérer et qui a su le faire de ses mains. Non ! nous ne dissimulerons pas cette émotion profonde et sacrée. Il y a là des minutes qui dépassent chacune de nos pauvres vies.

Dans ses *Mémoires de guerre*, rappelant la réussite d'une « réunion depuis longtemps rêvée et qu'ont payée tant d'efforts, de chagrins, de morts », il l'évoque avec un tremblement qu'il ne cherche plus à mettre en question. Son premier réflexe n'en avait pas moins été, en un tel moment, un tel jour, comme à Bayeux le 15 juin précédent, de dissimuler son émotion au lieu de s'y abandonner. Aussi bien n'est-ce pas elle, je l'ai déjà noté, que sentirent, en ces jours de la Libération, ceux qui, avec tant de joie et de trouble, l'approchaient pour la première fois.

Il a encore écrit dans ses *Mémoires*, à propos de la glorieuse descente des Champs-Elysées du 26 août 1944 :

> Il est vrai, enfin, que moi-même n'ai pas le physique, ni le goût, des attitudes et des gestes qui peuvent flatter l'assistance. Mais je suis sûr qu'elle ne les attend pas (II, p. 311).

Elle les attend, la France l'attend – de Gaulle le sait et s'en moque. Le combat n'est pas fini avec la libération de Paris ; il ne le sera pas avec la guerre. Il ne s'agit pas de se détendre puisque l'effort doit être longtemps continué. Et puis, au-delà de ces déceptions de surface, il y a ce « contact », cet « accord d'âme », cette « France qui lui répond », communion éprouvée entre les Français Libres et lui, puis entre le peuple français et lui ; puis, semble-t-il croire, entre lui et les Français d'hier, d'aujourd'hui, de demain, de toujours.

Par référence à l'Histoire, mais aussi à son histoire personnelle, qui ne se distinguent plus l'une de l'autre, de Gaulle date un grand nombre de ses interventions publiques de juin 40. Sept jours, neuf jours, dix-sept mois, deux ans... Ainsi compte-t-il les jours, les mois, les années, jusqu'à ce 17 novembre 1945 où il se déclare prêt à « laisser quelqu'un d'autre diriger les affaires de la Patrie » et à quitter « sans aucune amertume le poste auquel, dans les plus graves périls de son Histoire j'ai cherché à la bien servir depuis cinq ans et cinq mois ».

Curieux goût de la chronologie chez un homme qui se

place hors du temps, face à la France éternelle, mais plus compréhensible lorsqu'il s'agit pour lui de compter, à partir du 18 juin 1940, les années d'un règne que même son long éloignement des affaires ne semble pas avoir interrompu à ses yeux. Il sait qu'il continue « d'appartenir à la nation » même et surtout s'il ne la gouverne plus :

> Puis, une fois le train mis sur les rails, nous-même nous nous sommes retiré de la scène, non seulement pour ne point engager dans la lutte des partis ce qu'en vertu des événements nous pouvons symboliser et qui appartient à la nation tout entière, mais encore pour qu'aucune considération relative à un homme, tandis qu'il dirigeait l'Etat, ne pût fausser dans aucun sens l'œuvre des législateurs. (*Bayeux, 16 juin 1946.*)

Et si, parfois, il se donne avec une humilité apparente pour un Français comme les autres, ayant seulement plus de responsabilité que les autres, c'est pour mieux faire ressortir ce qu'il représente vraiment :

> Tel devrait être l'objet de la Constitution de la IVᵉ République. En l'affirmant, j'exprime l'opinion et le sentiment d'un Français que les événements ont mis à même, dans les circonstances les plus graves, de mesurer les conditions du salut et de la conduite de l'Etat et qui ne brigue aucun mandat, aucune fonction, aucun poste. (*Déclaration du 27 août 1946.*)

S'adressant aux Français, à la veille d'un référendum où cette Constitution, jugée avec raison mauvaise par lui, risque d'être (et sera en effet) adoptée, de Gaulle s'écrie :

> Ces convictions-là sont les nôtres. Elles n'ont pas de parti. Elles ne sont de gauche, ni de droite. Elles n'ont qu'un

seul objet qui est d'être utiles au pays. Ils le savent bien et
elles le savent bien tous les hommes et toutes les femmes de
chez nous, dont nous avons eu souvent l'honneur et le réconfort de toucher le cœur et d'atteindre l'esprit en leur demandant de se joindre à nous pour servir la France. (*Epinal,
29 septembre 1946.*)

Ce peuple à la fin rassemblé, qu'il avait mené à la victoire s'étant aussitôt après désuni, c'est un Rassemblement
qu'il tente et qu'il manque, le Rassemblement du Peuple
Français, dont j'écrivis qu'il avait représenté pour moi
« l'erreur absolue », jugement avec lequel, je l'ai déjà indiqué, et j'aurai l'occasion d'y revenir, je ne suis plus d'accord. Et ce fut la conférence de presse du 7 avril 1954, où
j'entendis le Général prononcer cette phrase étonnante :
« J'étais la France » et sentis, je l'ai rappelé, que cet
imparfait devenait un présent pour nous. Sans doute
n'avait-il jamais cessé d'en être ainsi pour lui. Car à la
question : « Cette année seront organisées des cérémonies officielles pour le dixième anniversaire de la Libération. Quelle part comptez-vous y prendre ? » il répondit :

La Libération a eu lieu et c'était, n'est-ce pas ? l'essentiel.
Il y a, maintenant, les anniversaires. Ceux-là sont à tout le
monde. On m'a dit que, cette année, ils seraient célébrés en
présence et sous la présidence de tout ce qu'il y a de plus
officiel. Je n'y fais pas d'objection. Mais alors, comment y
figurerais-je, moi qui n'ai rien d'officiel ?

Cependant, en dehors des cérémonies ainsi prévues, je
crois devoir, cette année, prendre part publiquement au souvenir de nos douleurs et de nos gloires. Voici comment je
ferai.

Le dimanche 9 mai, date du lendemain de la victoire à
laquelle j'eus l'honneur de conduire la France, l'Etat et les
Armées et jour de la fête de Jeanne d'Arc, j'irai à l'Arc de
Triomphe. Je n'y suis jamais allé depuis le 11 novembre

1945. J'arriverai seul et sans cortège à quatre heures de l'après-midi. Sous la voûte, je serai seul pour saluer le Soldat inconnu. Ensuite, je partirai seul.

Je demande au peuple d'être là pour marquer qu'il se souvient de ce qui fut fait pour sauver l'indépendance de la France et qu'il entend la garder. Je demande aux anciens combattants des deux guerres et d'Indochine d'entourer le monument. La garnison de Paris fera le nécessaire pour les honneurs et les sonneries. La glorieuse police de Paris assurera le service d'ordre, les accès, la circulation. Tous, tant que nous sommes, qui nous trouverons présents, ne dirons pas un seul mot, ne pousserons pas un seul cri. Au-dessus du recueillement de cet immense silence planera l'âme de la Patrie.

Ainsi, lui qui, officiellement, n'a plus le moindre pouvoir, donne-t-il des ordres à la force publique, va même jusqu'à entrer dans le détail de ce qu'il appartiendra à la police de faire, sans que personne, dans la nation et au gouvernement même, ne songe à protester. C'est à peine si l'on s'en étonne. Le Général, dans sa retraite, dispose d'un pouvoir dont il usera au moment opportun. Le R.P.F. n'ayant pas réussi à constituer électoralement la majorité qui aurait permis à de Gaulle de faire, des années plus tôt et dans l'ordre, la révolution qui ne pouvait être indéfiniment différée, le Général se tait et veille, attendant qu'on vienne le chercher, priant sans doute, au spectacle de la dégradation nationale, pour que ce ne soit pas trop tard. Viennent les événements de mai 1958. Le 19, il achève ainsi sa conférence de presse du Palais d'Orsay : « A présent, je vais rentrer dans mon village et m'y tiendrai à la disposition du pays. » Alors de lui à nous, il se passe, il passe quelque chose, que nous éprouvons de nouveau lorsque, écrivant à M. Vincent Auriol, il envisage l'hypothèse où son retour au pouvoir lui serait rendu impossible :

Dans ce cas, ceux qui, par un sectarisme qui m'est incompréhensible, m'auront empêché de tirer encore une fois la République d'affaire quand il en était encore temps porteront une lourde responsabilité. Quant à moi, je n'aurais plus, jusqu'à la mort, qu'à rester dans mon chagrin.

Le 26 septembre 1958, deux jours avant le référendum, de Gaulle termine ainsi son allocution télévisée :

En vous demandant de choisir l'efficacité de l'Etat et l'unité nationale, je crois exprimer ce qu'ont souhaité à la nation tant et tant de générations qui la bâtirent au cours des siècles. Je crois dire tout haut ce qu'au fond d'eux-mêmes désirent pour leur pays tous les Français d'aujourd'hui, y compris ceux qui, pour des raisons ou des passions particulières, céderont à la négative. Je crois répondre d'avance à l'idée que, d'âge en âge, nos enfants se feront de la Patrie.

A chacune, à chacun de vous je confie le sort de la France.

Ainsi a-t-il la certitude d'agir *aussi* au nom et avec l'agrément de ceux qui ne sont pas d'accord avec lui ! Le 23 octobre, il déclare en ouvrant sa conférence de presse à l'hôtel Matignon :

Tous les « oui » – et il y en avait beaucoup – ont été joyeux, et, parmi ceux qui ont voté non, combien l'ont fait à contrecœur !

La France, de Gaulle l'assume au point qu'il a l'impression de satisfaire ceux des Français qui lui refusent leur oui.

Après son élection à la présidence de la République, le 21 décembre 1958, par 78 % des suffrages, il déclare le 28 décembre :

Avant tout, Françaises, Français, je veux vous dire que j'accepte le mandat que vous m'avez confié. Votre décision fut marquée lors de la crise nationale du mois de mai, affirmée par le référendum, répétée par les élections, précisée par le vote des élus dimanche dernier.

La tâche nationale qui m'incombe depuis dix-huit ans se trouve de ce fait confirmée. Guide de la France et chef de l'Etat républicain, j'exercerai le pouvoir suprême dans toute l'étendue qu'il comporte désormais et suivant l'esprit nouveau qui me l'a fait attribuer.

Affirmation surprenante de la part d'un homme qui n'est plus au pouvoir depuis bientôt treize ans. Il ne dit pas tout à fait que, depuis dix-huit ans, entre la France et lui, il n'y a eu personne, mais que de la France, il n'a cessé, durant toutes ces années, même éloigné du gouvernement, de se sentir responsable.

Au moment de l'affaire des Barricades, de Gaulle apparaissant en uniforme, le 29 janvier 1960, sur les écrans de télévision – et sur le point de l'emporter seul, de nouveau, une fois de plus (seul avec l'appui du pays tout entier) –, achève ainsi son allocution :

Enfin je m'adresse à la France. Eh bien ! mon cher et vieux pays, nous voici donc ensemble, encore une fois, face à une lourde épreuve.

En vertu du mandat que le peuple m'a donné et de la légitimité nationale que j'incarne depuis vingt ans, je demande à tous et à toutes de me soutenir quoi qu'il arrive.

Depuis vingt ans, il est la France. Il le dit avec simplicité. Il le croit. Qui en doute ?

Tous ceux qui ont entendu de Gaulle en ces heures angoissantes s'écrier : « Eh bien ! mon cher et vieux pays, nous voici donc ensemble, encore une fois, face à une lourde épreuve » et qui en ont été émus, savent que le Général, bien qu'il minimisât le nouveau danger qu'avait couru le pays, disait vrai lorsqu'il déclarait, à la fin de février 1960, lors de son passage à Lodève :

> Cette unité, récemment encore, s'est manifestée dans une conjoncture qui n'était pas très dramatique, mais qui aurait pu devenir très sérieuse ; on a senti, d'un bout à l'autre du pays, battre un seul cœur et s'exprimer une seule volonté...

Cœur de la nation qui bat au rythme du sien, au point qu'il a conscience de sentir et d'agir pour elle, non seulement de la représenter mais de l'unifier en lui. A Chambéry, au début d'octobre 1960, il peut redire :

> Je n'ai pas d'autre raison d'être, vous le savez bien, que cette unité. J'en suis en quelque sorte le symbole et le garant : les événements l'ont voulu ainsi. C'est le service que je peux rendre pendant les jours qui me restent et qui me sont comptés.

Le 6 janvier 1961, avant le référendum du 8 où il sera demandé au peuple français s'il approuve, comme de Gaulle le lui demande, que les populations algériennes, lorsque la paix régnera, choisissent elles-mêmes leur destin, le général se remet, à son habitude, en prise directe avec la nation :

> Françaises, Français, vous le savez, c'est à moi que vous allez répondre. Depuis plus de vingt années, les événements ont voulu que je serve de guide au pays, dans les crises graves que nous avons vécues. Voici que, de nouveau, mon devoir et ma fonction m'ont amené à choisir la route. Comme la partie est vraiment dure, il me faut, pour la mener à bien,

une adhésion nationale, autrement dit une majorité, qui soit en proportion de l'enjeu. Mais aussi, j'ai besoin, oui j'ai besoin ! de savoir ce qu'il en est dans les esprits et dans les cœurs. C'est pourquoi je me tourne vers vous par-dessus tous les intermédiaires. En vérité – qui ne le sait ? – l'affaire est entre chacune de vous, chacun de vous, et moi-même.

Cette suppression des intermédiaires est la grande nouveauté qu'ont rendue possible, la radio d'abord, puis, à un degré plus haut encore, la télévision.

Lors du putsch d'avril 1961, lorsque de Gaulle, comme toujours à la mesure de l'événement, achève ainsi son message : « Françaises, Français ! Aidez-moi ! » nous nous sentons en totale communion avec lui, ému, dans nos profondeurs. (Cette expression, qui est venue spontanément sous ma plume, je m'avise que de Gaulle lui-même l'avait employée, lorsqu'il avait déclaré, lors des événements de mai 1958 : « Naguère, le pays dans ses profondeurs m'a fait confiance pour le conduire tout entier à son salut... »)

En mars 1962, s'adressant à deux reprises *directement* au pays, de Gaulle lui demande son approbation *directe*. Le 18 mars, il rappelle que la conclusion du « cessez-le-feu » en Algérie, les dispositions adoptées pour que les populations y choisissent leur destin, la perspective qui s'ouvre sur l'avènement d'une Algérie indépendante coopérant étroitement avec nous, satisfont la raison de la France. Et il ajoute :

Mais surtout, ce qui va être mis en œuvre pour tirer d'une lutte déplorable les chances d'un avenir fécond est dû au peuple français. Car c'est lui qui, grâce à son bon sens, à sa solidité, à sa confiance constamment témoignée envers qui porte la charge de conduire l'Etat et la nation, a permis que mûrisse, puis aboutisse la solution. Je le dis, non point,

qu'on veuille me croire ! par vantardise nationale ou démagogie politique. Mais je le dis pour que notre pays s'affer-
misse dans la conscience de ce qu'il vaut.

Françaises, Français, pour que soit solennellement ratifié
ce qui est décidé, pour que soit, en conséquence, et en dépit
des derniers obstacles, accompli ce qui doit l'être, il faut
maintenant que s'expriment très haut l'approbation et la
confiance nationale, ce qui signifie : les vôtres. Je compte
donc vous le demander.

Et le 26 mars, en soumettant au peuple français le projet de loi du référendum lui proposant d'adopter solennellement « les mesures prévues par les déclarations gouver-
nementales du 19 mars en ce qui concerne, d'une part le
cessez-le-feu et l'autodétermination en Algérie, d'autre
part l'association de la France avec ce pays, si, comme
tout le monde le croit, il choisit de devenir indépendant » :

> En outre, il faut au président de la République les moyens
> d'appliquer cet ensemble ; je demande donc au pays d'ap-
> prouver que je les prenne. L'affaire est d'une telle portée
> qu'elle requiert directement l'accord souverain de la nation
> [...]. Enfin – je puis et je dois le dire – répondre affirmative-
> ment et massivement, comme je le demande, à la question
> que je pose aux Français, c'est, pour eux, me répondre à
> moi-même qu'en ma qualité de chef de l'Etat ils me donnent
> leur adhésion ; qu'ils m'attribuent le droit de faire, malgré
> les obstacles, ce qu'il faut pour atteindre le but ; bref, que
> dans la tâche très rude qui m'incombe et dont l'affaire d'Al-
> gérie est une partie au milieu d'autres, j'ai leur confiance
> avec moi pour aujourd'hui et pour demain.
>
> Françaises, Français ! Vous le voyez. Il va peser lourd le
> « Oui ! » que je demande à chacune et à chacun de vous !

En disant : « C'est me répondre à moi-même », de
Gaulle souligne ce lien personnel qu'il y a entre les Fran-

çais et lui. S'il parle en tant que chef, c'est moins, semble-t-il, comme président de la République que comme « général de Gaulle », entité incarnée, guide de la nation depuis 1940, même lorsqu'il n'occupe plus aucune fonction officielle. Le début d'un de ses discours improvisés, donc moins surveillés, celui prononcé à Chaumont-sur-Marne le 26 avril 1963, est, à cet égard, significatif :

> Vous pensez bien qu'une assemblée aussi magnifique ne peut pas manquer de toucher jusqu'au fond du cœur le président de la République française, en particulier parce qu'il est le général de Gaulle.

Redisons-le : comme il a renouvelé et légitimé l'idée de nation, comme la nation est redevenue pour lui, réalité, terre, chair et sang en même temps qu'esprit et qu'âme, en un mot une personne parmi d'autres personnes (les autres nations) qui constituent l'Europe, il advient, par la volonté de Dieu ou de l'Histoire, que cette personne, la France, se trouve depuis vingt-quatre ans incarnée dans un homme et que cet homme, c'est lui et qu'il ne dépend ni de ses amis ni de ses ennemis qu'il en soit autrement.

Lors des nombreux voyages qu'il effectue en province, de Gaulle, et on le lui a reproché, répète dans chaque région, dans chaque ville le même discours. Seul change le nom du département et de la cité. Mais s'il flatte l'orgueil local des habitants de chaque endroit visité, le Général ne ment pas pour autant sur les sentiments qu'ils lui inspirent. Certes, ce n'est pas en tant que citoyens du Quercy, en tant que Limousins ou que Jurassiens que ses auditeurs l'intéressent. Mais ils participent comme Français à ce qu'il aime le plus au monde, ce à quoi il a le plus donné et dont il attend, espère, reçoit le plus. Relue dans cet esprit la fin de telle ou telle de ses allocutions improvisées n'apparaît plus comme un couplet de circonstance. Par exemple, ce qu'il affirme à Cahors, le 17 mai 1962 :

> J'ai déjà dit souvent aux Français : « Aidez-moi. » Un homme est un homme et les traverses sont pour lui où qu'il soit, à quelque place qu'il se trouve, des traverses ; les chagrins sont des chagrins ; les difficultés sont des difficultés. Mais la France est la France et il faut la servir. Ce matin, je vous le répète, vous m'y avez aidé. Je vous en remercie de toute mon âme.

A Limoges, le 20 mai 1962 :

> Merci, en particulier de m'avoir donné une raison de plus d'être certain du destin de la France, notamment en m'offrant le spectacle dans tout le Limousin, et ici, aujourd'hui, de cette magnifique jeunesse qui est la vôtre et qui est tout l'espoir du pays. Que tous les jeunes gens et les jeunes filles qui sont ici veuillent bien se souvenir qu'un 20 mai 1962, ils ont vu de Gaulle devant eux et qu'il leur a dit : « Vous allez être responsables de la France, et nous avons confiance en vous. »

A Lons-le-Saunier, le mois suivant :

> Aujourd'hui, le 15 juin, ils ont vu et entendu de Gaulle [...]. Qu'ils s'en souviennent, et mon voyage, mon passage auront eu leur utilité. Ils en auront eu aussi pour moi-même, car j'emporte de cette magnifique réunion un réconfort qui m'est et me sera précieux. Quand on porte certaines responsabilités que vous savez, je l'ai dit, je le répète ici, rien n'est plus utile, rien n'est plus encourageant que ce contact direct, cette entente directe qu'il m'a été donné de prendre avec vous tous ce soir.

Contact direct qui est, comme au temps de la France Libre, un contact d'âme. De Gaulle, dans sa solitude, en a un besoin physique qui explique, plus encore que toute arrière-pensée d'ordre électoral, ce goût qu'il a des voyages à travers la France. Cet Antée puise sa force dans la terre vivante qu'il faut qu'il touche.

Et s'il s'adresse d'abord aux jeunes, il ne s'agit pas de cette démagogie si répandue aujourd'hui, mais d'une tentative émouvante du « vieil homme qu'il est » pour atteindre, grâce à eux, et au témoignage qu'ils apporteront, un temps où il ne sera plus là pour servir la France et parler en son nom. Plusieurs des discours qu'il prononça ou qu'il prononcera dans ses voyages précédents et suivants se terminaient ou se termineront par ce même cri : « Vous avez vu le général de Gaulle et il vous a dit sa certitude du grand destin de la France. » La jeunesse de Digne l'a entendu un jour d'octobre 1960, celle de Toulon le 8 novembre 1961. La jeunesse de Charleville l'entendra le 22 avril 1963, celle de Châlons-sur-Marne, d'Epernay, de Troyes dans les jours après. Et il dira de nouveau à Rochefort, le 13 juin 1963 :

> Toute la jeunesse qui est ici et qui m'entend, toute la jeunesse qui se souviendra sans doute d'avoir entendu le général de Gaulle dire à Rochefort qu'il a confiance dans le destin de la France, à condition que ses enfants restent unis pour la servir, eh bien ! à son tour, elle prendra en main les responsabilités nationales, elle saura de génération en génération ce qu'il faut faire.

Il faut avoir le courage d'en convenir : non, ce n'est pas la jeunesse qui va à de Gaulle. La jeunesse va à qui la flatte et qui satisfait ses désirs de violence. Une certaine adolescence mâle est fasciste d'instinct. La politique froidement raisonnée et calculée n'est pas son fort. En Algérie, de Gaulle a lâché l'ombre pour la proie : c'est ce que cette jeunesse était le moins faite pour comprendre.

Qu'importe cette jeune foule confuse qui sera recouverte demain par une autre marée ? De Gaulle se dresse au-dessus de ces remous : ce n'est pas de la jeunesse qu'il tire sa force, comme Hitler, mais d'un peuple entier, et des femmes autant que des hommes, et des vieillards autant que des adolescents. Il s'agit de conserver à la France, grâce à l'appui de tous, les institutions qu'il lui a données et qui la sauveront, si elle les garde.

C'est à partir de ce qu'il voit que de Gaulle prévoit. A partir de ce qu'il sait qu'il fait. Cela, dans la mesure de ses possibilités : presque nulles avant 1940 ; limitées encore, longtemps après ; puis, après janvier 1946, de nouveau réduites aux conseils et aux objurgations, bénéficiant il est vrai désormais du prestige de celui qui les donne. Ne pouvant faire lui-même, il dit et répète ce qu'il faut faire : que la France ne fit pas, et qu'accomplit l'Allemagne (la préparation et l'organisation d'une force mécanique) ; que les politiciens refusent et que la politique exige (la réforme constitutionnelle). Si de Gaulle prophétise, c'est son intelligence, son génie, qui lui font discerner, dans l'enchevêtrement du présent, les fils dont sera tissé l'avenir. A cette image banale (d'un genre auquel il ne craint pas, quant à lui, de recourir), on en pourrait substituer une autre, aussi peu originale mais aussi exacte, celle des clous, toujours les mêmes, sur lesquels il ne se lasse pas de frapper, n'ayant cessé, depuis un quart de siècle, de répéter quelques idées, dans l'espérance, à la fin comblée, tout au moins dans le domaine constitutionnel, de les traduire dans les faits.

A Londres, en 1940, s'il s'agit de remettre la France dans la guerre, il faut aussi organiser le pouvoir habilité à mener provisoirement la politique de la France Libre – de la France. Prenant acte dans le manifeste lancé de Brazzaville le 27 octobre 1940 qu'il « n'existe plus de gouvernement proprement français [...] l'organisme sis à Vichy et qui prétend porter ce nom [étant] inconstitutionnel et soumis à l'envahisseur », de Gaulle déclare :

> Il faut donc, qu'un pouvoir nouveau assume la charge de diriger l'effort français dans la guerre. Les événements m'imposent ce devoir sacré. Je n'y faillirai pas.
>
> J'exercerai mes pouvoirs au nom de la France et uniquement pour la défendre, et je prends l'engagement solennel de rendre compte de mes actes aux représentants du peuple français, dès qu'il lui aura été possible d'en désigner librement.

L'un des « éléments qui sont à la base du mouvement des Français Libres [...] est le refus de reconnaître comme valable l'autorité d'un gouvernement irrégulier du point de vue constitutionnel et, au surplus, placé dans la dépendance de l'ennemi ». Ainsi de Gaulle remet-il l'accent, le 9 janvier 1941, sur le caractère, inconstitutionnel à ses yeux, du gouvernement de Vichy. Il ajoute :

> La conscience qu'ont prise les Français Libres de ce qu'ils représentent déjà, de ce qu'ils représenteront demain, ne fait que les confirmer dans leur résolution de n'être rien que de simples serviteurs de leur pays. Sans doute, l'affreuse situation dans laquelle se trouve la nation et les nécessités de la guerre les obligent-elles à décider et à agir en dehors du cadre normal des pouvoirs, puisque ce cadre est brisé. [...] Mais les Français Libres se gardent de rien usurper. Ce n'est pas eux qui déchirent les droits et les libertés, sous prétexte d'accomplir une prétendue révolution nationale en vue d'un ordre européen dont l'ennemi dicte les règles. Ils déclarent que c'est à la France, à la France seule, de décider, quand elle pourra le faire, de son régime et de ses institutions. Ils proclament que du jour où existeront, de nouveau, un gouvernement français régulier et indépendant de l'ennemi et une véritable représentation nationale, ils se soumettront à leur légitime pouvoir.

Avec le recul – et après la Victoire – il devait dire de Vichy, avec plus de nuances, à Bayeux, le 16 juin 1946 :

> Partout où paraissait la Croix de Lorraine s'écroulait l'échafaudage d'une autorité qui n'était que fictive, bien qu'elle fût, en apparence, constitutionnellement fondée.

Et à Vichy même, en 1959 :

> Maintenant, je vais vous faire une confidence que vous ne répéterez pas, mais je suis obligé de dire qu'il y a pour moi un peu d'émotion à me trouver officiellement à Vichy. Vous en comprenez les raisons, mais nous enchaînons l'Histoire, nous sommes un seul peuple, quels qu'aient pu être les péripéties, les événements, nous sommes le grand, le seul, l'unique peuple français. C'est à Vichy que je le dis, et que j'ai tenu à vous le dire. Voilà pour le passé.

Et moi, je m'interroge : pourquoi de Gaulle est-il ému à Vichy ? Et s'il était troublé ? Non, il ne l'est pas. Ce qu'il a fait, il a cru le devoir faire. Et pourtant ! Vous avez beau dire : le gouvernement de Vichy fondé par délégation de l'Assemblée nationale, avec le consentement quasi una-nime de la nation et reconnu par les ambassadeurs du monde entier, y compris celui des Etats-Unis d'Amérique et le nonce du Pape, était légal. Sa légitimité était une opi-nion et pouvait se discuter, mais non sa légalité, du moins jusqu'à l'invasion de la zone libre par l'Allemagne. Que l'on ait confondu les Français qui avaient fait confiance au maréchal Pétain, chef légal et reconnu de tous, et ceux qui avaient délibérément servi l'ennemi et trahi leurs frères, je ne crois pas que ce soit sans excuse : la politique de colla-boration avec l'occupant impliquait inévitablement cette équivoque. Pour qu'un Laval ou un Brinon ne fissent pas figure de traîtres, il eût fallu que l'Allemagne gagnât la guerre ou du moins ne la perdît pas. De Gaulle savait dès le premier jour que l'Allemagne perdrait la guerre, mais Laval croyait peut-être aux armes suprêmes sur lesquelles Hitler étendait sa main tremblante durant le dernier quart d'heure. De Gaulle pouvait perdre. Il y avait une possibilité qu'il perdît. Si faible qu'elle fût, elle fournissait une excuse à ceux qui jouaient l'autre carte. Et qu'ils fussent punis de s'être trompés, c'est la loi en politique : l'erreur est le crime. Mais non punis de mort et non déshonorés. Voilà ce que j'ai cru et dit dès le premier jour – et ce que je crois encore. La légitimité du général de Gaulle que l'Histoire a consacrée ne détruit pas la légalité de Vichy. Mais de Gaulle me répondait d'avance, le 9 janvier 1941, dans un discours prononcé à Londres :

> Ces hommes qui ont saisi le pouvoir par un pronunciamiento de panique, ces hommes qui ont détruit du jour au lendemain les institutions du pays, supprimé toute représentation du peuple, interdit à l'opinion de s'exprimer par quelque moyen que ce soit, ces hommes qui ont accepté, non seulement la servitude, mais la collaboration avec l'ennemi, ces hommes-là, la France Libre ne leur reconnaît ni justification, ni pouvoir légitime. La France Libre oppose à leur autorité politique toute la tradition des libertés françaises et, à moins qu'ils ne rentrent dans le devoir, c'est-à-dire dans la guerre, la France Libre oppose à leur autorité militaire cette parole de Napoléon : « Un général soumis à l'ennemi n'a plus le pouvoir de donner des ordres. »

Le 23 septembre 1941, de Gaulle recevant les représentants de la presse, annonce pour le lendemain la création à Londres d'un Comité national de la France Libre. Dans ce texte, non retenu par lui dans les *Discours et Messages*, il précise :

Je tiens à faire remarquer quelle est notre position en ce qui concerne la Constitution et les lois de la République française. La Constitution et les lois de la République française ont été, comme vous le savez, violées. Violées par l'envahisseur, et violées – elles le sont tous les jours – par les complices de l'envahisseur à Vichy. Nous ne reconnaissons, nous Français Libres, aucune de ces violations.

Nous sommes obligés, puisque aucune expression de la souveraineté nationale n'existe en France actuellement, d'improviser une autorité de fait que nous détenons comme les gérants du patrimoine national et comme gérants provisoires. Nous avons déjà dit solennellement, et je tiens à le répéter, que cette autorité, nous la tenons pour ce qu'elle est, c'est-à-dire une sorte de délégation de l'intérêt national, autorité que nous exercerons provisoirement et que nous remettrons à la représentation nationale dès qu'il aura été possible d'en constituer une librement.

Cette légitimité, de Gaulle l'assume et ne lui assigne aucune autre preuve que l'évidence. Et ce qu'il ressent aussi, dans l'absolu du désastre, c'est peut-être la satisfaction de la table rase, ce cartésien. Tout est par terre, mais tout méritait de l'être. Et de Gaulle rebâtira tout à partir de rien. Et le voilà qui fonde à lui tout seul la future Constitution de la France, car tout est déjà dans cette première pierre : l'*Ordonnance portant organisation nouvelle des pouvoirs publics de la France Libre* qu'il rend le 24 septembre 1941 :

Au nom du Peuple et de l'Empire français,
Nous, général de Gaulle,
Chef des Français Libres,

Vu nos ordonnances des 27 octobre et 12 novembre 1940, ensemble notre déclaration organique du 16 novembre 1940 ;

Considérant que la situation résultant de l'état de guerre continue à empêcher toute réunion et toute expression libre de la représentation nationale ;

Considérant que la Constitution et les lois de la République française ont été et demeurent violées sur tout le territoire métropolitain et dans l'Empire, tant par l'action de l'ennemi que par l'usurpation des autorités qui collaborent avec lui ;

Considérant que de multiples preuves établissent que l'immense majorité de la nation française, loin d'accepter un régime imposé par la violence et la trahison, voit dans l'autorité de la France Libre l'expression de ses vœux et de ses volontés ;

Considérant qu'en raison de l'importance croissante des territoires de l'Empire français et des territoires sous mandat français ainsi que des forces armées françaises qui se sont ralliés à nous pour continuer la guerre aux côtés des Alliés contre l'envahisseur de la Patrie, il importe que les autorités de la France Libre soient mises en mesure d'exercer, en fait et à titre provisoire, les attributions normales des pouvoirs publics ;

Ordonnons :

Article premier. – En raison des circonstances de la guerre et jusqu'à ce qu'ait pu être constituée une représentation du peuple français en mesure d'exprimer la volonté nationale d'une manière indépendante de l'ennemi, l'exercice provisoire des pouvoirs publics sera assuré dans les conditions fixées par la présente ordonnance.

Art. 2. – Il est institué un Comité national composé de commissaires nommés par décret.

Le général de Gaulle, chef des Français Libres, est président du Comité national…

… En tout, treize articles, dont l'un prévoit la réunion ultérieure d'une Assemblée consultative. Les « ordonnances » coûtent moins à de Gaulle qu'à Charles X. « Ordonnance » est un mot qui ne lui fait pas peur : de

1940 à 1946, il promulguera sous cette forme des lois au nom du Gouvernement provisoire de la République française. Si j'ai cité un peu longuement le début de cette Ordonnance du 24 septembre 1941, c'est pour rappeler que, dès cette époque, le Général donne un caractère officiel et légal à l'organisation du pouvoir de fait qu'il représente. Aussi bien, le dernier article de ce texte en prévoit-il la publication au *Journal officiel de la France Libre.*

Le 2 octobre 1941, lors d'un déjeuner où il est l'invité de la presse internationale, de Gaulle déclare :

> Organiser et diriger cette résistance, non pas seulement dans les territoires déjà affranchis, mais surtout en France et dans l'Empire, telle est la tâche primordiale que s'est fixée le Comité national français. Il le fera par délégation du peuple qui l'en approuve et auquel il rendra compte. Il le fera en rassemblant la nation dans l'effort pour la libération sans que personne en soit exclu, sauf ceux qui s'en excluent eux-mêmes. Il le fera dans la conviction que la cause de la France, je veux dire la restauration de son intégrité, de son indépendance et de sa grandeur, est en même temps la cause de tous les peuples qui combattent comme elle pour la liberté. Il le fera dans la volonté de lutter sans réserve, côte à côte avec ses alliés, jusqu'à ce que la malfaisance chronique du germanisme soit, une fois pour toutes, écrasée. Il le fera dans l'espérance que la solidarité des peuples saura survivre à l'épreuve et faire en sorte que chaque homme dans le monde puisse vivre et mourir, sans avoir ignoré la douceur de la liberté.

Ce n'est pas un effet d'éloquence : pour de Gaulle, la liberté de la France dans le monde est une pierre de touche. C'est la pièce maîtresse. Il y ramène tout. Et il y ramènera tout encore vingt ans après, avec des partenaires qui ont décidé dans leur cœur que la France était finie. Il n'y a pas eu d'autre difficulté que celle-là avec les Anglo-Saxons qui commencent tout juste à comprendre. A Londres, au début de son discours prononcé à l'Albert Hall le 18 juin 1942, de Gaulle s'écriait :

> Nous avons choisi la voie la plus dure, mais aussi la plus habile. Depuis que nous avons commencé notre tâche de libération nationale et de salut public, pas un de nos actes, pas un de nos mots, n'a jamais dévié de la ligne que nous avions adoptée. Nous voici le 18 juin 1942. Je suis, pour ma part, tout prêt à reprendre, sans y rien changer, tout ce que nous avons fait et tout ce que nous avons dit depuis le 18 juin 1940. Je ne sais pas si, dans le monde, beaucoup d'attitudes et beaucoup de déclarations seraient, après deux ans, intégralement réaffichées par leurs auteurs. Mais je sais que notre entreprise, à nous, peut être, depuis la première heure, contresignée, telle quelle, tous les jours.

Vingt-quatre ans après, nous pouvons dire que pas un de ses actes, pas un de ses mots n'a jamais dévié de la ligne que de Gaulle, une fois pour toutes, adopta. Il n'a jamais convenu de s'être trompé sur tel ou tel point. Dans le privé, j'aime les êtres faillibles et qui le savent. En politique, le faux grand homme singe la Providence. Le vrai grand homme déchiffre à travers les événements et les circonstances ce qui doit être et ce qui lui ressemblera car il le marquera de son signe. De Gaulle est ici inimitable.

Déjà, il avait arrêté ce qu'il proposerait à la nation, et deviné ce qu'elle déciderait lorsque la parole pourrait lui être redonnée. A un journaliste qui lui demandait à Londres, au cours de la conférence de presse du 27 mai 1942, s'il avait l'intention « de réunir le Parlement, ou de prendre d'autres mesures en ce qui concernait les divers partis politiques », il répondait :

Mon opinion personnelle, c'est que la France désirera avoir une Assemblée nouvelle. Franchement je ne crois pas (c'est mon opinion personnelle) que l'ancien Parlement, qui d'ailleurs a abdiqué en votant la constitution de Vichy, puisse être considéré après la guerre comme représentant réellement le peuple français. Je crois que le peuple français souhaitera unanimement qu'une Assemblée nouvelle, une Convention nationale, soit réunie pour exprimer sa volonté. J'espère qu'il pourra être possible constitutionnellement de trouver un moyen de lier la nouvelle Assemblée nationale française à ce qui existait autrefois. [...] Mais, quant à la représentation du peuple français, après cette guerre, l'opinion générale des Français, et la mienne, c'est que l'ancien Parlement ne le représentera plus, car cet ancien Parlement a lui-même abdiqué dans la fameuse Assemblée de Vichy qui a remis au maréchal Pétain le droit de faire une nouvelle Constitution.

Cette *opinion générale des Français* nous avons vu comment il la connaît, les renseignements qui lui parviennent de la France occupée ou dite « libre » – qui est le contraire de la France Libre, le confirmant dans ce qu'il a su dès juin 40 dans la révolte et le refus de son esprit et de son cœur. L'opinion des Français qu'il retient est celle qui concorde avec la sienne. L'opinion de la France, pour de Gaulle, c'est celle que la France va (est en train de) recevoir de lui. La France pense, éprouve, ressent à travers lui. Le 20 avril 1943, il précise :

Malgré ses épreuves terribles, notre peuple se sait et se sent assez riche d'idées, d'expérience et de force pour rebâtir, comme il l'entend, l'édifice de son avenir.

Cet édifice sera neuf. Sur tous les champs de souffrance et de lutte où sa mission et son combat reforgent un peuple lucide et fraternel, la masse immense des Français a décidé qu'à peine reparu le soleil de la liberté, elle marchera par une route nouvelle vers des horizons nouveaux.

Certes, la nation qui ne connaît d'autre souverain qu'elle-même exige qu'à mesure de sa libération soient remises en vigueur les lois qu'elle s'est naguère données. Certes, la nation entend que sur chaque pouce délivré de ses terres, soit balayée, sans aucun délai, cette caricature de fascisme dont Vichy l'a défigurée. Mais elle n'en a pas moins condamné l'impuissance politique, le déséquilibre social et l'affaissement moral qui paralysèrent le système confondu avec son désastre. [...]

Une démocratie réelle où ni les jeux de professionnels, ni les marécages d'intrigants ne troublent le fonctionnement de la représentation nationale, où, en même temps, le pouvoir qui aura reçu du peuple la charge de le gouverner, dispose organiquement d'assez de force et de durée pour s'acquitter de ses devoirs d'une manière digne de la France : voilà d'abord ce qu'il veut se donner.

La force et la durée, tel est le seul problème. Trois mois avant la consultation électorale si longtemps espérée, de Gaulle, fidèle à son engagement, s'adresse à la nation libérée et victorieuse dans son discours radiodiffusé du 12 juillet 1945 :

C'est au pays qu'il appartient de dire si les institutions de la Troisième République ont cessé d'être valables. Ce n'est pas le peuple français qui les a jetées par terre. C'est l'invasion et ses conséquences. Nul n'est qualifié pour décréter maintenant qu'elles sont caduques au départ, ou bien qu'elles ne le sont pas, excepté le peuple lui-même. Au mois d'octobre, nous voterons tous et toutes au suffrage universel et direct pour élire une assemblée et nous dirons si cette assemblée est constituante, c'est-à-dire si nous lui donnons le mandat d'élaborer une nouvelle Constitution.

Si la majorité des électeurs décide que non, c'est que les institutions antérieures auront, au départ, gardé leur valeur. L'assemblée que nous aurons élue sera donc la Chambre des

Députés. Il sera procédé ensuite à l'élection du Sénat. Après quoi, Chambre et Sénat pourront se réunir en Assemblée nationale pour changer la Constitution de 1875.

Si, au contraire, le Corps électoral décide, dans sa majorité, que l'Assemblée est constituante, c'est qu'il tient pour caduques, au départ, les institutions d'avant 1940.

De Gaulle estime que « sur les principaux changements qu'il est nécessaire d'introduire dans la future Constitution, par rapport à ce qu'était celle de 1875, il y a dans notre peuple un accord quasi général du bon sens et du sentiment ». Il se contente, alors, de poser objectivement la question. « Le moment venu, c'est-à-dire bientôt, je donnerai publiquement mon opinion à ce sujet. » Celle-ci n'a pas changé. C'est celle qu'il avait fait connaître à Londres, le 27 mai 1942.

La majorité des membres de l'Assemblée consultative faisant semblant de confondre référendum et plébiscite (alors que de Gaulle déclare que « ce qui est proposé en est exactement le contraire »), le Général, après avoir combattu dans sa déclaration devant l'Assemblée du 29 juillet 1945 l'institution d'une Constituante souveraine qui risquerait « d'abus en abus, de conduire à l'abîme la démocratie elle-même », achève sur ces mots son intervention :

Veuillez me pardonner, Mesdames et Messieurs, si, avant de quitter cette tribune, je me permets de prononcer quelques mots, hélas ! d'ordre personnel. Si je le fais, c'est peut-être parce que beaucoup des interventions que nous avons entendues m'y ont, en somme, incité ; mais c'est surtout parce que, pour achever d'éclairer le débat, cela est devenu nécessaire. Pour moi qui, ah ! je vous en prie, croyez-moi ! n'ambitionne rien d'autre que de garder l'honneur d'avoir marché à la tête de la France depuis le fond du gouffre jusqu'au moment où, victorieuse et libre, elle aura repris en main ses destinées, comment pourrais-je aller jusqu'au terme si, sur une question aussi grave et qui est, pour celui qui vous parle, affaire de conscience nationale, je voyais se séparer fondamentalement de moi les représentants de ceux qui furent mes compagnons dans la tâche ? Cela, je ne le dis certes pas pour peser sur l'avis que vous allez formuler. D'ailleurs, pour vous aussi c'est une affaire de conscience. Mais je le dis simplement pour que rien ne vous soit caché des éléments du problème dont vous aurez à juger au seul service de la nation.

Par 185 voix contre 46, l'Assemblée consultative donna un avis défavorable au projet du Gouvernement et demanda une Assemblée constituante souveraine.

Le 17 octobre 1945, quatre jours avant le référendum et les élections, de Gaulle fait connaître à la radio ce qu'il tient pour souhaitable :

Français, Françaises, au moment où vous allez voter, je m'apprête moi-même, avec tout le gouvernement et comme je m'y suis toujours engagé, à remettre entre les mains de la représentation nationale les pouvoirs exceptionnels que j'exerce depuis le 18 juin 1940, au nom de la République, pour le salut de l'Etat et au service de la patrie. Cette fois encore, je tiens pour mon devoir de faire connaître à chacun et à chacune de vous ce qui me paraît être l'intérêt national, le seul auquel je me sois jamais attaché. [...]

D'une part, il est, suivant moi, absolument nécessaire que vous marquiez votre volonté d'avoir une République nouvelle, ce qui ne pourrait se faire si nous en revenions, au départ, à un régime dont la faiblesse fut éclatante dans la grande détresse du pays, ce qui n'exclut en rien un système de deux assemblées. D'autre part, il est, suivant moi, absolument nécessaire que, pour éviter l'arbitraire et l'aventure, le fonctionnement des pouvoirs publics : Assemblée et gouvernement, soit réglé pour l'essentiel, en attendant la Constitution qui devra être élaborée rapidement et soumise à l'approbation du peuple.

Une lourde majorité écarta les institutions de 1875, 66,30 % des voix répondant d'autre part oui à la seconde question.

Elu le 13 novembre 1945 à l'unanimité président du Gouvernement provisoire de la République, de Gaulle, après avoir affirmé que « pour le citoyen qu'il est, le vote de l'Assemblée nationale constituante est un honneur extrême », déclare :

> Sans aucun doute, le pouvoir exécutif doit compte de son action à la représentation nationale. Il faut aussi que celle-ci accepte sa composition. Mais, en même temps, l'indépendance, la cohésion, l'autorité du gouvernement doivent être à la mesure de sa tâche. Je ne me croirais pas le droit de former, ni de diriger un gouvernement qui ne serait pas assuré de cette autorité, de cette cohésion et de cette indépendance. C'est là une question de conscience. [...] Ne nous le dissimulons pas ! nous allons faire l'épreuve décisive du régime représentatif.

Cinq jours ne se sont point passés que le Général, dont les intentions sont de former un gouvernement d'unanimité nationale, menace déjà de se retirer. Les communistes ont, en effet, mis pour condition à leur participation que l'un des trois ministères-clefs (Affaires étrangères, Guerre, Intérieur) leur soit attribué. Le 17 novembre, de Gaulle s'explique devant la nation dans un discours radiodiffusé :

> Je n'ai pu accepter ces conditions [...]. C'est pourquoi, conformément aux principes du régime représentatif que nous avons voulu faire renaître et qui a le droit et le devoir

de prendre ses responsabilités, je me retourne maintenant vers la représentation nationale et je remets à sa disposition le mandat qu'elle m'a confié.

L'Assemblée confirme le président du Gouvernement provisoire dans son mandat. Mais chacun sait (ou devrait savoir) qu'il ne restera au pouvoir que dans la mesure où il estimera être en mesure de l'exercer.

Douze ans plus tard, dans la nuit du 2 au 3 juin 1958, mais dans un tout autre climat et alors qu'il vient seulement de revenir aux affaires, de Gaulle mettra en des termes voisins les députés devant la même alternative :

> Ce qui est capital, mesdames, messieurs, dans l'intention qui m'a guidé en me proposant pour la tâche que vous savez et grâce à votre investiture en constituant le gouvernement que vous connaissez, ce qui m'a avant tout guidé, je vous le dis en toute franchise, c'est dans les événements très graves dans lesquels nous nous trouvons, devant la possibilité d'une subversion générale du pays, la volonté de faire en sorte que ce qui doit être réformé le soit à partir des institutions actuelles à condition, bien entendu, que le Parlement m'en donne et en donne à mon gouvernement mandat et moyens.
>
> Ce n'est pas donner à ce gouvernement le mandat et les moyens que de le mettre en face d'un changement complet du projet qu'il a eu l'honneur de vous soumettre.
>
> Mesdames, messieurs – je le dis en pesant mes termes –, le gouvernement ne peut pas accepter ce qui vous est proposé par votre Commission du suffrage universel. […]
>
> Les circonstances sont telles qu'il ne lui serait pas possible de porter ses responsabilités au-delà de la nuit présente s'il devait en être autrement. Il en tirerait alors toutes les conséquences.

En terminant, le Général gratifiera par avance les députés d'un remerciement qui rappellera, lui aussi, celui qu'il avait adressé aux membres de l'Assemblée nationale constituante, le jour où il avait été élu à l'unanimité président du Gouvernement provisoire. Ce qu'il avait dit le 13 novembre 1945 il le redit dans la nuit du 2 au 3 juin 1958 : « Si vous marquez votre confiance au gouvernement, l'homme qui vous parle en portera, tout le reste de sa vie, l'honneur. » Le vote sera, cette fois-là, de 350 voix contre 161.

Plus récemment, de Gaulle mit non plus les députés, mais le pays lui-même en face de ses responsabilités. De nouveau il laissa entendre qu'il quitterait le pouvoir s'il n'était pas suivi. C'était en octobre 1962 lorsqu'il proposa à la nation que le président de la République fût désormais élu au suffrage universel. Le 4 octobre, il terminait ainsi son allocution radiotélévisée : « Ce sont vos réponses qui, le 28 octobre, me diront si je peux et si je dois poursuivre ma tâche au service de la France. » Et, plus nettement, le 18 octobre :

> Si votre réponse est : « Non ! » comme le voudraient tous les anciens partis afin de rétablir leur régime de malheur, ainsi que tous les factieux pour se lancer dans la subversion, ou même si la majorité des « Oui ! » est faible, médiocre, aléatoire, il est bien évident que ma tâche sera terminée aussitôt et sans retour. Car, que pourrais-je faire, ensuite, sans la confiance chaleureuse de la nation ?

Enfin, le 26 octobre :

> Or, notre Constitution, pour fonctionner effectivement, exige précisément que le chef de l'Etat en soit un. Depuis quatre ans, je joue ce rôle. Il s'agit, pour le peuple français, de dire dimanche si je dois poursuivre. [...] Je suis sûr que vous direz « Oui ! » parce que vous sentez que, si la nation française, devant elle-même et devant le monde, en venait à

renier de Gaulle, ou même ne lui accordait qu'une confiance vague et douteuse, sa tâche historique serait aussitôt impossible et, par conséquent, terminée, mais qu'au contraire il pourra et devra la poursuivre si, en masse, vous le voulez.

C'est vers ce moment-là qu'il allait depuis des années. C'était cela sa profonde pensée, son profond désir : la France sera sauvée à partir du jour où elle aura un chef, le jour où elle ne sera plus la femme sans tête. Alors que ce qu'il fut, ce qu'il est, ce qu'il n'a jamais cessé d'être, demeure garant de ce que de Gaulle sera ; alors que ce qu'il a toujours dit et fait devrait permettre de se préparer à ce qu'il fera, à ce qu'il dira, il n'en étonne pas moins bien souvent ceux dont c'est pourtant le métier et l'intérêt d'essayer de prévoir l'avenir politique, immédiat ou lointain. Ce que le pays devait comprendre le 28 octobre 1962, ses représentants et lui-même ne l'entendirent pas le 31 décembre 1945 où de Gaulle avait été déjà tout aussi explicite.

A la faune politicienne, il apparaît comme un animal d'une autre espèce : on le flaire avec inquiétude et hostilité mais on est désarmé. De Gaulle est immunisé contre les partis. Et d'abord parce qu'il leur a été longtemps inintelligible. Ils ne le comprenaient pas. Lorsqu'il donna sa démission, le 20 janvier 1946, la stupeur fut grande. Mais c'est notre étonnement d'alors qui nous paraît étonnant. Quelques jours plus tôt, le 31 décembre 1945, lors de la discussion des crédits de la Défense nationale et du débat de quarante heures auquel elle donna lieu, le Général avait fait devant l'Assemblée nationale constituante deux déclarations où il annonçait de façon on ne peut plus claire ses intentions. J'ai déjà cité la première. Il précisait à la fin de la seconde :

Veut-on un gouvernement qui gouverne ou bien veut-on une Assemblée omnipotente déléguant un gouvernement pour accomplir ses volontés ? Cette deuxième solution, c'est un régime dont nous avons nous-mêmes fait parfois l'expérience, et d'autres aussi l'ont faite.

Personnellement, je suis convaincu qu'elle ne répond en rien aux nécessités du pays dans lequel nous vivons, ni à celles de la période où nous sommes et où les problèmes sont si nombreux, si complexes, si précipités, si brutaux, qu'il paraît impossible de les résoudre dans un tel cadre constitutionnel.

Alors, à quelle formule devrait-on s'arrêter ? Je ne parle pas pour moi, bien entendu, je parle pour vous. Mais j'ai hâte de le faire pendant que cela m'est encore possible ici.

La formule qui s'impose, à mon avis, après toutes les expériences que nous avons faites, c'est un gouvernement qui ait et qui porte seul – je dis : seul – la responsabilité entière du pouvoir exécutif.

Si l'Assemblée, ou les Assemblées, lui refusent tout ou partie des moyens qu'il juge nécessaires pour porter la responsabilité du pouvoir exécutif, eh bien ! ce gouvernement se retire. Un autre gouvernement apparaît. C'est, d'ailleurs, me semble-t-il, ce qui va, justement, arriver...

« ... Et sans doute est-ce la dernière fois que je parle dans cette enceinte... » ; « ... j'ai hâte de le faire pendant que cela m'est encore possible ici... » ; « ... un autre gouvernement apparaît. C'est, d'ailleurs, me semble-t-il, ce qui va, justement, arriver... » Il ne pouvait être plus clair. Et pourtant lorsqu'il se retira vingt jours plus tard, sa démission apparut incompréhensible, voire scandaleuse. De Gaulle commente, dans ses *Mémoires de guerre* :

L'ordre du jour adopté par l'Assemblée quasi unanime ne me dictait aucune condition. Après quoi, le budget fut tout simplement voté. Mais, bien que ma défaite n'eût pas été accomplie, le seul fait qu'elle eût paru possible produisit un effet profond. On avait vu mon gouvernement battu en brèche par la majorité au long d'une discussion remplie de sommations menaçantes. On sentait que, désormais, il pourrait en être de même à propos de n'importe quoi. On comprenait que, si de Gaulle se résignait à cette situation pour tenter de rester en place, son prestige irait à vau-l'eau, jusqu'au jour où les partis en finiraient avec lui ou bien le relégueraient en quelque fonction inoffensive et décorative. Mais je n'avais ni le droit, ni le goût de me prêter à ces calculs. En quittant le Palais-Bourbon dans la soirée du 1er janvier, mon départ se trouvait formellement décidé dans mon esprit. Il n'était que d'en choisir la date, sans me la laisser fixer au gré de qui que ce fût.

En tout cas ce serait avant la fin du mois. Car le débat constitutionnel devait s'ouvrir à ce moment et j'étais sûr qu'en demeurant à l'intérieur du régime naissant, je n'aurais pas la possibilité de faire triompher mes vues, ni même de les soutenir (III, pp. 280-281).

Aucun autre remède que la privation de de Gaulle par de Gaulle. Ce serait comique de la part d'un autre, mais avec de Gaulle, c'est ainsi. Je pars et vous me rappellerez pour ne pas mourir, bien que vous me détestiez et que je vous importune au-delà de tout...

Il s'éloigne. Il se tait. Pas pour longtemps. Le 12 mai 1946 où sont à la fois célébrés la fête nationale de Jeanne d'Arc et le premier anniversaire de la Victoire, il va s'incliner sur la tombe de Georges Clemenceau – auquel il s'était adressé de Londres, le 11 novembre 1941 : « Quand la victoire sera gagnée et que la justice sera faite, les Français viendront vous le dire. Alors, avec tous les morts dont est pétrie la terre de France, vous pourrez dormir en paix. » Les Français ? Il suffit de celui qui les représente :

lui, bien qu'il ait quitté le pouvoir. Donc il se rend sur la tombe vendéenne et il déclare :

> L'exemple de Clemenceau, inébranlable au milieu des tempêtes, intransigeant dans sa foi en la France, inlassablement dévoué à la cause de la liberté, d'autant plus dur et d'autant plus ardent qu'il voyait fléchir plus d'âmes et s'amollir plus de cœurs, pour combien aura-t-il compté dans les décisions prises par ceux qui eurent, au cours de cette guerre, la charge du corps de l'Etat à partir du fond du gouffre !
>
> Président Clemenceau ! tandis que l'ennemi écrasait la patrie, nous avions fait le serment d'être fidèle à votre exemple. C'est à l'Histoire de dire si le serment fut tenu. Mais aussi nous avions promis de venir, la victoire remportée, vous dire merci des leçons que vous nous avez données.

Il parle de Clemenceau – ce qui est une façon discrète de parler de lui-même. Et il parle, déjà, du peuple *rassemblé* d'où viendra, pour l'Etat, le salut :

> Au lendemain de l'épreuve récente, où manquèrent de périr l'honneur, l'unité et jusqu'à l'âme de la nation, nous mesurons, mieux que jamais, ce que nous ont toujours coûté les éternels démons intérieurs qui nous divisent et nous égarent.
>
> Au moment où, tout meurtris et cependant victorieux, nous reprenons notre route au milieu d'un monde déchiré, nous voyons, mieux que jamais, qu'il ne peut être pour nous demain, pas plus qu'il n'était hier, de sécurité, de liberté, d'efficience, sans les grandes disciplines acceptées, sous la conduite d'un Etat fort, dans l'ardeur d'un peuple rassemblé !

Le mot *rassemblement* lui est familier depuis longtemps, car il exprime sa plus constante préoccupation. Dans son discours commémoratif du 18 juin 1944 devant l'Assemblée consultative, siégeant à Alger, il parlait ainsi, selon la version Egloff, de l'effort et de la réussite de la France Libre, devenue la France Combattante :

> Mais le rassemblement national pour la guerre, pour la liberté et pour la grandeur, que les Français ont commencé le 18 juin 1940 et qu'ensuite, pas à pas, ils ont poussé jusqu'à son terme, ce rassemblement national, les Français savaient bien quelles difficultés immenses il comportait pour leur pays. Vieux peuple rompu aux vicissitudes de l'Histoire, ils savaient combien il est cruel de remonter la pente des abîmes. Nation versée dans la longue expérience humaine, ils savaient bien que leurs meilleurs amis, si nombreux qu'ils fussent dans le monde, ne leur fourniraient pas toujours un concours immédiat et complet.

Notons que l'expression, qui est d'avant le R.P.F., lui survivra. C'est en 1960 que de Gaulle déclare à Gap : « Si nous nous rassemblons sur la France, et pour qu'elle soit la France, notre destin est assuré. » Et à Paris, le 25 août 1964, qu'il évoque ces « garanties élémentaires que sont un Etat solide, une défense moderne et une nation rassemblée ».

C'est une illusion nécessaire. Qu'y a-t-il de commun entre un Français et un autre Français ? Entre de Gaulle et Sartre ? Entre Breton et Maritain ? Pas un goût, pas une tendance, pas une idée. Sartre dès qu'il parle de de Gaulle n'est plus Sartre. On ne rassemble pas les Français, sinon dans des phrases de discours, mais aussi quelquefois – et c'est l'essentiel – dans des scrutins : ô Nombre, c'est toi le dieu qui aime de Gaulle et qui nous le garde !

Le 14 juin 1944, de Gaulle, visitant la tête de pont du débarquement normand, avait été accueilli par les autorités à Bayeux, où « il tenait à marquer sans délai, qu'en tout point d'où l'ennemi avait fui, l'autorité relevait de son gouvernement ». Il évoque dans ses *Mémoires* :

Nous allons à pied, de rue en rue. A la vue du général de Gaulle, une espèce de stupeur saisit les habitants, qui ensuite éclatent en vivats ou bien fondent en larmes. Sortant des maisons, ils me font cortège au milieu d'une extraordinaire émotion. Les enfants m'entourent. Les femmes sourient et sanglotent. Les hommes me tendent la main. Nous allons ainsi, tous ensemble, bouleversés et fraternels, sentant la joie, la fierté, l'espérance nationales remonter du fond des abîmes. [...] Tout ce qui exerce une fonction accourt pour me saluer (II, p. 230).

Deux ans plus tard, à deux jours près, de Gaulle, qui a déjà quitté le pouvoir, revient à Bayeux y présider les fêtes commémorant sa visite de juin 1944. Ce 16 juin 1946, il déclare :

C'est ici que sur le sol des ancêtres réapparut l'Etat ; l'Etat légitime parce qu'il reposait sur l'intérêt et le sentiment de la nation ; l'Etat dont la souveraineté réelle avait été transportée du côté de la guerre, de la liberté et de la victoire, tandis que la servitude n'en conservait que l'apparence ; l'Etat sauvegardé dans ses droits, sa dignité, son autorité, au milieu des vicissitudes du dénuement et de l'intrigue ; l'Etat préservé des ingérences de l'étranger ; l'Etat capable de rétablir autour de lui l'unité nationale et l'unité impériale, d'assembler toutes les forces de la patrie et de l'Union française, de porter la victoire à son terme, en commun avec les Alliés, de traiter d'égal à égal avec les autres grandes nations du monde, de préserver l'ordre public, de faire rendre la justice et de commencer notre reconstruction.

De l'Etat rétabli mais qu'il reste à rénover il dessine, dans ce discours de Bayeux, les grandes lignes, « tous les principes et toutes les expériences exigeant que les pouvoirs publics : législatif, exécutif, judiciaire, soient nettement séparés et fortement équilibrés et qu'au-dessus des contingences politiques soit établi un arbitrage national qui fasse valoir la continuité au milieu des combinaisons » :

> C'est donc du chef de l'Etat, placé au-dessus des partis, élu par un collège qui englobe le Parlement mais beaucoup plus large et composé de manière à faire de lui le président de l'Union française en même temps que celui de la République, que doit procéder le pouvoir exécutif. Au chef de l'Etat, la charge d'accorder l'intérêt général quant au choix des hommes avec l'orientation qui se dégage du Parlement. A lui la mission de nommer les ministres et, d'abord, bien entendu, le Premier, qui devra diriger la politique et le travail du gouvernement. Au chef de l'Etat la fonction de promulguer les lois et de prendre les décrets, car c'est envers l'Etat tout entier que ceux-ci et celles-là engagent les citoyens. A lui la tâche de présider les Conseils du gouvernement et d'y exercer cette influence de la continuité dont une nation ne se passe pas. A lui l'attribution de servir d'arbitre au-dessus des contingences politiques, soit normalement par le Conseil, soit, dans les moments de grave confusion, en invitant le pays à faire connaître par des élections sa décision souveraine. A lui, s'il devait arriver que la patrie fût en péril, le devoir d'être le garant de l'indépendance nationale et des traités conclus par la France.

Dans les grandes lignes la Constitution qu'il souhaite dès les années 40 sera celle-là même que, après bien des vicissitudes et une longue attente, il finira par faire adopter. Certes, si nous le voyons annoncer à Bayeux un Premier ministre, bien des détails ne peuvent encore être prévus et devront être changés. De Gaulle le sait, qui ce 16 juin 1946, déclare :

> L'avenir des 110 millions d'hommes et de femmes qui vivent sous notre drapeau est dans une organisation de

forme fédérative, que le temps précisera peu à peu, mais dont notre Constitution nouvelle doit marquer le début et ménager le développement.

L'invitation au rassemblement, première trace d'une décision qu'il espère peut-être encore n'avoir pas à prendre et qu'il annoncera à Strasbourg le 7 avril de l'année suivante, nous la trouvons de nouveau (et déjà) au terme du discours de Bayeux :

> Soyons assez lucides et assez forts pour nous donner et pour observer les règles de la vie nationale qui tendent à nous rassembler quand, sans relâche, nous sommes portés à nous diviser contre nous-mêmes ! Toute notre Histoire, c'est l'alternance des immenses douleurs d'un peuple dispersé et des fécondes grandeurs d'une nation libre groupée sous l'égide d'un Etat fort.

Nation libre, nous commençons aujourd'hui seulement à comprendre ce qu'il entendait par là ; Etat fort, nous le savons depuis six ans. Vue simplificatrice pourtant en ce sens qu'elle ne tient pas compte du conflit social : comme si une nation n'existait que politiquement. Il y a une autre histoire. Mais de Gaulle le nierait. Pour que l'autre histoire soit possible, il faut d'abord que les conditions de la vie soient assurées à un peuple ; or elles sont politiques, et telles que de Gaulle les a définies.

Les questions de terminologies sont importantes – car elles impliquent avec précision l'étendue des pouvoirs. Commentant dans sa déclaration du 27 août 1946 le projet de Constitution dont l'Assemblée nationale constituante entreprend l'examen, de Gaulle dit :

> Il faut remarquer tout d'abord que le texte du projet ne contient même pas les mots de « gouvernement » ou de

« pouvoir exécutif ». Il n'y est question que de « conseil des ministres » ou de « cabinet ». Cependant, c'est la notion de gouverner, avec ce qu'elle implique de capacité d'action, et non pas seulement de délibération, qu'il importe, au contraire, de mettre en valeur jusque dans les termes.

Rappelant, dans ce même texte : « Notre régime politique antérieur s'est effondré dans une épreuve qu'il n'avait pu ni prévenir, ni préparer, ni maîtriser. Rien n'est plus nécessaire pour notre pays que d'organiser l'Etat de telle manière qu'il dispose, dans sa structure, d'assez de force ; dans son fonctionnement, d'assez d'efficience ; dans ses hommes, d'assez de crédit pour diriger la nation et assurer son salut, quoi qu'il puisse arriver », de Gaulle ajoute :

> En vérité, c'est du Président de la République que devrait, en toutes circonstances, procéder le gouvernement. [...]
> Il y a quelque chose d'étrange dans le fait que le projet ne fixe au chef de l'Etat que des attributions pratiquement inopérantes, tout en faisant théoriquement de lui le représentant des intérêts permanents de l'Union française et l'arbitre au-dessus des partis. [...]
> En refusant au chef de l'Etat les moyens d'assurer le fonctionnement régulier des institutions, de faire en sorte que le pays soit toujours effectivement gouverné, de faire valoir les intérêts permanents de la France, de servir de lien vivant entre la métropole et les territoires d'outre-mer, d'être, par conséquent, quoi qu'il puisse arriver, le garant de l'indépendance nationale, de l'intégrité territoriale et des traités signés par la France, on risque de pousser l'Etat dans une confusion des pouvoirs et des responsabilités pire encore que celle qui a mené le régime antérieur au désastre et à l'abdication.

Le projet de Constitution fut voté par l'Assemblée dans la nuit du 28 au 29 septembre 1946, et un référendum devait soumettre au pays ce texte. Le 13 octobre, de Gaulle prend la parole à Epinal. Il y rappelle d'abord que « le jour même où nous commencions notre mission pour le service de la France, nous avons assumé et proclamé cet engagement [...] qu'une fois réalisée la libération du pays et remportée la victoire nous rendrions au peuple français la disposition pleine et entière de lui-même » :

> Il y avait là, d'abord, de notre part, l'effet d'une conviction aussi ferme que raisonnée. En outre, dans un conflit qui, pour la France, était idéologiquement l'opposition entre le totalitarisme et la liberté, c'eût été se renier, c'est-à-dire se détruire soi-même, que de tricher avec son idéal. Enfin, en luttant pour tous les droits de la nation, ses droits intérieurs aussi bien que ses droits extérieurs, nous donnions à notre action et à notre autorité le caractère de la légitimité, nous sauvegardions pour tous les Français le terrain sur lequel ils pourraient retrouver leur unité nationale et nous nous mettions en mesure de dresser contre tous les essais d'empiétement de l'étranger une intransigeance justifiée. L'engagement que nous avons pris, nous l'avons purement et simplement tenu.

Bref, « la République a été sauvée en même temps que la patrie. [...] Mais, si la République est sauvée, il reste à la rebâtir ». Et de Gaulle, une fois encore, d'exposer ce que doit être, selon lui, la Constitution. Il est conscient de revenir sur ce qu'il a déjà dit : « Nous répétons aujourd'hui ce que nous n'avons cessé de dire sous beaucoup de formes et en beaucoup d'occasions » : séparation des pouvoirs ; mise en place « d'un chef de l'Etat qui en soit un », « d'un gouvernement de la France [qui] en soit un », d'un « Parlement [qui] en soit un », d'une « justice [qui] soit la justice », d'une « Union française [qui] soit une union et [qui] soit française » :

Quant à nous, nous déclarons que, malgré quelques progrès réalisés par rapport au précédent, le projet de Constitution qui a été adopté la nuit dernière par l'Assemblée nationale ne nous paraît pas satisfaisant. Nous-même, d'ailleurs,
serions surpris qu'en fussent aucunement satisfaits beaucoup de ceux qui l'ont voté pour des raisons bien éloignées,
sans doute, du problème constitutionnel lui-même. Car,
c'est une des caractéristiques étranges de la vie politique
d'aujourd'hui que les questions s'y traitent, non pas dans
leur fond et telles qu'elles se posent, mais sous l'angle de ce
qu'il est convenu d'appeler la « tactique » et qui conduit
parfois, semble-t-il, à abandonner les positions qu'on avait
juré de défendre. Mais nous, qui ne pratiquons point un art
aussi obscur et qui pensons, au contraire, que pour la France
rien n'est plus important que de restaurer au plus tôt l'efficience et l'autorité de l'Etat républicain, nous estimons que
le résultat acquis ne peut être approuvé parce qu'il ne répond
pas aux conditions nécessaires [...].

Car enfin, alors qu'il apparaît à tous à quel point l'Etat
est enrayé, à la fois par l'omnipotence et par la division des
partis, est-il bon de faire en sorte que ces partis disposent en
fait, directement, à leur gré et sans contrepoids, de tous les
pouvoirs de la République ?

Mais le 13 octobre, la Constitution est approuvée :
9 263 416 oui ; 8 143 981 non ; 8 467 537 abstentions.

Annoncé dès Bruneval, le 30 mars 1947 (« Le jour va
venir où, rejetant les jeux stériles de la politique des partis et réformant le cadre mal bâti où s'égare la nation et se
disqualifie l'Etat, la masse immense des Français se ras-
semblera sur la France »), le Rassemblement du Peuple
Français est lancé à Strasbourg le 7 avril suivant :

On sait ce qu'il est advenu. La Constitution, suivant
laquelle tous les pouvoirs se trouvent procéder dans leur

source et dépendre dans leur fonctionnement, d'une manière directe et exclusive, des partis et de leurs combinaisons, a été acceptée par 9 millions d'électeurs, refusée par 8 millions, ignorée par 8 millions. Mais elle est entrée en vigueur ! On peut constater aujourd'hui ce qu'elle donne. Gardons-nous d'ailleurs d'incriminer les hommes, dont certains sont, je le dis pour les avoir moi-même éprouvés, fort dignes et fort capables de diriger les diverses branches des affaires publiques, mais que le système lui-même ne laisse pas d'égarer ou de paralyser. En tout cas, il est clair que la nation n'a pas, pour la guider, un Etat dont la cohésion, l'efficience, l'autorité soient à la hauteur des problèmes qui se dressent devant elle [...].

Il s'agit à présent de nous tirer d'affaire, de résoudre virilement par un persévérant et long effort les problèmes dont dépendent notre vie et notre grandeur. La cause est maintenant entendue : nous n'y parviendrons pas en nous divisant par catégories rigides et opposées [...].

Il est temps que les Françaises et les Français qui pensent et qui sentent ainsi, c'est-à-dire, j'en suis sûr, la masse immense de notre peuple, s'assemblent pour le prouver. Il est temps que se forme et s'organise le Rassemblement du Peuple Français qui, dans le cadre des lois, va promouvoir et faire triompher, par-dessus les différences des opinions, le grand effort de salut commun et la réforme profonde de l'Etat. Ainsi, demain, dans l'accord des actes et des volontés, la République française construira la France nouvelle !

Ce n'est pas ce qui nous étonne le moins dans de Gaulle que sa faculté de « recommencement ». Il reprend tout à pied d'œuvre aussi souvent qu'il le faut. Qu'il soit parvenu à ses fins pour la Constitution, quand on mesure les habitudes d'esprit, les intérêts en jeu, les préjugés parlementaires, cela paraît incroyable. De Gaulle impose au personnel politique français tout ce qu'il déteste et redoute. C'est un tour de force unique dans l'Histoire. La gauche a cru que la droite l'en débarrasserait par l'assassinat. Mais depuis que Ravaillac sort de Polytechnique, il rate son coup. Et de Gaulle a le champ libre pour faire ce qu'il a à faire.

Dans sa première déclaration du 31 décembre 1945 contre le régime d'Assemblée, le Général annonçait « une situation telle qu'un jour ou l'autre, je vous le prédis, vous regretterez amèrement d'avoir pris la voie que vous avez prise ». De Gaulle, une fois de plus, avait bien prévu. Il avait tout prévu, sauf la longueur du délai. Il fallut douze ans, non pour que cette prédiction apparaisse fondée, mais pour qu'elle s'accomplisse. Douze ans durant lesquels l'Etat perdit de plus en plus de sa substance et qui aboutirent au 13 mai 1958. Et ce fut pour hâter, dans toute la mesure de ses possibilités, une évolution trop lente à son gré, que le Général avait été amené, dès le 16 juin 1946, dans son discours de Bayeux, puis par des prises de position de plus en plus fréquentes, enfin par la création du R.P.F., à intervenir. De Gaulle, imperturbable, persuadé d'avoir raison, n'imaginait pas que la France pût se passer de lui plus de quelques jours. Mais son erreur aura démontré la vérité de sa doctrine puisque nous aurons glissé de nouveau sur la pente et que nous aurons recommencé de mourir jour après jour, et que nous nous serons arrêtés à l'avant-dernière seconde, retenus par de Gaulle au-dessus du vide.

Au cours de la conférence de presse donnée à la Maison de la Résistance alliée, le 24 avril 1947, quelques jours après la création du Rassemblement du Peuple Français, il déclare :

Etant donné les partis tels qu'ils sont dans la France telle qu'elle est, je tiens pour indispensable, conformément à un principe démocratique de base, que les pouvoirs ne soient pas confondus. Le pouvoir législatif est une chose. Le pouvoir exécutif en est une autre. Ceci n'exclut aucunement que le gouvernement doive être responsable de ses actes devant la représentation nationale. Mais les deux pouvoirs doivent avoir une source commune et directe qui est le peuple français. Autrement nous demeurerions dans la situation où nous sommes, où le législatif et l'exécutif sont à la discrétion des partis et où l'on ne peut ni dégager ni suivre une politique. La séparation des pouvoirs est à la base de toute démocratie. Mais je crois que pour la France, étant donné nos divisions qui sont, hélas ! profondes et multiples, la séparation des pouvoirs est une nécessité absolue, si l'on veut empêcher que les partis se répartissent non seulement le gouvernement mais tous les rouages de l'Etat, si l'on veut empêcher qu'en définitive personne ne serve plus l'Etat mais que tout le monde serve un parti.

Le 5 octobre 1947, à Vincennes, il s'écrie :

Françaises, Français, il dépend de vous de vous rassembler, comme je vous le demande, pour imposer la réforme de l'Etat, en l'arrachant à la discrétion stérile des partis et en le mettant en mesure de guider la nation sans considérer rien que l'intérêt commun, pour appuyer avec discipline l'action de redressement que les pouvoirs publics renouvelés pourront et devront entreprendre, pour repousser, tandis qu'il en est temps, cette sorte d'invasion préalable que pratiquent les séparatistes.

Les séparatistes, ce sont les communistes. Il ne faut pas oublier le danger que représente alors l'U.R.S.S. Le 27 octobre suivant, au lendemain d'élections municipales où a été « condamné le régime de confusion et de division qui plonge l'Etat dans l'impuissance », de Gaulle, réclamant la dissolution de l'Assemblée nationale et de nouvelles élections, déclare : « Les événements sont trop menaçants pour qu'il soit permis d'attendre. Chacun sait que l'Etat, tel qu'il est fait et tel qu'il est conduit, risque de s'effondrer dans la ruine et dans l'anarchie, prélude habituel des invasions. » Ces mots, à cette date, ont un sens sur lequel personne ne se trompe.

L'erreur du Général fut d'espérer qu'en créant le R.P.F. il faisait autre chose que d'ajouter un parti aux autres. Il crut pouvoir « rassembler » des Français de toutes opinions, de droite ou de gauche, comme du temps de la Résistance.

L'un des thèmes de propagande que de Gaulle exploite alors et sur lequel il compte pour le mener au pouvoir, est l'association capital-travail. Il avait souvent parlé, aux temps héroïques de la France Libre, de la rénovation, et même de la révolution que la Libération apporterait. Dans un de ses premiers discours radiodiffusés de Londres, le 3 août 1940, il évoquait « cette grande guerre qui est aussi une grande révolution », et précisait, au même micro, le 29 novembre suivant :

> De cette victoire certaine, de notre victoire, nous entendons, nous les Français Libres, qu'une France nouvelle doit sortir. Une telle guerre est une révolution, la plus grande de toutes celles que le monde a connues. Ce que nous apportons, nous, les Français Libres, d'actif, de grand, de pur, nous voulons en faire un ferment. Nous, les Français Libres, entendons faire lever un jour une immense moisson de dévouement, de désintéressement, d'entraide. C'est ainsi que, demain, revivra la France.

Et le 15 novembre 1941, dans son discours de l'Albert Hall :

> Si l'on a pu dire que cette guerre est une révolution, cela est vrai pour la France plus que pour tout autre peuple. Une

nation qui paye si cher les fautes de son régime, politique, social, moral et la défaillance ou la félonie de tant de chefs, une nation qui subit si cruellement les efforts de désagrégation physique et morale que déploient contre elle l'ennemi et ses collaborateurs, une nation dont les hommes, les femmes, les enfants, sont affamés, mal vêtus, point chauffés, dont deux millions de jeunes gens sont tenus captifs, pendant des mois et des années, dans des baraques de prisonniers, des camps de concentration, des bagnes ou des cachots, une nation à qui ne sont offertes, comme solution et comme espérance, que le travail forcé pour le compte de l'ennemi, le combat contre ses propres enfants et ses fidèles alliés, le repentir d'avoir osé se dresser face aux frénésies conquérantes d'Hitler et le rite des prosternations devant l'image du Père-la-Défaite, cette nation est nécessairement un foyer couvant sous la cendre. Il n'y a pas le moindre doute que, de la crise terrible qu'elle traverse, sortira, pour la nation française, un vaste renouvellement.

A Londres, le 1er avril 1942, au déjeuner du « National Defense Public Interest Committee », faisant allusion au « snobisme dérisoire » qui consisterait pour ses alliés à s'inquiéter de ne pas voir dans la France Combattante « beaucoup de noms naguère consacrés », de Gaulle s'écrie « qu'il y aurait là d'abord une cruelle injustice à l'égard de tant d'hommes illustres qui, en France et hors de France, ne vivent que pour la victoire » et ajoute :

Mais il y aurait là, surtout, la méconnaissance grave d'un fait qui domine aujourd'hui toute la question française et qui s'appelle « la révolution ». Car c'est une révolution, la plus grande de son Histoire, que la France, trahie par ses élites dirigeantes, et par ses privilégiés, a commencé d'accomplir. Et je dois dire à ce sujet que les gens qui, dans le monde, se figureraient pouvoir retrouver, après le dernier coup de canon, une France politiquement, socialement, moralement pareille à celle qu'ils ont jadis connue, commettraient une insigne erreur. Dans le secret de ses douleurs, il se crée, en ce moment même, une France entièrement nouvelle, dont les guides seront des hommes nouveaux. Les gens qui s'étonnent de ne pas trouver parmi nous des politiciens usés, des académiciens somnolents, des hommes d'affaires manégés par les combinaisons, des généraux épuisés de grades, font penser à ces attardés des petites cours d'Europe qui, pendant la dernière révolution française, s'offusquaient de ne pas voir siéger Turgot, Necker, et Loménie de Brienne, au Comité de Salut Public. Que voulez-vous ! Une France en révolution préfère toujours gagner la guerre avec le général Hoche plutôt que de la perdre avec le maréchal de Soubise. Pour proclamer et imposer la Déclaration des Droits, une France en révolution préfère toujours écouter Danton plutôt que de s'endormir aux ronrons des formules d'autrefois.

Cela est beau dans la bouche de de Gaulle, mais est-ce vrai ? Où sont les révolutionnaires en dehors de lui ? Tous les autres, à quelque parti de droite ou de gauche qu'ils appartiennent, n'ont qu'un désir : ne rien changer à rien. De Gaulle seul exige la réforme des institutions contre tous les partis ligués contre lui. Et ils sont tous devant ses yeux comme ce qui doit être dominé, sinon détruit.

Quoi qu'il en soit, le 27 mai 1942, de Gaulle ne craint pas, dans un passage d'une conférence de presse déjà cité, d'appeler Convention nationale l'Assemblée qui se réunira dès la Libération. A la radio de Londres, le 20 avril 1943, il annonce :

> Un régime économique et social tel qu'aucun monopole et aucune coalition ne puissent peser sur l'Etat, ni régir le sort des individus, où, par conséquent, les principales sources de la richesse commune soient ou bien administrées

ou tout au moins contrôlées par la Nation, où chaque Français ait à tout moment la possibilité de travailler suivant ses aptitudes dans une condition susceptible d'assurer une existence digne à lui-même et à sa famille, où les libres groupements de travailleurs et de techniciens soient associés organiquement à la marche des entreprises, telle est la féconde réforme dont le pays renouvelé voudra consoler ses enfants.

Le 1er mai suivant, dans son bref message à l'occasion de la fête du Travail :

Quand viendra la victoire, la patrie reconnaissante devra et saura faire à ses enfants ouvriers, artisans, paysans, d'abord un sort digne et sûr, ensuite la place qui leur revient dans la gestion des grands intérêts communs.

A Alger, le 3 novembre 1943, à la séance inaugurale de l'Assemblée consultative provisoire :

La France aura subi trop d'épreuves et elle aura trop appris sur son propre compte et sur le compte des autres pour n'être pas résolue à de profondes transformations. Elle veut faire en sorte que demain la souveraineté nationale puisse s'exercer entièrement, sans les déformations de l'intrigue et sans les pressions corruptrices d'aucune coalition d'intérêts particuliers. Elle veut que les hommes qu'elle chargera de la gouverner aient les moyens de le faire avec assez de force et de continuité pour imposer à tous au-dedans la puissance suprême de l'Etat et poursuivre au-dehors des desseins dignes d'elle. Elle veut que cesse un régime économique dans lequel les grandes sources de la richesse nationales de la production et de la répartition se dérobaient à son contrôle, où la conduite des entreprises excluait la participation des organisations de travailleurs et de techniciens dont, cependant, elle dépendait.

« Sans nul doute, la nation décidera elle-même de ces grandes réformes », ajoutait-il alors. On sait le temps qu'il y fallut, quant à l'objectif politique.

A Alger encore, le 18 mars 1944, devant l'Assemblée consultative provisoire, il précise :

> C'est la démocratie, renouvelée dans ses organes et surtout dans sa pratique, que notre peuple appelle de ses vœux. [...] Mais la démocratie française devra être une démocratie sociale, c'est-à-dire assurant organiquement à chacun le droit et la liberté de son travail, garantissant la dignité et la sécurité de tous, dans un système économique tracé en vue de la mise en valeur des ressources nationales, et non point au profit d'intérêts particuliers, où les grandes sources de la richesse commune appartiendront à la nation, où la direction et le contrôle de l'Etat s'exerceront avec le concours régulier de ceux qui travaillent et de ceux qui entreprennent. Enfin, les hautes valeurs intellectuelles et morales dont dépendent les ressorts profonds et le rayonnement du pays devront être mises à même de collaborer directement avec les pouvoirs publics.

D'Alger, ce 18 mars 1944, de Gaulle avait prévenu le pays : « Il est, certes, pénible de dire à la nation, qui aura si durement souffert, que l'arrivée des forces françaises et alliées ne marquera pas du tout le commencement de l'euphorie. » Aussi bien parla-t-il surtout de l'effort qu'il restait à accomplir dans son discours du 12 septembre 1944 qui déçut si profondément la foule fervente des Résistants présents. Il y disait pourtant :

> Ce qu'auront coûté avant et pendant ce drame à notre puissance, à notre unité, à notre substance même les négligences, médiocrités, injustices, que nous avions pratiquées ou tolérées, et aussi, sachons le dire, le manque de hardiesse

et de continuité dans le rôle d'impulsion et de direction des pouvoirs publics, nous le voyons d'une manière assez éclatante pour avoir résolu de prendre un chemin nouveau.

Pour résumer les principes que la France entend placer désormais à la base de son activité nationale, nous dirons que, tout en assurant à tous le maximum possible de liberté, et tout en favorisant en toute matière l'esprit d'entreprise, elle veut faire en sorte que l'intérêt particulier soit toujours contraint de céder à l'intérêt général, que les grandes sources de la richesse commune soient exploitées et dirigées non point pour le profit de quelques-uns, mais pour l'avantage de tous, que les coalitions d'intérêts qui ont tant pesé sur la condition des hommes et sur la politique même de l'Etat soient abolies une fois pour toutes, et qu'enfin chacun de ses fils et chacune de ses filles puisse vivre, travailler, élever ses enfants, dans la sécurité et dans la dignité.

Sachons le dire... Il avait déjà su souvent le dire ; il saurait souvent le dire encore, aussi longtemps qu'il le faudrait avant de savoir, de pouvoir le faire. Il s'agit que la volonté de de Gaulle, que la pensée de de Gaulle, deviennent la volonté et la pensée de la France. Si la révolution dont il est question doit être surtout politique, le Général insistant pour qu'elle se passe dans l'ordre, il la voudrait aussi, dans une certaine mesure, sociale. A Lille, le 1er octobre 1944, il préconise « la collaboration entre ceux qui travaillent et ceux qui dirigent ». Car, prudemment, de Gaulle met l'accent sur la collaboration avec la classe ouvrière, affirmant dans son discours radiodiffusé du 31 décembre 1944 :

Aujourd'hui, nous devons nous accommoder de ce que nous avons en en tirant durement le meilleur parti possible, et supporter courageusement les contraintes et les déficits. Mais, en même temps, nous avons le devoir de créer entre tous ceux qui participent à la tâche sacrée de la production française :

chefs d'entreprises, ingénieurs, ouvriers, paysans, les modalités et l'atmosphère de cette réelle et franche collaboration dans l'effort, l'initiative, les traverses et le succès qui doit devenir la psychologie nouvelle de notre activité nationale.

D'autre part, nous devons poursuivre, comme nous avons commencé de le faire, mais sérieusement et solidement, un certain nombre de réformes de base qui correspondent à la fois aux exigences de l'économie moderne et à celles du progrès social.

On sait ce que firent (et ce que ne firent pas) les gouvernements d'après la Libération, à commencer par celui du Général qui, appliquant le programme du C.N.R., nationalisa le crédit et les grandes banques, les charbonnages du Nord et du Pas-de-Calais, prépara la nationalisation de ceux du Centre, du Midi, de la Lorraine, celle du Gaz et de l'Electricité (votées peu de temps après son départ), décida de la réorganisation de la Sécurité sociale, créa les comités d'entreprises, instaura le Commissariat général au Plan.

Le R.P.F. enchaîne, quant à la politique sociale, sur les promesses de 40-44. Il les précise et les développe, insiste sur l'association capital-travail, au sujet de laquelle nous avions déjà, du temps de Londres et d'Alger, trouvé quelques indications dans les discours du Général. Dès Strasbourg, le 7 avril 1947, de Gaulle déclare :

Action sociale ? Faudra-t-il donc que nous demeurions dans cet état de malaise ruineux et exaspérant où les hommes qui travaillent ensemble à une même tâche opposent organiquement leurs intérêts et leurs sentiments ? Sommes-nous condamnés à osciller toujours douloureusement entre un système en vertu duquel les travailleurs seraient de simples instruments dans l'entreprise dont ils font partie et un autre qui écraserait tous et chacun, corps et âme, dans une odieuse machinerie totalitaire et bureaucratique ? Non ! La solution humaine, française, pratique de cette question qui domine tout n'est ni dans cet abaissement des uns, ni dans cette servitude de tous. Elle est dans l'association digne et féconde de ceux qui mettraient en commun, à l'intérieur d'une même entreprise, soit leur travail, soit leur technique, soit leurs biens, et qui devraient s'en partager, à visage découvert et en honnêtes actionnaires, les bénéfices et les risques.

Ce thème, l'animateur du R.P.F. le reprend à Lille, le 29 juin 1947 ; à Saint-Etienne, le 4 janvier 1948 ; à Marseille, aux premières Assises nationales du Rassemblement, le 17 avril ; à Paris, au Vélodrome d'Hiver, le 14 décembre 1948 ; à Lille, de nouveau, le 12 février 1949 ; à Paris, au champ d'Entraînement du bois de Boulogne, le 1er mai 1949 ; à Bordeaux, le 25 septembre ; à Paris lors de sa conférence de presse du 14 novembre ; puis le 1er mai 1950. Enfin, le 25 juin 1950, lors de son discours de clôture aux Assises nationales du Rassemblement du Peuple Français, où il dit :

La plus grave est la plaie sociale. [...] A cet égard nous avons choisi et nous traçons la route à suivre. C'est celle de l'Association ! Bien plus, nous avons commencé de susciter pour elle dans les masses une mystique d'une grande puissance, la seule qui puisse s'opposer à l'attirance du gouffre totalitaire. Je déclare que nous sommes prêts à accomplir cette vaste réforme qui changera du tout au tout les rapports sociaux et améliorera massivement la productivité française. Il va de soi que nous entendons appliquer l'Association aux entreprises nationalisées et, dans une large mesure, aux services publics... [...] Mais c'est l'Association réelle et contractuelle que nous voulons établir et non pas ces succédanés : primes à la productivité, actionnariat ouvrier, intéressement aux bénéfices, par quoi certains, qui se croient habiles, essaient de la détourner. Dans cette matière, comme dans les autres, nous nous sommes mis, nous, d'accord avec nos arrière-pensées.

Les temps pressent ; la victoire du R.P.F. tarde et même se fait de moins en moins probable. Au Vélodrome d'Hiver, le 11 février 1950, de Gaulle avait adjuré ainsi, devant ses compagnons, ceux qui se refusaient à rejoindre le Rassemblement (sur le million d'adhérents qu'il avait eus en 1948, le R.P.F. n'en possédait plus alors que 350 000) :

> Venez à nous ! vous qui gardez vivante la tradition nationale, vous qui respectez avec piété les fondations de la patrie, vous qui croyez que le pays a besoin du trésor des aïeux.
> Venez à nous ! vous encore qu'anime la flamme chrétienne, celle qui répand la lumière de l'amour et de la fraternité sur la vallée des peines humaines, celle où s'alluma, de siècle en siècle, l'inspiration spirituelle de la nation...
> Justice sociale, tradition nationale, flamme chrétienne, ces trois flambeaux, qui tour à tour illuminent l'histoire de la France, il faut maintenant qu'ils brûlent pour éclairer la sombre route, tandis que notre peuple, rassemblé pour son salut, marchera sans crainte vers le destin.

Voilà un de ces rares moments où l'homme politique parle en chrétien, où Dante apparaît derrière Machiavel. C'est qu'en 1950 le péril est pressant : il est tout juste temps encore. Une fois de plus nous aurons été sauvés de justesse. Le R.P.F. que je condamnais (avec raison) avait sa profonde nécessité. Et au vrai, il n'a échoué qu'en apparence. Il a finalement gagné. Non seulement il est au pouvoir, mais il a changé fondamentalement nos institutions, selon ce qu'a voulu de Gaulle. Et cela seul, au fond, lui importait. Cela qui continuera après lui et qui rend le gaullisme durable.

Dans l'angoisse où il est de voir la France perdre de ses forces vives – et se perdre le capital national qu'il représente –, de Gaulle, à l'époque du R.P.F., n'évite pas toujours, qui s'en étonnerait, la démagogie. Mais s'il promet plus au peuple qu'il ne pourra lui donner, lorsqu'il sera revenu au pouvoir, c'est parce qu'il sait que, sur l'essentiel, grâce à une rénovation de l'Etat, il lui assurera les conditions indispensables de son honneur et de son bonheur. Il redit Porte de Versailles, le 25 juin 1950, ce qu'il a toujours dit, ce qu'il redira toujours :

> C'est l'un des traits les plus médiocres de notre temps que des hommes qui, tout au long de l'épreuve, avaient juré de rénover d'abord les institutions et, par là, la politique, se laissèrent prendre aussi rapidement aux jeux des politiciens. Grâce à quoi, les partis restaurèrent leur régime, trompant le pays sur leurs intentions, aidés par les féodalités de presse, d'affaires, de syndicats, qui n'acceptent d'Etat que perméable à leurs combinaisons, associés pour la circonstance avec les séparatistes qui n'admettent la vigueur dans les Pouvoirs publics qu'à condition qu'ils leur appartiennent, soutenus enfin par l'action et la propagande des grandes puissances étrangères qui voulaient retrouver une France commode et divisée.
>
> Mais, comme il n'était, hélas ! que trop facile de le prévoir, le régime qu'ils refirent pour eux se révéla comme inadéquat aux problèmes qui pressent le monde. C'est qu'en effet, les partis, dont le nombre dépasse la douzaine, n'ont plus sur les masses l'emprise faute de laquelle ils ne sont que des clans et des chapelles. Sans doute peuvent-ils pour un temps, en raison des habitudes, garder encore localement des positions dites « électorales ». Mais le grand ressort est cassé. Nul n'imagine qu'aucun d'entre eux puisse désormais entraîner le peuple. Eux-mêmes ne le croient pas, qui, dans leurs tristes congrès, constatant les vides de leurs rangs et

les doutes de leurs adeptes, ne pensent plus qu'à « se repenser ». Quant aux Pouvoirs publics, formés par juxtaposition de rivalités sans arbitrage, ils sont naturellement stériles. Qui décrira la morne lassitude où se traînent les conseils des successifs gouvernements et les séances du Parlement ? Certes, en dépit de l'inconsistance officielle, le pays dans ses profondeurs reprend-il quelque substance, car c'est une sève vigoureuse qui coule dans ce peuple vivant. Mais c'est pour n'être conduit à rien et nulle part. Personne ne suppose qu'à la première tourmente l'actuel régime pourrait être le guide et le recours de la France.

A l'intérieur de cette nouvelle aventure, qui se terminera par un échec, de Gaulle compte, à son habitude, les années, il déclare par exemple le 25 juin 1950 aux Assises nationales du Rassemblement du Peuple Français : « Voici trois ans que nous avons entrepris la deuxième phase de notre tâche nationale. » La troisième phase, huit ans après, sera la bonne. Mais, en attendant que d'efforts inutiles et d'espoirs déçus ! Pas tout à fait inutiles, s'il est vrai, comme l'assure souvent de Gaulle à cette époque, que sa présence à la tête du R.P.F. oblige les gouvernements successifs à quelque prudence. C'est ce que le Général appelle, non sans ironie, « le système du gouvernement indirect », le seul auquel il puisse alors prétendre, disant dans le même discours du 25 juin 1950 :

Cependant, malgré le chloroforme dont les officieux tâchent de l'endormir, la nation s'irrite et s'inquiète du vide où elle sent l'Etat. C'est pourquoi les partis ne laissent pas d'être obsédés par l'audience que nous-mêmes trouvons dans le peuple. Il en résulte que le rôle que nous jouons dans la conjoncture offre quelque analogie avec celui du Commandeur, dont l'effigie troublait des gens dont la conscience n'était pas sans reproche. La crainte qu'ont de nous les partis suffit à leur inspirer des velléités de sagesse. De là leur penchant actuel à violer leurs programmes divers et à démentir leurs promesses, dans le but d'éviter les crises. Il va de soi que le système n'en est que plus immobile. Mais, du moins, sa paralysie lui évite-t-elle des secousses ; pas toujours, d'ailleurs, m'a-t-on dit !

D'autre part, à mesure que nos appels éveillent le pays, les partis s'efforcent, tout en nous combattant, d'arborer nos propres objectifs. Le processus est toujours le même. Dès que nous montrons à la nation un but à atteindre et la route pour y marcher, on multiplie d'abord les critiques malveillantes et déformantes, dans les propos que l'on tient, la radio que l'on détient, les journaux que l'on entretient. Puis, peu à peu, débaptisant le projet, on se l'attribue à soi-même. Soudain, dans un grand fracas de louanges publicitaires, on affecte de vouloir l'accomplir. Si, d'aventure, on y parvenait, nous serions les premiers à nous féliciter des résultats obtenus par le système du gouvernement indirect. Malheureusement, les copies qu'on arrive à faire de nos dessins ne sont que des caricatures.

Ce ne fut point de la faute du général de Gaulle si cette évolution se conclut par une révolution moins paisible que celle qu'il avait espérée. L'avènement de la Ve République était inéluctable, mais elle aurait pu succéder sans rupture à la IVe. Le R.P.F. qui fut si mal accueilli et si mal jugé à l'époque, non sans raisons, aujourd'hui se justifie. On accusa une fois de plus le Général d'intentions dictatoriales, alors qu'il n'avait créé le R.P.F. que pour arriver légalement au pouvoir, changer la Constitution et gouverner démocratiquement grâce à une majorité durable. Il eût mieux valu que de Gaulle triomphât grâce au succès électoral du Rassemblement plutôt qu'à la faveur des événements d'Alger. Le 6 mai 1953 le Général prenait acte, dans une déclaration à la presse, de l'échec du R.P.F. :

Ainsi, l'effort que je mène depuis la guerre, entouré de Français résolus, pour que notre pays trouve enfin son unité et mette à sa tête un Etat qui en soit un, n'a pu, jusqu'ici, aboutir. Je le reconnais sans ambages. C'est, il faut le craindre, au détriment de la France. [...] L'occasion [d'un] regroupement peut venir d'une future consultation populaire dans des conditions et une ambiance profondément modifiées. Elle peut venir, aussi, d'un sursaut de l'opinion qui, sous l'empire de l'inquiétude, amènerait les Français à s'unir et le régime à se transformer. Mais elle risque, hélas ! de se présenter sous forme d'une grave secousse, dans laquelle, une fois de plus, la loi suprême serait le salut de la patrie et de l'Etat. Voici venir la faillite des illusions. Il faut préparer le recours.

Il n'interviendra plus que pour combattre le projet de Communauté européenne de défense (C.E.D.). Puis rentrera dans le silence.

Cinq ans plus tard, la tourmente annoncée éclate et le régime des partis, comme prévu, s'effondre. Le 15 mai 1958, le général de Gaulle publie la déclaration suivante :

La dégradation de l'Etat entraîne infailliblement l'éloignement des peuples associés, le trouble de l'armée au combat, la dislocation nationale, la perte de l'indépendance. Depuis douze ans, la France, aux prises avec des problèmes trop rudes pour le régime des partis, est engagée dans ce processus désastreux.

Naguère, le pays, dans ses profondeurs, m'a fait confiance pour le conduire tout entier jusqu'à son salut.

Aujourd'hui, devant les épreuves qui montent de nouveau vers lui, qu'il sache que je me tiens prêt à assumer les pouvoirs de la République.

Ainsi que l'a remarqué Paul-Marie de La Gorce dans son *De Gaulle entre deux mondes*, « le recul du temps permet de mieux discerner ce qui, dans ce communiqué, annonçait l'avenir ou dévoilait un état d'esprit. Le mot *Algérie* n'était pas prononcé ; on n'y faisait allusion qu'en parlant des *peuples associés*, ce qui n'était, certes, pas la formule propre à satisfaire ceux qui, précisément, ne voulaient voir en Algérie qu'une fraction du territoire national. De même, *la perte de l'indépendance*, citée parmi les conséquences premières de la désintégration de l'Etat, annonce, par avance, le style autant que le contenu d'une certaine politique étrangère » (p. 549).

Il est naturellement possible (et on l'a souvent fait) d'étudier les événements du 13 mai en faisant leur part, qui fut grande, aux manœuvres et aux complots des insurgés d'Alger, dont une minorité était gaulliste, sans être pour autant dirigée ou même contrôlée par le Général. Celui-ci, prit, à son habitude, les événements tels qu'ils se présentaient pour les utiliser au mieux, tint compte de ce qu'il savait ou pouvait apprendre de l'évolution de la situation en Algérie pour décider de sa conduite. A en croire les historiens de ces journées confuses, de Gaulle agit avec habileté, pesa les mots de chacun de ses communiqués, fixa trois jours à l'avance sa conférence de presse du Palais d'Orsay, assuré que, dans l'intervalle, les événements mûriraient de telle sorte qu'il saurait alors à quoi s'en tenir ou sur l'impuissance définitive du gouvernement (hypothèse la plus probable) ou sur sa provisoire reprise en main des affaires. Mais à qui s'en tient, comme moi ici, au seul examen des déclarations publiques du général de Gaulle, rien de ce qui pouvait relever dans son action d'une tactique au jour le jour n'apparaît. Aucune des phrases qu'il a écrites ou dites alors n'exprime autre chose que ce qu'il a toujours affirmé quant au respect des institutions républicaines, et à la nécessaire réforme de l'Etat. De Gaulle écarte le contingent et le provisoire. Cette Histoire réduite à l'essentiel qu'il discerne dans l'abondance et la contradiction des événements quotidiens, nous découvrons avec le recul des années, avec quelle précision il avait su la dégager et la voir. Cette distance dont nous disposons maintenant, de Gaulle l'avait prise, au moment même, décantant à mesure une réalité dont il ne retenait que les aspects significatifs et durables. Si bien qu'une analyse comme celle que je tente en bornant mon examen aux seuls textes du Général, est aussi exacte, sinon plus, que celles des historiens qui s'attachent à rapporter eux aussi les détails d'une politique étudiée au jour le jour, non seulement d'après les paroles et les actes du général de Gaulle mais d'après ceux de ses adversaires ou de ses compagnons.

Le 19 mai, de Gaulle commence par ces mots la conférence de presse qui devait être décisive dans la désintégration non plus de l'Etat (qui allait au contraire être refait) mais du régime :

> Il y aura bientôt trois années que j'ai eu le plaisir de vous voir. Lors de notre dernière rencontre, je vous avais fait part de mes prévisions et de mes inquiétudes quant au cours des événements et de ma résolution de garder le silence jusqu'au moment où, en le rompant, je pourrais servir le pays. [...]
>
> Ce qui se passe en ce moment en Algérie par rapport à la métropole et dans la métropole par rapport à l'Algérie peut conduire à une crise nationale extrêmement grave. Mais aussi ce peut être le début d'une sorte de résurrection. Voilà pourquoi le moment m'a semblé venu où il pourrait m'être possible d'être utile encore une fois directement à la France.
>
> Utile, pourquoi ? Parce que, naguère, certaines choses ont été accomplies, que les Français le savent bien, que les peuples qui sont associés au nôtre ne l'ont pas oublié et que l'étranger s'en souvient. Devant les difficultés qui nous assaillent et les malheurs qui nous menacent, peut-être ce capital moral pourrait-il avoir son poids dans la politique, dans un moment de dangereuse confusion.
>
> Utile, aussi, parce que c'est un fait que le régime exclusif des partis n'a pas résolu, ne résout pas, ne résoudra pas, les énormes problèmes avec lesquels nous sommes confrontés, notamment celui de l'association de la France avec les peuples d'Afrique, celui aussi de la vie en commun des

diverses communautés en Algérie et, même, celui de la concorde à l'intérieur de chacune de ces communautés. […]

Utile, enfin, parce que je suis un homme seul, que je ne me confonds avec aucun parti, avec aucune organisation, que depuis six ans je n'exerce aucune action politique, que depuis trois ans je n'ai fait aucune déclaration, que je suis un homme qui n'appartient à personne et qui appartient à tout le monde.

Utile, comment ? Eh bien ! si le peuple le veut, comme dans la précédente grande crise nationale, à la tête du gouvernement de la République française.

Un homme seul, un homme qui n'appartient à personne et c'est vrai. Et c'est d'une vérité peut-être unique dans l'Histoire : à personne, pas même à lui-même. Il n'a pas de carrière, il est au-delà de toute ambition. A la question : « Vous avez dit que vous seriez prêt à assumer les pouvoirs de la République. Qu'entendez-vous par là ? », de Gaulle répond :

Les pouvoirs de la République, quand on les assume, ce ne peut être que ceux qu'elle-même aura délégués.

Voilà pour les termes qui sont parfaitement clairs. Et puis il y a l'homme qui les a prononcés. La République ! Il fut un temps où elle était reniée, trahie, par les partis eux-mêmes. Alors, moi, j'ai redressé ses armes, ses lois, son nom.

J'ai fait la guerre pour obtenir la victoire de la France et je me suis arrangé de telle sorte que ce soit aussi la victoire de la République. Je l'ai fait avec tous ceux, sans aucune exception, qui ont voulu se joindre à moi. A leur tête j'ai rétabli la République chez elle. […]

Quand tout cela a été fait, j'ai passé la parole au peuple, comme je l'avais promis. Il a élu ses représentants. Je leur ai remis sans aucune réserve, sans aucune condition, les pouvoirs dont je portais la charge.

Et puis, quand j'ai vu que les partis avaient reparu comme les émigrés d'autrefois qui n'avaient rien oublié ni rien appris, et que par conséquent il m'était devenu impossible de gouverner comme il faut, eh bien ! je me suis retiré, sans aucunement chercher à leur forcer la main. Par la suite, ils ont fait une Constitution mauvaise, malgré moi et contre moi.

Je n'ai pas un instant cherché à la violer. Pour tâcher de mettre un terme à la confusion et de créer un Etat juste et fort j'ai institué le Rassemblement du Peuple Français en y appelant tout le monde, sans souci des origines, des idées, des sentiments, ni même des étiquettes des uns et des autres. Il s'est trouvé que le régime a réussi à absorber, peu à peu, les élus du Rassemblement, de telle sorte que je n'avais plus de moyen d'action à l'intérieur de la légalité. Alors, je suis rentré chez moi.

Voilà comment j'ai servi et, paraît-il, menacé la République. Aussi quand j'entends – voilà dix-huit ans que cela dure ! – les sauveurs professionnels de la République – lesquels, d'ailleurs, auraient été bien en peine de la rétablir tout seuls – des sauveurs professionnels qui m'imputent de vouloir attenter aux libertés publiques, détruire les droits syndicaux, démolir l'institution républicaine, je laisse tomber et je passe outre. Ce qui ne m'empêche pas, avec beaucoup d'autres d'ailleurs, de demander à ces sauveurs ce qu'ils ont fait, eux, de la France libérée et de la République restaurée ?

Voilà qui leur rive le clou à tous. Et que répondraient-ils ? Le Général a raison contre eux à la fois sur le terrain et au tableau noir. Et cliniquement sur le corps torturé de la nation. Mais il n'a pas raison par la force, il aura eu finalement raison parce que l'instinct de conservation du peuple aura joué d'accord avec la volonté et avec la pensée de de Gaulle.

Quant à l'accusation de fascisme, voici dix-huit ans que cela dure, en effet. Dans un discours prononcé à l'Al-

bert Hall, de Gaulle pouvait déjà dire à Londres le
15 novembre 1941 :

> Il est vrai qu'à cette question : « Que veut la France
> Libre ? », certains, qui ne lui sont de rien, se hâtent souvent
> de répondre à sa place. Ainsi nous est-il arrivé de nous voir
> prêter à la fois les intentions les plus contradictoires, soit par
> l'ennemi, soit par cette sorte d'amis qui, sans doute à force
> de zèle, ne peuvent contenir à notre endroit l'empressement
> de leurs soupçons. L'une des rares distractions que m'ac-
> corde ma tâche présente consiste à rapprocher parfois ces
> diverses affirmations. Car il est plaisant d'observer que les
> Français Libres sont jugés, le même jour, à la même heure,
> comme inclinant vers le fascisme, ou préparant la restaura-
> tion d'une monarchie constitutionnelle, ou poursuivant le
> rétablissement intégral de la République parlementaire, ou
> visant à remettre au pouvoir les hommes politiques d'avant-
> guerre, spécialement ceux qui sont de race juive ou d'obé-
> dience communiste.

Les insinuations de « cette sorte d'amis qui, sans doute
à force de zèle, ne peuvent contenir à notre endroit l'em-
pressement de leurs soupçons », restent particulièrement
tenaces en ce qui concerne ces accusations d'antirépubli-
canisme. Le 1er avril 1942, de Gaulle, au déjeuner du
« National Defense Public Interest Committee », est
amené à dire :

> Comment, ensuite, attribuer quelque portée à certaines
> suggestions suivant lesquelles les démocraties devraient
> reconnaître la France dans la personne des gens de Vichy
> plutôt que dans celle des chefs de la France Combattante,
> sous prétexte que ces derniers n'auraient pas pris assez nette-
> ment position en faveur de la liberté ? Il y a, dans de pareilles
> allégations, un véritable outrage aux démocraties elles-
> mêmes. C'est leur prêter, en premier lieu, l'intention d'inter-

venir dans ce qui appartient uniquement à la souveraineté du peuple français. Mais c'est aussi leur imputer un aveuglement comique. Car, pencher vers les gens qui ont détruit toutes les libertés françaises et tâchent de modeler leur régime sur le fascisme ou sa caricature, plutôt que de faire confiance à de bons Français qui persistent à appliquer les lois de la République, luttent, jusqu'à la mort comprise, contre l'ennemi totalitaire et font hautement profession de délivrer le peuple enchaîné pour le refaire souverain, ce serait, en vérité, introduire dans la politique les principes du pauvre Gribouille qui se jetait dans la mer de crainte d'avoir à se mouiller.

Cela en disait long sur ce qu'il fallait que de Gaulle endurât alors. Pour être prudentes, feutrées, de telles accusations n'en étaient pas moins déplaisantes. C'est ainsi qu'un journaliste lui ayant demandé, lors de la conférence de presse du 27 mai 1942, s'il était pour que la représentation du peuple français, telle qu'elle serait instituée après la guerre, « soit démocratique, républicaine, sur la base du suffrage universel », de Gaulle répondit que « lui-même et l'immense majorité des Français, dont il connaissait l'opinion, étaient tout à fait résolus à recouvrer intégralement la souveraineté nationale et la forme républicaine du gouvernement ». Celui qui avait posé la question ne s'estima point satisfait et rétorqua, avec toutes les arrière-pensées que ces quelques mots en apparence anodins laissaient transparaître : « Il y avait un mot essentiel dans la question : le mot *démocratique*. » Patiemment, calmement, de Gaulle précisa :

La démocratie se confond exactement, pour moi, avec la souveraineté nationale. La démocratie, c'est le gouvernement du peuple, par le peuple, et la souveraineté nationale, c'est le peuple exerçant sa souveraineté sans entrave.

Voilà sa vraie pensée et que la Constitution nouvelle consacre. De Gaulle, seul révolutionnaire, est au fond le seul démocrate au sens absolu, puisque seul il exige que le peuple décide sans intermédiaire – et que c'est cette exigence qui le rend suspect aux bourgeois de gauche et qui le fait taxer par eux de démagogie.

Pour ce qui est des accusations de fascisme, les Alliés ne le cèdent en rien à nos compatriotes. Le 10 septembre 1942, le Général reçoit à Beyrouth Wendell Wilkie, adversaire républicain de Roosevelt aux élections de novembre 1940 et envoyé par lui en mission d'information. De Gaulle raconte dans ses *Mémoires de guerre* :

> Au sujet de ma personne, il ne se déroba point, dans le livre qu'il signa à son retour, au conformisme plaisantin de la malveillance. Comme, à Beyrouth, nous nous étions entretenus dans le bureau du haut-commissaire, pourvu naguère par M. de Martel d'un mobilier de style Empire, il me représenta singeant les manières de Napoléon. Comme je portais la tenue de toile blanche, réglementaire l'été pour les officiers français, il y vit une ostentation imitée de Louis XIV. Comme l'un des miens avait parlé de « la mission du général de Gaulle », M. Wilkie insinua que je me prenais pour Jeanne d'Arc. A cet égard, le concurrent de Roosevelt était aussi son émule (II, pp. 27-28).

Il faut toujours rappeler à ces amis et alliés qui gémissent aujourd'hui, qu'ils ont traité de Gaulle dès le premier jour sans le respect qui lui était dû – et pas seulement de Gaulle mais la France –, et que le crime de de Gaulle à leurs yeux, c'est de les avoir fait mentir, c'est de leur opposer une France vivante et capable de dire non.

Dix-huit ans donc que cela dure. Mais avec plus d'insistance encore, depuis treize ans. Depuis le pathétique :

« Ah ! je vous en prie, croyez-moi » du 29 juillet 1945, jusqu'à ces mots du 19 mai 1958, dont le calme et l'ironie ne dissimulent pas l'amertume, lorsqu'un journaliste lui ayant encore demandé au Palais d'Orsay : « Certains craignent que si vous reveniez au pouvoir, vous attentiez aux libertés publiques », il répondit :

> L'ai-je jamais fait ? Au contraire, je les ai rétablies quand elles avaient disparu. Croit-on qu'à soixante-sept ans je vais commencer une carrière de dictateur ?

Dans l'intervalle, de discours en discours, de ville en ville, d'année en année, ç'avait été la même réponse, toujours, la même protestation. Lui que l'on soupçonne d'arrière-pensées dictatoriales, c'est le danger de dictature que, précisément, il dénonce dès le discours de Bayeux du 16 juin 1946 :

> C'est qu'en effet le trouble dans l'Etat a pour conséquence inéluctable la désaffection des citoyens à l'égard des institutions. Il suffit alors d'une occasion pour faire apparaître la menace de la dictature. D'autant plus que l'organisation en quelque sorte mécanique de la société moderne rend chaque jour plus nécessaires et plus désirés le bon ordre dans la direction et le fonctionnement régulier des rouages. Comment et pourquoi donc ont fini chez nous la Iʳᵉ, la IIᵉ, la IIIᵉ République ? Comment et pourquoi donc la démocratie italienne, la République allemande de Weimar, la République espagnole firent-elles place aux régimes que l'on sait ? [...] Et pourtant, qu'est la dictature, sinon une grande aventure ? Sans doute, ses débuts semblent avantageux. Au milieu de l'enthousiasme des uns et de la résignation des autres, dans la rigueur de l'ordre qu'elle impose, à la faveur d'un décor éclatant et d'une propagande à sens unique, elle prend d'abord un tour de dynamisme qui fait contraste avec l'anarchie qui l'avait précédée. Mais c'est le

destin de la dictature d'exagérer ses entreprises. [...] La nation devient une machine à laquelle le maître imprime une accélération effrénée. [...] A la fin, le ressort se brise. L'édifice grandiose s'écroule dans le malheur et dans le sang. La nation se trouve rompue, plus bas qu'elle n'était avant que l'aventure commençât.

S'il parle ainsi, c'est moins en réponse à ses adversaires qu'à des amis trop impatients qui le pousseraient volontiers à l'aventure.

A Epinal, le 29 septembre 1946, il déclare :

> L'engagement que nous avons pris, nous l'avons purement et simplement tenu. Dès que cela fut possible, nous avons appelé à voter tous les Français et toutes les Françaises, afin d'élire d'abord les Conseils municipaux provisoires, puis les Conseils généraux, enfin une Assemblée nationale à laquelle nous avons remis immédiatement et sans réserve, comme nous l'avions toujours promis, les pouvoirs que nous exercions depuis plus de cinq lourdes années. [...]
>
> C'est pourquoi – soit dit en passant – nous accueillons avec un mépris de fer les dérisoires imputations d'ambitions dictatoriales, que certains, aujourd'hui, prodiguent à notre égard et qui sont exactement les mêmes que celles dont, depuis le 18 juin 1940, nous fûmes comblé, sans en être accablé, par l'ennemi et ses complices, par la tourbe des intrigants mal satisfaits, enfin par certains étrangers qui visaient à travers notre personne l'indépendance de la France et l'intégrité de ses droits.

L'hostilité à la dictature n'est pas née chez de Gaulle d'un principe, d'une croyance, mais de l'analyse du réel. Il connaît la plus récente histoire en Allemagne, en Italie, en Espagne et il connaît son propre peuple. C'en est assez pour faire de lui un libéral d'ancien style mais qui finalement et par ses voies à lui, impose sa Constitution, sa politique étrangère et tout ce à quoi il tient, même s'il se trouve seul en France à y tenir.

De discours en discours, de ville en ville il reprend le même thème :
Strasbourg, 7 avril 1947 :

> Une fois la victoire acquise et le pays consulté par la voie des élections, les partis sont apparus, impatients de leur avènement, et d'accord entre eux sur ce point seulement que la voie leur fût laissée libre. Dans de telles conditions, et étant écartée par moi toute aventure plébiscitaire, dont je suis convaincu que dans l'état de l'esprit public et dans la conjoncture internationale elle aurait finalement abouti à des secousses désastreuses, il n'y avait, pour l'homme qui vous parle, que deux solutions possibles. Ou bien entrer dans le jeu des partis, ce qui eût, je le crois, abaissé sans aucun profit cette sorte de capital national que les événements l'ont conduit à représenter et en venir rapidement à transiger sur l'essentiel. Ou bien laisser les partis faire leur expérience, non sans avoir, auparavant, fait réserver au peuple lui-même la faculté de décider, par la voie de référendum, du régime qui serait adopté. J'ai choisi cette deuxième solution.

Paris, 27 avril 1947 :

> En juin 1940, dans l'effondrement général, dans l'impossibilité pour le peuple de se faire entendre, il est bien vrai que j'ai pris le pouvoir et que je l'ai porté jusqu'à ce que j'aie pu le remettre à la représentation nationale. Oui, je suis revenu d'Egypte et même de Libye, d'Italie, du Rhin et du Danube, je suis entré dans Paris, dans Lyon, dans Marseille, dans Rennes, dans Lille, dans Toulouse, dans Strasbourg, sur les pas de nos troupes victorieuses. Ai-je étranglé la République ?

Il faut parler sérieusement de choses qui sont sérieuses. Il faut en finir avec une exploitation de termes qui ne peuvent tromper que ceux qui d'avance ont voulu être trompés.

Paris, 11 février 1950 :

> Je pouvais, certes, imposer les institutions de mon choix. Mais, sachez-le ! j'ai la conviction que rien de solide, ni de durable, ne peut se bâtir en France, sinon à partir de la volonté exprimée par le peuple. Si j'avais passé outre, c'était la dictature, la mienne, bien entendu ! Il n'y a pas à douter que celle-ci eût jeté tôt ou tard la nation dans de violentes secousses. [...] Bref, la France se fût trouvée bientôt dans une situation impossible au-dedans et au-dehors. Quand bien même, d'ailleurs, j'aurais pu me maintenir, après moi quels bouleversements risquait la patrie, quel avènement, sinon celui du communisme ? Quand un homme tient dans ses mains le sort d'un peuple, il lui faut regarder plus loin que lui-même. Je n'ai pas accepté la solution de la dictature.

Lors de la crise de mai 1958, de Gaulle disait dans sa réponse à M. Vincent Auriol :

> Les événements d'Algérie ont été, vous le savez bien, provoqués par l'impuissance chronique des pouvoirs publics, à laquelle j'ai naguère tout fait pour remédier.
> Le déclenchement et le développement se sont accomplis en invoquant mon nom, sans que j'y sois aucunement mêlé. Les choses étant ce qu'elles sont, j'ai proposé de former, par la voie légale, un gouvernement dont je pense qu'il pourrait refaire l'unité, rétablir la discipline dans l'Etat, notamment du côté militaire, et promouvoir l'adoption par le pays d'une Constitution renouvelée.
> Or, je me heurte, du côté de la représentation nationale, à une opposition déterminée. D'autre part, je sais qu'en Algérie et dans l'Armée, quoi que j'aie pu dire, quoi que je puisse

dire aujourd'hui, le mouvement des esprits est tel que cet échec de ma proposition risque de briser les barrières et même de submerger le commandement.

Comme je ne saurais consentir à recevoir le pouvoir d'une autre source que le peuple, ou tout au moins ses représentants (ainsi ai-je fait en 1944 et 1945), je crains que nous n'allions à l'anarchie et à la guerre civile.

Et, dans la nuit du 2 au 3 juin, il donnait avec lassitude mais ironie toujours, cette dernière précision aux députés :

J'avoue que je suis un peu surpris d'apprendre qu'il pourrait exister une équivoque entre nous au sujet de l'existence ou de la non-existence d'une Assemblée élue au suffrage universel ou bien sur la confusion éventuelle entre les fonctions de président de la République et celles du chef du gouvernement.

Cela me paraît tellement contradictoire avec ce qui a été fait par les membres du gouvernement tout au long de leur vie, puis même avec le bon sens et enfin avec la République, que je m'étonne qu'on puisse se poser la question. En tout cas en ce qui me concerne je n'ai aucune espèce de gêne à dire ce que j'en pense étant bien entendu que le projet qui sera soumis au référendum ne sera pas mon œuvre à moi mais l'œuvre du gouvernement, assisté des avis du comité qui est prévu pour son projet.

Non ! ce qu'il y aura ce sera la continuation de la République, car vous entendez bien que si j'ai fait le gouvernement que j'ai fait, c'est pour que la République continue !

Enfin en ce qui concerne mon opinion quant à l'existence nécessaire d'une Assemblée élue au suffrage universel qui soit du reste l'Assemblée principale dans le Parlement de demain, je vous en apporterai une dernière preuve : c'est le plaisir et l'honneur que j'ai de me trouver au milieu de vous ce soir.

« Une fois de plus au rendez-vous de la République et au rendez-vous de l'Histoire » (ainsi le présente André Malraux), de Gaulle, dans son discours du 4 septembre 1958, place de la République, une fois de plus aussi répond aux mêmes accusations :

> Le nécessaire a été fait pour obvier à l'irrémédiable à l'instant même où il était sur le point de se produire. Le déchirement de la nation fut de justesse empêché. On a pu sauvegarder la chance ultime de la République. C'est dans la légalité que moi-même et mon gouvernement avons assumé le mandat exceptionnel d'établir un projet de nouvelle Constitution et de le soumettre à la décision du peuple.
>
> Nous l'avons fait sur la base des principes posés lors de notre investiture. Nous l'avons fait avec la collaboration du Conseil consultatif institué par la loi. Nous l'avons fait compte tenu de l'avis solennel du Conseil d'Etat. Nous l'avons fait après délibérations très libres et très approfondies de nos propres Conseils de ministres ; ceux-ci formés d'hommes aussi divers que possible d'origines et de tendances, mais résolument solidaires. Nous l'avons fait sans avoir entre-temps attenté à aucun droit du peuple ni à aucune liberté publique. La nation, qui seule est juge, approuvera ou repoussera notre œuvre. Mais c'est en toute conscience que nous la lui proposons.

Quelle patience ! Il consent à être suspecté et dénoncé par les hommes de la gauche la plus désarmée, la gauche de Guy Mollet et de Lacoste, qui aura fourni à une politique activiste de droite ses agents les plus efficaces.

Dans ce même discours de Gaulle présente ainsi le projet de Constitution sur lequel la nation aura, le 28 septembre, à répondre par oui ou par non :

> C'est donc pour le peuple que nous sommes, au siècle et dans le monde où nous sommes, qu'a été établi le projet de

Constitution. Que le pays puisse être effectivement dirigé par ceux qu'il mandate et leur accorde la confiance qui anime la légitimité.

Qu'il existe, au-dessus des luttes politiques, un arbitre national, élu par des citoyens qui détiennent un mandat public, chargé d'assurer le fonctionnement régulier des institutions, ayant le droit de recourir au jugement du peuple souverain, répondant, en cas d'extrême péril, de l'indépendance, de l'honneur, de l'intégrité de la France et du salut de la République. Qu'il existe un gouvernement qui soit fait pour gouverner, à qui on en laisse le temps et la possibilité, qui ne se détourne pas vers autre chose que sa tâche, et qui, par là, mérite l'adhésion du pays. Qu'il existe un Parlement destiné à représenter la volonté politique de la nation, à voter les lois, à contrôler l'exécutif, sans prétendre sortir de son rôle. Que gouvernement et Parlement collaborent mais demeurent séparés quant à leurs responsabilités et qu'aucun membre de l'un ne puisse, en même temps, être membre de l'autre. Telle est la structure équilibrée que doit revêtir le pouvoir. Le reste dépendra des hommes.

L'ayant enfin emporté, de Gaulle, après le référendum du 28 septembre 1958, s'adresse dans sa conférence de presse du 23 octobre au « Parlement de demain », dans des termes voisins de ceux dont il avait alerté les Parlements d'hier :

Après un certain nombre de mois de suspension, l'institution parlementaire va reparaître, mais non plus omnipotente. La leçon des faits, le cours des événements, le jugement du public et aussi le civisme de l'ensemble du corps politique français, ont conduit les constituants de 1958, c'est-à-dire les membres du gouvernement, aidés par les travaux du Conseil constitutionnel, par les avis du Conseil d'Etat et, je dois le dire, par les conseils éclairés de M. le Président de la République, à fixer aux futures Assemblées des limites nettes et des freins puissants. La nation a ratifié leur œuvre. C'est en effet la situation du monde : les nécessités du redressement national interdisent absolument qu'on en revienne à la confusion d'antan.

Si donc il devait, par malheur, arriver que le Parlement de demain ne voulût pas s'accommoder du rôle qui lui est dévolu, il n'y a pas de doute que la République serait jetée dans une crise nouvelle dont personne ne peut prévoir ce qui en sortirait, excepté ceci, qu'en tout cas l'institution parlementaire serait balayée pour longtemps. [...]

En un mot, c'est en le réformant d'une manière profonde que nous avons sauvegardé la chance du régime représentatif. Cette chance, puisse-t-il ne pas la détruire lui-même !

Le 21 décembre 1958, le général de Gaulle est élu président de la République. Il réunit 78,5 % des votes. Le 8 janvier 1959, il prend officiellement ses fonctions à l'Elysée. M. René Cassin, vice-président du Conseil d'Etat, donne les résultats de l'élection. Ses premiers mots sont pour dire :

> C'est à M. le président René Coty que revient, après qu'il eut reçu lui-même le 23 décembre l'hommage des corps constitués, l'honneur d'accueillir à l'Elysée, en votre personne, le grand citoyen élu, à la suite d'une libre consultation, président de la République et président de la Communauté.

Et ses derniers :

> Monsieur le Président de la République, je n'évoquerai pas le souvenir personnel de ces heures où le jeune général de Gaulle lisait son premier appel à la résistance et a assumé à tous risques, avec une foi partagée d'abord par un petit nombre de compagnons, puis par le peuple entier, la gestion des intérêts suprêmes de la patrie, en préparant la restauration des institutions libres.

Que du moins il me soit permis de constater, au nom du collège formé par les chefs des plus hautes juridictions françaises, que votre élection à la charge la plus élevée s'est faite sous l'œil de magistrats indépendants et dans le respect des lois. Une démocratie véritable exige non seulement que ceux qui ont l'autorité acceptent les responsabilités corrélatives, mais encore que la primauté de la loi soit placée sous la sauvegarde de la justice. Ceux qui savent comment dans les moments les plus cruciaux vous avez mené les actions les plus hardies dans le respect des institutions, de la parole donnée, ont confiance que sous votre septennat la République ne se bornera pas à continuer et à prospérer avec un élan et des structures rajeunies, mais qu'elle gardera à la France ce visage humain, auréolé d'un noble prestige, qui lui a valu l'affection des peuples et particulièrement celle de nos frères des Etats membres de la Communauté.

Ainsi est solennellement marqué par le vice-président du Conseil d'Etat le constant souci du général de Gaulle depuis 1940 de rester dans la légalité républicaine. Quant à M. René Coty, il déclare :

Pour la première fois dans notre pays une révolution – révolution nécessaire, révolution constructive – a pu s'accomplir dans le calme des esprits et dans le respect des lois mêmes qu'il s'agissait de réformer.

C'est le Parlement de la IVᵉ République qui régulièrement a confié au gouvernement le mandat de proposer une Constitution nouvelle au peuple souverain, qui, à une majorité massive, en a fait la Constitution de la France.

Ce large rassemblement des citoyens de la vieille France et de la Communauté, quelle qu'ait été et quelle que soit encore la diversité de leurs tendances, il trouve sa conclusion dans cette élection présidentielle où les électeurs étaient pour la majeure partie les élus communaux et départementaux de la IVᵉ République.

Ainsi la liberté a su se sommer de l'autorité qui seule peut efficacement la défendre et la garantir.

Ainsi que je vous le disais en vous accueillant pour la première fois dans ce palais, ainsi s'est dûment opérée la conjonction de ce que Pascal appelait « la grandeur d'établissement » avec ce que, comme lui, nous appelons « la grandeur personnelle ».

Il me reste le privilège, monsieur le Président de la République, de vous remercier encore au nom de la République d'avoir assumé jusque dans ses tâches les plus ingrates la lourde et grande mission du redressement de l'Etat.

Le dernier président de la IVᵉ République reconnaît en quelque sorte que le *rassemblement*, grâce à de Gaulle, s'est enfin fait et qu'il a triomphé. Dans sa réponse, le nouveau président de la République met à dessein l'accent sur la solennité de cette transmission des pouvoirs :

A tout ce qu'il y a d'imposant et d'émouvant dans cette cérémonie je suis profondément sensible.

Vos paroles, monsieur le Président, dont la sagesse est d'autant plus frappante qu'elles ont été prononcées par un grand citoyen quittant avec une dignité parfaite le mandat qu'il a exercé d'une manière vraiment exemplaire ; la proclamation solennelle de l'élection du 21 décembre ; la noble adresse du président de la Commission constitutionnelle ; la présence du gouvernement, du doyen et de l'un des membres du corps diplomatique, des présidents et des bureaux du Sénat, de l'Assemblée nationale et du Conseil économique, des Premiers ministres des nouveaux et jeunes Etats de la Communauté, d'un maréchal de France, du Grand chancelier de la Légion d'honneur, du chancelier de l'ordre de la Libération, des représentants de tous les corps et services de l'Etat et du commandement des armées, de la délégation de l'Académie française et de l'Institut de France, confèrent à notre réunion le caractère de majesté qui convient à son sujet.

Ainsi entrent en vigueur les institutions rénovées de la République française et les institutions nouvelles de la Communauté. Ainsi prend ses fonctions celui à qui l'une et l'autre ont, une fois de plus, attribué la charge de les conduire vers leurs destins.

Au cours de cette cérémonie du 8 janvier 1959 où il prit officiellement ses fonctions de président de la République, de Gaulle envisagea les circonstances, qui devaient effectivement se produire, où il lui faudrait de nouveau faire face à de graves événements. En témoignent les dernières phrases de son allocution, toutes données semble-t-il à l'optimisme et à l'espoir :

L'intérêt national dans la nation, l'intérêt commun dans la Communauté, voilà ce que maintenant tout comme hier j'ai le devoir de représenter, de faire valoir, en tout cas même d'imposer, s'il arrivait que le salut public l'exigeât.

Telles sont mes obligations. Je n'y faillirai pas, je vous en donne d'avance le témoignage. Mais pour le faire il me faut le concours de ceux qui servent la République, l'appui des hommes qui désormais sont responsables en Afrique, le soutien du peuple français et des peuples d'outre-mer. Ce concours, cet appui, ce soutien, ils me furent naguère accordés dans l'angoisse du péril national ; je les demande à présent où à l'horizon paraît la lumière de nos grandes espérances.

Lors de son message au Parlement, le 15 janvier 1959, de Gaulle déclare :

Quand, voici dix-huit ans, le pays haletait dans les angoisses du malheur, ce redressement ne nous était qu'un rêve. Or le voici aujourd'hui commencé. Mais avant qu'il puisse aboutir chacun voit qu'une mise en ordre rigoureuse de nos affaires est absolument nécessaire dans tous les domaines où se joue notre destin national : pacification et transformation de l'Algérie, qui sont, bien évidemment, les conditions indispensables d'une solution politique, laquelle ne saurait procéder que du suffrage universel ; mise en œuvre de la Communauté ; place de la France dans les alliances et rôle qu'elle joue dans le monde ; modernisation des moyens de notre défense nationale ; finances, échanges, économie, monnaie ; progrès social, culturel, scientifique.

Ce grand but, les Assemblées voudront à coup sûr l'approuver. Mais pour l'atteindre beaucoup d'efforts sont requis des diverses catégories françaises. Là sera – qui ne le sait ? – l'épreuve décisive du Parlement. Si le malheur voulait – ce que j'exclus pour ma part – qu'il cédât aux sollicitations fractionnelles, au lieu de se confondre avec le bien national commun, la crise des institutions reviendrait menaçante. Au contraire, si, comme je le crois, il ne laisse pas les arbres des intérêts particuliers, des surenchères partisanes, des excitations locales lui cacher la forêt de l'unité française, alors l'avenir, un grand avenir, est assuré à notre nouvelle République, et par elle à la nation.

Cette mise en garde, il l'avait adressée presque dans les mêmes termes au Parlement dans sa conférence de presse du 23 septembre précédent, mais aussi, nous l'avons vu, aux jours lointains de janvier 1946, alors qu'il allait quitter – pour longtemps – le pouvoir et où il avait adjuré, on se le rappelle, les membres de l'Assemblée constituante : « Nous avons commencé à reconstruire la République. Vous continuerez à le faire. De quelque façon que vous le fassiez [...] je crois pouvoir vous dire en conscience que si vous le faites sans tenir compte des leçons de notre histoire politique des cinquante dernières années, et en particulier de ce qui s'est passé en 1940, si vous ne tenez pas compte des nécessités absolues d'autorité, de dignité et de responsabilité du gouvernement, vous irez à une situation telle qu'un jour ou l'autre, je vous le prédis, vous regretterez amèrement d'avoir pris la voie que vous avez prise. »

Au cours de sa conférence de presse du 11 avril 1961 le Général précise :

> En réalité, il est essentiel que l'Etat ait, dans ses pouvoirs, la continuité et l'autorité sans lesquelles, tout le monde le sait, tout irait à vau-l'eau dans notre pays et en notre époque difficile. Cela implique qu'un chef de l'Etat qui ait la confiance du pays réponde, en dernier ressort, de ce qu'il y a d'essentiel et de permanent dans la vie dangereuse de la France ; qu'il ne soit pas confondu avec les multiples et épisodiques contestations que nos divisions naturelles introduisent toujours dans notre politique ; qu'il dispose des moyens voulus pour que les pouvoirs publics fonctionnent régulièrement, qu'il puisse, dans certains cas, appeler la nation à se prononcer et enfin, dans une crise grave, qu'il puisse répondre de la France et de la République. [...]
>
> Il est clair que la manière dont fonctionnent nos institutions porte la marque des hommes et des circonstances du moment. Je ne disconviens pas, par exemple, que le fait que je me trouve là où je suis ait quelques conséquences et je crois que les conditions dans lesquelles nous sommes placés relativement à l'Afrique, à l'Algérie, au monde extérieur, ainsi qu'aux vastes changements que nous devons nous imposer à l'intérieur de nous-mêmes, ne manquent pas d'avoir leurs effets. De tout temps, les contingences humaines et les faits ont compté et compteront toujours pour beaucoup dans le jeu des institutions sans que, pour autant, les principes soient mis en cause ni les textes déchirés. Mais ce qui est essentiel, ce qui est pour la France d'une nécessité absolue, je le dis en conscience, c'est que dans la période historique où nous vivons, ses pouvoirs aient une tête et aussi que le chef de l'Etat dispose, dans le pays, de cette adhésion profonde qui lui est indispensable pour remplir pleinement sa mission.

Lors de cette même conférence de presse du 11 avril 1961, de Gaulle avait laissé entrevoir une éventuelle et importante modification à la Constitution, en ce qui concernait l'élection du président de la République :

> Je sais que beaucoup considèrent que le mode d'élection du président de la République par un collège électoral limité aux seuls élus – tel qu'il serait composé d'après le texte actuel – répondrait mal pour celui qui aura à me succéder, au caractère de mandat populaire et national qui convient à la fonction et que m'ont conféré, en dehors d'ailleurs de toute élection, des événements exceptionnels, qui ne se reproduiront naturellement pas, tout au moins obligatoirement. Je reconnais, pour ma part, qu'il y aurait, en effet, dans ce mode de désignation du chef de l'Etat qui viendra après moi quelque chose d'inadéquat. Pour y remédier, en renforçant, si je puis m'exprimer ainsi, « l'équation personnelle » du futur Président, on peut penser qu'il faudrait qu'il soit choisi par la nation au suffrage universel. Cela peut être envisagé. Si l'échéance de mon remplacement devait survenir avant qu'on ait eu le temps de résoudre ce problème, il appartiendrait à ceux qui seront là quand je n'y serai plus de prendre les initiatives voulues. Mais si moi-même en ai le temps et la possibilité, je pourrais, au moment voulu, mettre à l'ordre du jour ce point, fort important pour l'avenir de la France.

Ainsi selon lui, en ce qui le concerne, « le mandat populaire et national » indispensable à sa fonction lui a été décerné « en dehors de toute élection [par] des événements exceptionnels ».

Quelques jours plus tard, c'est le putsch d'Alger. Le 23 avril de Gaulle adresse à la nation un message qui s'achève ainsi :

L'avenir des usurpateurs ne doit être que celui que leur destine la rigueur des lois.

Devant le malheur qui plane sur la patrie et la menace qui pèse sur la République, ayant pris l'avis officiel du Conseil constitutionnel, du Premier ministre, du président du Sénat, du président de l'Assemblée nationale, j'ai décidé de mettre en œuvre l'article 16 de notre Constitution. A partir d'aujourd'hui, je prendrai, au besoin directement, les mesures qui me paraîtront exigées par les circonstances. Par là même, je m'affirme, pour aujourd'hui et pour demain, en la légitimité française et républicaine que la nation m'a conférée, que je maintiendrai, quoi qu'il arrive jusqu'au terme de mon mandat ou jusqu'à ce que me manquent, soit les forces, soit la vie, et dont je prendrai les moyens d'assurer qu'elle demeure après moi.

Interrogé le 15 mai 1962, sur le point de savoir s'il voulait mettre à l'ordre du jour l'élection du président de la République au suffrage universel, il répondit :

J'en ai dit un mot l'année dernière ; je vous réponds aujourd'hui que ce n'est pas pour le moment. J'ajouterai quelque chose à ce sujet, puisque j'ai le plaisir de vous voir et de vous parler, en pensant à une idée assez répandue, je veux dire à ce qui arrivera quand de Gaulle aura disparu. Eh bien, je vous dis ceci qui, peut-être, vous expliquera dans quelle direction à cet égard nous allons marcher : ce qui est à redouter, à mon sens, après l'événement dont je parle, ce n'est pas le vide politique, c'est plutôt le trop-plein.

Le 20 septembre 1962, il commence ainsi son allocution radiotélévisée :

Depuis que le peuple français m'a appelé à reprendre officiellement place à sa tête, je me sentais naturellement obligé de lui poser, un jour, une question qui se rapporte à ma succession, je veux dire celle du mode d'élection du chef de l'Etat. Des raisons que chacun connaît m'ont récemment donné à penser qu'il pouvait être temps de le faire.

Cette allusion, chacun la comprend à cette date du 20 septembre 1962. De Gaulle sera plus précis dans ses trois allocutions suivantes. Le 4 octobre :

> Tout d'abord, les attentats perpétrés ou préparés contre ma vie me font une obligation d'assurer après moi, pour autant que je le puisse, une République solide, ce qui implique qu'elle le soit au sommet. En outre, devant l'inquiétude générale suscitée par ces tentatives de meurtre quant aux risques de confusion que la France pourrait courir soudain, je crois nécessaire qu'un vote massif de la nation atteste, en ce moment même, qu'elle a des institutions, qu'elle entend les maintenir et qu'elle ne veut pas, après de Gaulle, revoir l'Etat livré à des pratiques politiques qui la mèneraient à une odieuse catastrophe.

Le 18 octobre :

> Comme la preuve est ainsi faite de la valeur d'une Constitution qui veut que l'Etat ait une tête et comme, depuis que je joue ce rôle, personne n'a jamais pensé que le président de la République était là pour autre chose, je crois, en toute conscience, que le peuple français doit marquer, maintenant, par un vote solennel, qu'il veut qu'il en soit ainsi, aujourd'hui, demain et plus tard. Je crois que c'est, pour lui, le moment d'en décider, car, autrement, les attentats qui ont été perpétrés et ceux qui sont préparés font voir que ma disparition risquerait de replonger la France dans la confusion de naguère et, bientôt, dans la catastrophe.

Le 26 octobre :

> Il s'agit de décider si, après moi – et nul n'ignore les menaces qui pèsent sur ma vie –, les futurs Présidents

auront à leur tour, grâce à l'investiture directe de la nation, le moyen et l'obligation de porter, comme elle est, cette charge si lourde. Bref, il s'agit de marquer par un scrutin solennel que, quoi qu'il arrive, la République continuera, telle que nous l'avons voulue à une immense majorité.

Voilà bien de Gaulle : il ne s'étonne ni ne s'indigne devant les attentats. Il nous épargne jusqu'au moindre signe de réprobation. Il constate le risque et songe d'abord à l'utiliser pour l'accomplissement d'un grand dessein : l'élection du président de la République au suffrage universel. Grâce aux assassins, l'opération devient aisée. Bastien-Thiry est entré dans le jeu gaulliste, c'est le destin de tous les adversaires de de Gaulle. Comme il se sera servi d'eux ! Au point que certains (Giraud) ont pris dans l'Histoire un aspect un peu comique.

Quatre discours, donc, où il se répète pour être sûr d'être bien compris dans les quelques jours qui précèdent le référendum. On aura remarqué, dans l'allocution du 20 septembre, le : « Depuis que le peuple français m'a appelé à reprendre officiellement place à sa tête », ce qui impliquait qu'officieusement de Gaulle n'avait jamais cessé de se sentir responsable de la France. Un autre adverbe – *implicitement* – marque la même certitude le 4 octobre :

Mais, pour être, vis-à-vis de lui-même et vis-à-vis des autres, en mesure de remplir une pareille mission, le Président a besoin de la confiance directe de la nation. Au lieu de l'avoir implicitement, comme c'était mon propre cas en 1958 pour une raison historique et exceptionnelle qui pouvait justifier au départ le collège restreint, dont je n'oublie certes pas le vote ! il s'agit que le Président soit élu, dorénavant, au suffrage universel.

Après un retour sur le proche passé (l'adoption par 80 % des votants d'une Constitution qui « a fait ses preuves »), après avoir rappelé que le président de la République répond désormais de la France et de la République, qu'il a « à inspirer, orienter, animer, l'action nationale » et même qu'il arrive qu'il ait à la conduire directement, « comme je l'ai fait, par exemple, dans toute l'affaire algérienne », bref après avoir insisté sur le fait qu'un « des caractères essentiels de la Constitution de la Ve République, c'est qu'elle donne une tête à l'Etat », de Gaulle ajoutait dans la plus importante de ces allocutions :

> Cependant, pour que le président de la République puisse porter et exercer effectivement une charge pareille, il lui faut la confiance explicite de la nation. Permettez-moi de dire qu'en reprenant la tête de l'Etat, en 1958, je pensais que, pour moi-même et à cet égard, les événements de l'Histoire avaient déjà fait le nécessaire. En raison de ce que nous avons vécu et réalisé ensemble, à travers tant de peines, de larmes et de sang, mais aussi avec tant d'espérances, d'enthousiasmes et de réussites, il y a entre vous, Françaises, Français, et moi-même un lien exceptionnel qui m'investit et qui m'oblige. Je n'ai donc pas attaché, alors, une importance particulière aux modalités qui allaient entourer ma désignation, puisque celle-ci était d'avance prononcée par la force des choses. D'autre part, tenant compte des susceptibilités politiques, dont certaines étaient respectables, j'ai préféré, à ce moment-là, qu'il n'y eût pas à mon sujet un plébiscite formel. Bref, j'ai alors accepté que le texte initial de notre Constitution soumît l'élection du Président à un Collège relativement restreint d'environ 80 000 élus.
>
> Mais si ce mode de scrutin ne pouvait, non plus qu'aucun autre, fixer mes responsabilités à l'égard de la France, ni exprimer à lui seul la confiance que veulent bien me faire les Français, la question serait différente pour ceux qui, n'ayant pas reçu nécessairement des événements la même marque

nationale, viendront après moi, tour à tour, prendre le poste
que j'occupe à présent. Ceux-là, pour qu'ils soient entièrement en mesure et complètement obligés de porter la charge
suprême, quel que puisse être son poids, et qu'ainsi notre
République continue d'avoir une bonne chance de demeurer
solide, efficace et populaire en dépit des démons de nos
divisions, il faudra qu'ils en reçoivent directement mission
de l'ensemble des citoyens. (*20 septembre 1962.*)

En conséquence de quoi de Gaulle croit devoir faire au
pays la proposition que voici : « Quand sera achevé mon
propre septennat, ou si la mort ou la maladie l'interrom-
pait avant terme, le président de la République sera dorénavant élu au suffrage universel. » Décision justifiée en
des termes qui excèdent la stricte raison, sans pour autant
être contestable. Si le Général en parlant de lui-même dit
souvent : « De Gaulle », c'est qu'il se considère du dehors
dans la lumière intemporelle de l'Histoire. Le scrutin par
lequel il fut élu président de la République, *non plus
qu'aucun autre* ne peut fixer ses responsabilités à l'égard
de la France. Il connaît quant à lui ses devoirs aussi bien
que ses droits : il se sent *obligé*. Dans ce tranquille orgueil,
deux traces d'une discrétion toute formelle : cette marque
nationale, il dit l'avoir reçue des *événements*, sans rappeler que ces événements il les créa lui-même par son acte
du 18 juin ; il ajoute que ses successeurs n'en bénéficie-
ront pas *nécessairement*, ce qui est une façon de suggérer
qu'il y a peu de chance pour que les conditions d'une telle
consécration se retrouvent. Le 4 octobre, il répète :
« Comme à l'appel général du pays, j'ai assumé la fonction, le mode d'élection du Président était, d'abord, secon-
daire, puisque le rôle était rempli. Mais la question se
pose aujourd'hui. » Et le 18 octobre : « ... Mesurant,
mieux que jamais, la responsabilité historique qui m'in-

combe à l'égard de la patrie, je vous demande, tout simplement, de décider que, dorénavant, vous élirez votre
Président au suffrage universel. »

De Gaulle représente, il est la nation sans que celle-ci
ait besoin de le confirmer dans cette délégation une fois
pour toutes reconnue par elle. C'est pourquoi l'élection au
suffrage universel qu'il estima nécessaire de prévoir pour
ses successeurs à la présidence de la République ne l'était
pas pour lui. Bien plus, quoique ayant été élu, selon la
constitution d'alors, par un collège restreint, le Général se
considère mandaté directement par le pays.

Dans ces allocutions radiotélévisées des 20 septembre,
4, 18 et 26 octobre 1962, de Gaulle, après avoir rappelé
dans quelles conditions il a, en 1958, « assumé de nouveau le destin de la patrie » ; souligné que la nouvelle
Constitution a rejeté « la confusion et l'impuissance du
régime d'antan, c'est-à-dire le régime exclusif des partis »
et répond ainsi aux « conditions que la vie rude et rapide
du monde moderne impose à un grand Etat » ; montré les
« progrès éclatants » qui en ont résulté pour la nation, au
milieu des difficultés d'une décolonisation qui n'aurait pu
être effectuée sans cela ; répété que « la continuité, la fermeté, l'efficacité, instaurées au sommet de l'Etat, sont les
conditions nécessaires de la rénovation que nous avons
commencée, qui passionne notre jeunesse et qui stupéfie
l'univers », demande donc au peuple de décider que dorénavant le président de la République soit élu au suffrage
universel, et ajoute :

> Bien entendu, tous les partis de jadis dont rien de ce qui
> s'est passé n'a pu guérir l'aveuglement, vous requièrent de
> répondre : « Non ! » C'est, de leur part, tout naturel. Car il
> est vrai qu'aujourd'hui, mon action à la tête de la Répu-

blique, plus tard celle des Présidents successifs qui seraient investis par la confiance du peuple et sauraient, s'il le fallait, lui demander son verdict souverain, sont incompatibles avec le règne absolu et désastreux des partisans.

Après la décision souveraine prise par la nation le 28 octobre 1962 et en vertu de laquelle avait été approuvée la loi constitutionnelle prévoyant que « dorénavant le peuple français élirait son Président au suffrage universel », de Gaulle, dans son allocution radiotélévisée du 7 novembre, s'en prend de nouveau aux partis qu'il a trouvés une fois encore ligués contre lui :

Mais aussi, une fois de plus, le référendum a mis en pleine lumière une donnée politique fondamentale de notre temps. Il s'agit du fait que les partis de jadis, lors même qu'une commune passion professionnelle les réunisse pour un instant, ne représentent pas la nation. On s'en était clairement et terriblement aperçu, quand, en 1940, leur régime abdiqua dans le désastre. On l'avait, de nouveau, constaté en 1958, lorsqu'il me passa la main au bord de l'anarchie, de la faillite et de la guerre civile. On vient de le vérifier en 1962.

Que s'est-il passé, en effet ? La nation étant en plein essor, les caisses remplies, le franc plus fort qu'il ne le fut jamais, la décolonisation achevée, le drame algérien terminé, l'armée rentrée tout entière dans la discipline, le prestige français replacé au plus haut dans l'univers, bref tout danger immédiat écarté et la situation de la France bien établie au-dedans et au-dehors, on vit tous les partis de jadis se tourner contre de Gaulle. On les vit s'opposer tous ensemble au référendum parce qu'il tendait à empêcher que leur régime recommençât. Afin de tenir, de nouveau, le pouvoir à leur discrétion et d'en revenir, au plus tôt, aux jeux qui faisaient leurs délices mais qui seraient la ruine de la France, on les vit se coaliser, sans qu'il en manquât un seul, d'abord au Parlement pour censurer le ministère, ensuite devant le pays pour l'amener à me répondre « Non ». Or, voici que tout leur ensemble vient d'être désavoué par le peuple français.

Après avoir admis que « les partis de jadis épousent et servent encore divers courants d'opinion » et rappelé « qu'au long des années du temps de guerre et du temps de paix où il dirigeait les affaires, il a, suivant l'opportunité, pris ses ministres dans toutes les formations politiques, tour à tour et sans exception », il en vient (les élections devant avoir lieu les 18 et 25 novembre suivant) au futur Parlement :

> Mais c'est un fait qu'aujourd'hui, confondre les partis de jadis avec la France et la République serait simplement dérisoire.
>
> Or, il se trouve qu'en votant « Oui » en dehors d'eux et malgré eux, la nation vient de dégager une large majorité de rénovation politique. Je dis qu'il est tout à fait nécessaire, pour que dure la démocratie, que cette majorité s'affermisse et s'agrandisse et, d'abord, qu'elle s'établisse au Parlement. Si, en effet, le Parlement, qui détient le pouvoir législatif et le contrôle, devait reparaître demain, dominé par les fractions que l'on sait, obstiné à rétablir leur règne impuissant de naguère, bref se mettant en contradiction avec la volonté profonde que vient d'exprimer le pays, alors, ayant dans ce cas, moins que jamais, un caractère réellement représentatif et, d'ailleurs, divisé en groupes rivaux et opposés, un tel Parlement ne manquerait pas, dès l'abord, de foisonner dans l'obstruction, puis de plonger les pouvoirs publics dans une confusion trop connue, en attendant, tôt ou tard, de faire sombrer l'Etat dans une nouvelle crise nationale.

Et de Gaulle de conjurer les Français :

> Ah ! puissiez-vous faire en sorte que cette deuxième consultation n'aille pas à l'encontre de la première. En dépit,

le cas échéant, de toutes les habitudes locales et considéra-
tions fragmentaires, puissiez-vous confirmer par la désigna-
tion des hommes, le choix, qu'en votant « Oui », vous avez
fait quant à notre destin !

Françaises, Français, je vous le demande ! Je vous le
demande en voyant les choses bien au-delà de ma personne et
de mon actuelle fonction. Je vous le demande en me plaçant,
une fois encore, sur le terrain – le seul qui m'importe – du bien
de l'Etat, du sort de la République et de l'avenir de la France.

Bien souvent de Gaulle avait usé de phrases cinglantes,
depuis l'époque du R.P.F. où il parlait avec ironie de
« l'équipe de la médiocrité, qui est aussi celle du chloroforme » (1er mai 1949), aux méprisantes et célèbres formules des années de son retour au pouvoir : « Il en résulte
que chaque remous met en action les équipes diverses de
la hargne, de la grogne et de la rogne » (12 juillet 1961).
« … on sent quelquefois dans l'air des espèces d'entreprises de découragement public. Mais tout cela n'est que
de l'écume flottant sur les profondeurs » (5 septembre
1961). « Mais si, par malheur, nous, nous laissions, de
nouveau, le tracassin, le tumulte, l'incohérence, que l'on
connaît, s'emparer de nos affaires, c'est l'abaissement qui
serait notre lot » (2 octobre 1961). Jamais pourtant il
n'avait poussé si loin le sarcasme que dans cette allocution du 7 novembre 1962. C'est que les partis qu'il aurait
pu croire vaincus avaient une fois encore essayé de s'opposer à son action, ces « partis de jadis » dont le régime
après avoir « abdiqué dans le désastre » lui avaient *passé
la main au bord de l'anarchie*. Mais cette fois-ci il leur
faudrait s'effacer : les élections de novembre 1962 condui-
sirent au Parlement français pour la première fois dans
notre Histoire une majorité grâce à laquelle de Gaulle
pouvait être assuré de n'être plus distrait de sa Politique
par les servitudes de la politique.

Parce qu'il a vu si clair et si loin, dans le passé, de Gaulle, libre désormais de disposer de notre avenir, le fait avec une détermination et une assurance qui ne laissent pas d'impressionner. Et à ce passé il fait, non sans superbe, allusion pour désarmer les objections ou les protestations que suscite sa politique atomique. Déclarant, par exemple, le 19 avril 1963 :

> En somme, notre pays, perpétuellement menacé, se trouve, une fois de plus, confronté avec la nécessité de disposer des armes les plus puissantes de l'époque, à moins, bien entendu, que les autres cessent d'en posséder. Cependant, pour nous en détourner, s'élèvent, comme toujours, les voix simultanées de l'immobilisme et de la démagogie. « C'est inutile ! » disent les uns. « C'est trop cher ! » disent les autres. Ces voix, la France les écouta, parfois et pour son malheur, notamment à la veille de chacune des deux guerres mondiales. « Pas d'artillerie lourde ! » clamaient-elles, de concert, jusqu'en 1914. « Pas de corps cuirassé ! Pas d'aviation d'attaque ! » criaient ensemble, avant 1939, les mêmes catégories d'attardés et d'écervelés. Mais, cette fois, nous ne laisserons pas la routine et l'illusion appeler chez nous l'invasion. Et puis, au milieu du monde tendu et dangereux où nous sommes, notre principal devoir c'est d'être forts et d'être nous-mêmes.

La France « a des institutions, elle entend les maintenir ». Elle souhaite « qu'il en soit ainsi, aujourd'hui, demain et plus tard ». La conférence de presse du 31 janvier 1964 ressemble en certains endroits presque mot pour mot à celle du 11 avril 1960 qui avait déjà pour thème : « Notre Constitution fonctionne. » Le « Je ne disconviens pas que le fait que je me trouve là où je suis ait quelques conséquences... » du 11 avril 1960 correspond à ces mots du 31 janvier 1964 : « Pour ce qui est du Président, il est vrai que son équation personnelle a compté, mais je ne doute pas que, dès l'origine, on ne s'y attendît. » L'expression « équation personnelle » a du reste été employée par le Général dès cette conférence de presse du 11 avril 1960 lorsqu'il évoquait la possibilité de faire élire le président de la République au suffrage universel, afin de renforcer son « équation personnelle ».

La crise grave, prévue une fois de plus, le 11 avril 1960, avait éclaté quelques jours plus tard avec le putsch du 22 avril. C'est pourquoi de Gaulle peut affirmer le 31 janvier 1964 :

> Il faut dire aussi que nos institutions ont eu à jouer, depuis plus de cinq ans, dans des conditions très variables, y compris à certains moments sous le coup de graves tentatives de subversion. Mais, justement l'épreuve des hommes et des circonstances a montré que l'instrument répond à son objet, non point seulement pour ce qui concerne la marche ordinaire des affaires, mais encore en ce qui a trait aux situations difficiles, auxquelles la Constitution actuelle offre, on l'a vu, les moyens de faire face : référendum, article 16, dissolution de l'Assemblée nationale.
>
> Sans doute cette réussite tient-elle essentiellement à ceci que nos institutions nouvelles répondent aux exigences de l'époque autant qu'à la nature du peuple français et à ce qu'il souhaite réellement. Cependant, certains, trouvant peut-être la mariée trop belle, suggèrent des changements qui, en fait, bouleverseraient le système de fond en comble.

La Constitution, telle qu'elle fonctionne aujourd'hui, ne paraît devoir être améliorée pour de Gaulle que sur des points de détail :

> L'esprit de la Constitution nouvelle consiste, tout en gardant un Parlement législatif, à faire en sorte que le pouvoir ne

soit plus la chose des partisans, mais qu'il procède directement du peuple, ce qui implique que le chef de l'Etat, élu par
la nation, en soit la source et le détenteur. C'est ce qui fut
réalisé au vu et au su de tout le monde quand je repris la
direction des affaires, puis quand j'assumai les fonctions de
Président. C'est ce qui a été simplement précisé par le dernier
référendum. Il ne semble pas que, depuis qu'elle s'applique,
cette conception ait été méconnue par les responsables, ni
rejetée par le peuple, ni infirmée par les événements.

Affirmant que, pour le présent et pour l'avenir, sous
réserve des changements de style dus au président de la
République, celui-ci est seul détenteur de l'autorité indivisible de l'Etat, de Gaulle va, ce 31 janvier 1964, plus loin
qu'il n'a jamais été dans sa conception des pouvoirs attri-
bués à lui-même et à ses successeurs :

> En effet, le Président, qui, suivant notre Constitution, est
> l'homme de la nation, mis en place par elle-même pour
> répondre de son destin ; le Président, qui choisit le Premier
> ministre, qui le nomme ainsi que les autres membres du
> gouvernement, qui a la faculté de le changer, soit parce que
> se trouve accomplie la tâche qu'il lui destinait et qu'il veuille
> s'en faire une réserve en vue d'une phase ultérieure, soit
> parce qu'il ne l'approuverait plus ; le Président, qui arrête les
> décisions prises dans les conseils, promulgue les lois, négo-
> cie et signe les traités, décrète, ou non, les mesures qui lui
> sont proposées, est le chef des armées, nomme aux emplois
> publics ; le Président qui, en cas de péril, doit prendre sur lui
> de faire tout ce qu'il faut ; le Président est évidemment seul
> à détenir et à déléguer l'autorité de l'Etat [...].
> Mais, s'il doit être évidemment entendu que l'autorité
> indivisible de l'Etat est confiée tout entière au Président par
> le peuple qui l'a élu, qu'il n'en existe aucune autre, ni minis-
> térielle, ni civile, ni militaire, ni judiciaire, qui ne soit
> conférée et maintenue par lui, enfin qu'il lui appartient

d'ajuster le domaine suprême qui lui est propre avec ceux dont il attribue la gestion à d'autres, tout commande dans les temps ordinaires, de maintenir la distinction entre la fonction et le champ d'action du chef de l'Etat et ceux du Premier ministre.

Cela, il l'a toujours pensé, s'il ne l'a jamais encore dit avec autant de netteté. Mais, quant à l'essentiel, ce sont des propos mille fois réaffirmés. Cette impression de déjà entendu, de déjà vu, nous n'avons cessé de la ressentir en étudiant la pensée et l'action du général de Gaulle, dans telle ou telle circonstance où il semblait redire les mêmes mots, refaire les mêmes gestes. La chronologie s'efface, les temps se mêlent, les événements passent, de Gaulle apparaît, s'éloigne, revient, demeure, inchangé.

La permanence de la pensée du Général, quant aux problèmes constitutionnels, les textes que nous avons recueillis en témoignent, en même temps que l'histoire de ces années récentes nous rappelle que de Gaulle dut, sans rien sacrifier de sa volonté réformatrice, l'adapter, selon des nécessités qu'il n'avait pu prévoir mais dont, avec son empirisme, son réalisme habituels, il sut tenir compte. Ce qui doit être hors de toute atteinte pour de Gaulle et immuable, ce n'est pas tant la Constitution (fût-elle son œuvre) que ce qu'elle est chargée de maintenir en son intégrité : l'Etat.

Dans sa déclaration sur l'Algérie, du 23 octobre 1958, que nous citerons plus loin, le Général en appelle à « la nature des choses ». S'il apporta à sa Constitution de 1958 d'importants changements, c'est, ainsi qu'il l'indiqua lui-même le 5 septembre 1960, parce que « la nature des choses est plus forte que les textes constitutionnels ». Que notre pays ait eu dix-sept Constitutions en cent cinquante ans importe peu si la France continue. La Constitution idéale n'étant pas possible, d'autres adaptations, d'autres évolutions, peut-être d'autres révolutions seront nécessaires. Tout au plus peut-on espérer que les réformes, imposées par l'expérience, que de Gaulle apporta à l'organisation des pouvoirs publics, subsisteront sur ce point essentiel : l'obligation pour l'Etat d'avoir une tête. Et qu'ainsi sera surmontée, dans toute la mesure du possible, la difficulté que Paul Valéry exprima : « Si l'Etat est fort, il nous écrase. S'il est faible, nous périssons. »

III

La France éternelle, c'est de la rhétorique pour temps de guerre, mais la France permanente, c'est la réalité, comme est la réalité l'Allemagne permanente, l'Angleterre permanente. Voilà ce que de Gaulle sait parce qu'il le voit. L'Europe n'existe pas dans sa pensée comme une idée ou comme un rêve. Elle se fait sous ses yeux, et il la regarde se faire, et il l'y aide, non selon le modèle qu'il a dans l'esprit mais selon les possibilités que le réel lui propose et en tenant compte des indications de l'Histoire.

L'Europe ne sera jamais une société anonyme. Peut-être finira-t-elle par constituer une vraie famille, c'est-à-dire un nœud serré, un nœud étroit d'intérêts convergents ou contradictoires, et de passions héritées d'un passé sanglant. Chaque membre de cette famille illustre a son génie propre, et donc sa vocation particulière. Ce qui leur est commun, c'est une volonté de persévérer dans l'être qui les a toutes rendues capables, à certaines époques, des pires folies dans tous les ordres (comme tellement d'êtres le sont en tant qu'individus...). La différence sur ce point entre un individu et une nation tient dans le vieillissement qui affaiblit les hommes et les désarme, mais les nations ne vieillissent pas.

Les nations ne vieillissent pas : les bains de sang et les

bains de boue, on dirait qu'elles en sortent fortifiées. L'Allemagne coupée en deux après deux grandes guerres perdues et ses plus belles cités détruites, déborde de puissance et bouillonne plus que jamais. Mais elle a peut-être – peut-être ! – appris enfin à se méfier d'elle-même. Elle a osé regarder en face les conséquences de son délire. Elle s'est rapprochée de nous pour la première fois sans arrière-pensée de domination. Et nous-mêmes, « décapés » par de Gaulle, nous nous voyons et nous nous jugeons tels que nous sommes, réduits à nos proportions exactes, trop faibles pour redevenir jamais la grande nation insatiable de Louis XIV, de la Ire République et de l'Empire.

Mais sur l'Europe, mais sur l'Allemagne, et sur ce que le général de Gaulle en pense, je n'ai pas le droit de rêver plus avant, puisqu'il ne s'est jamais interrompu, depuis vingt ans, d'exprimer sa pensée. Remontons encore aux sources.

Dès le 18 mars 1944, à Alger, alors que l'Allemagne frappée à mort demeure encore debout, et que la France, aux yeux du président Roosevelt, est tout ce qu'il y a de plus passé et tout ce qu'il y a de plus fini, de Gaulle nous montre en quelques traits fulgurants ce que ses alliés ne voient pas et ce que lui voit, à peine sorti de l'abîme où nous avons été précipités : ce que sera l'Europe, au moment de renaître, et ce que sera dans cette Europe la place de la France :

> Et cependant, l'Europe existe, consciente de ce qu'elle vaut dans l'ensemble de l'humanité, certaine d'émerger de l'océan de ses douleurs, de reparaître mieux éclairée par ses épreuves et susceptible d'entreprendre, pour l'organisation du monde, le travail constructif – matériel, intellectuel,

moral – dont elle est éminemment capable, lorsque aura été arrachée de son sein la cause capitale de ses malheurs et de ses divisions, c'est-à-dire la puissance frénétique du germanisme prussianisé. C'est alors que l'action, l'influence et, pour tout dire, la valeur de la France, seront, comme le veulent l'Histoire, la géographie et le bon sens, essentielles à l'Europe pour s'orienter et renouer avec le monde. L'attitude et la politique du gouvernement s'efforcent de ménager, tout en combattant, ce rôle européen que, demain, saura jouer la France pour l'avantage de tous.

L'Europe, de Gaulle l'évoquera deux ans plus tard, le 28 juillet 1946, à Bar-le-Duc :

> Quoi donc peut rétablir l'équilibre, sinon l'ancien monde entre les deux nouveaux ? La vieille Europe, qui, depuis tant de siècles, fut le guide de l'univers, est en mesure de constituer, au cœur d'un monde qui tend à se couper en deux, l'élément nécessaire de compensation et de compréhension. Les nations de l'antique Occident, qui ont pour artères vitales la mer du Nord, la Méditerranée, le Rhin, géographiquement situées entre les deux masses nouvelles, résolues à conserver une indépendance qui serait gravement exposée en cas de conflagration, physiquement et moralement rapprochées de l'effort aggloméré des Russes, aussi bien que de l'essor libéral des Américains, globalement puissantes par leurs ressources propres et par celles des vastes territoires qui sont liés à leur destin, plongeant au loin leurs influences et leurs activités, de quel poids pèseraient-elles si elles parvenaient à conjuguer leurs politiques en dépit des griefs échangés d'âge en âge !

Voilà donc la vérité d'évidence qu'énonçait en 1946 cet adversaire prétendu de l'Europe, alors qu'il ne l'aura été que de l'Europe fictive, de ceux qui sont assez aveugles pour croire que le tout pourrait être d'une essence différente des éléments qui le composent. Pour de Gaulle, il ne saurait parler qu'au nom de la France, mais il ne s'en fait pas faute.

Avant de faire l'Europe, il faut la défendre, telle qu'elle est, et on ne la défendra pas sans le concours d'une France indépendante et responsable. Dès le 16 avril 1948, le Général prend position aux premières assises du Rassemblement tenues à Marseille :

> Nous tiendrions pour criminelles une politique et une stratégie qui, sous prétexte qu'il existe ailleurs de foudroyantes bombes atomiques, abandonneraient délibérément le sol de la métropole, d'abord à l'invasion des uns, puis aux bombardements des autres.

Certes, les moyens de la France ont d'étroites limites. Mais, dit-il le 1er mai 1949, « j'en ai connu avec vous de beaucoup plus étroites encore sans jeter le manche après la cognée » :

> Durant les cinq années où, après le désastre et jusqu'à la victoire, fut poursuivi notre effort de guerre dans les pires circonstances possibles, croit-on que moi-même, les ministres, les combattants, ne nous sommes pas souvent tordu les mains en constatant notre pénurie par rapport à ce qu'en d'autres temps avaient été les armées françaises ? Et, cependant, la part qu'ont prise à la lutte les forces que nous avons formées dans l'Empire et à l'intérieur et engagées aux bons moments et aux bons endroits a pesé son poids dans la victoire.

Lors de sa conférence de presse du 1er octobre 1948, il déclare qu'il y a « quelque chose d'inadéquat à vouloir organiser à Londres et autour de Londres la défense de l'Europe qui est avant tout un continent » :

Je crois qu'il faut défendre l'Europe en Europe et je crois qu'en vertu de la géographie, de l'Histoire, et aussi de la psychologie, ce n'est pas à Londres que l'on peut défendre l'Europe. [...] C'est là une question qu'il faudra reprendre, dès que la France aura une volonté officielle et des moyens, pour qu'elle soit, dans la préparation d'une guerre éventuelle, le centre de la force et de la stratégie de l'Europe occidentale.

A propos du Pacte Atlantique, il dit le 29 mars 1949 :

J'ai lu que le Pacte s'étend seulement à l'Atlantique Nord, ce qui pourrait avoir éventuellement de sérieux inconvénients quant à la préparation stratégique de l'effort commun. D'autre part, si le Pacte qui s'étend à l'Atlantique Nord couvre l'Algérie, on ne sait pourquoi il ne couvre ni le Maroc, ni la Tunisie. C'est assez difficile à expliquer, sinon peut-être par des arrière-pensées qu'il vaudrait mieux chasser de l'esprit des signataires.

Et il redit le 14 novembre 1949 :

Quant à la défense de l'Europe, je crois qu'il semble s'établir une espèce d'organisation dont on ne dit pas trop le nom mais dont je pense qu'elle n'est pas bonne. Je ne crois pas que le fait de centrer sur l'Angleterre la défense de l'Europe soit une bonne solution. [...]

Il serait inadmissible que la défense nationale française, la direction de l'effort militaire français, puissent être assurées par quelqu'un d'autre qu'un Français. Cela serait intolérable. Du moment qu'il s'agit de la défense de notre territoire, il n'y a que des Français qui puissent en être responsables. Ce que l'on est en train de faire dans le mystère me paraît bien inquiétant. D'autre part, qu'est-ce qu'un chef français, qui serait chargé, soi-disant, du commandement des armées de terre et qui ne disposerait d'aucune aviation, même de l'aviation française ? C'est cela qui paraît avoir été décidé ! Je crains que, dans cette matière, on ne se dépêche de réaliser des choses vraiment très fâcheuses et que la France, le jour où elle reparaîtra avec un régime qui la représente, ne reconnaîtra pas.

Aussi bien, « la défense nationale, c'est d'abord un état d'esprit dans la nation et dans les pouvoirs publics. C'est simplement la volonté de se défendre si l'on est attaqué » (22 mai 1949). « C'est pour cela que je souffre mort et passion en constatant l'impuissance du régime dans lequel nous nous traînons et qui est incapable d'organiser, d'inspirer, de diriger une défense nationale digne de ce nom » (29 mars 1949). Nous connaissons assez cet homme que l'on dit insensible pour deviner combien profonde devait être sa douleur en voyant la France, en dépit de ses mises en garde, continuer de gâcher l'une après l'autre ses chances. Cette souffrance devait se prolonger neuf ans encore. Et sa rage, proche de celle qu'il avait éprouvée dans les années d'avant guerre, « lorsque la France jouait le rôle de victime qui attend son tour. Pour moi j'assistais à ces événements sans surprise, mais non sans douleur » (*Mémoires de guerre*, I, p. 21). Voilà déjà la douleur. Et voici déjà, en juin 1940, la colère :

> Alors, au spectacle de ce peuple éperdu et de cette déroute militaire, au récit de cette insolence méprisante de l'adversaire, je me sens soulevé d'une fureur sans bornes. Ah ! c'est trop bête ! La guerre commence infiniment mal. Il faut donc qu'elle continue. Il y a, pour cela, de l'espace dans le monde. [...] Ce que j'ai pu faire, par la suite, c'est ce jour-là que je l'ai résolu (I, p. 31).

Les réserves que de Gaulle avait formulées quant au Pacte Atlantique seront de nouveau les siennes chaque fois qu'une nouvelle initiative de Washington et de Londres ne fera pas à une France indépendante la place qui lui revient.

Quant au plan Marshall, qu'il a pareillement toujours approuvé en théorie, de Gaulle dit le 14 novembre 1949 :

> Le principe de l'aide Marshall est une chose respectable et dont on doit être reconnaissant à l'égard du peuple américain. Je n'y manque pas. Quant à la manière dont elle est appliquée, c'est un peu différent. Si l'aide Marshall est appliquée pour faire pression sur la politique étrangère du régime français actuel, alors cette application n'est pas bonne. Il y a quelques raisons de penser que cela arrive quelquefois.

Et en ce qui concerne le « pool charbon-acier », le 25 juin 1950 :

> Mais il suffit d'évoquer une pareille politique pour être sûr que l'actuel régime ne saurait la réaliser. Bien pire, s'il s'y risque, on doit craindre que la France ne soit dupe. Si le projet dit du « pool charbon-acier » soulève chez nous tant de doutes, quelles que puissent être les intentions de ses promoteurs, c'est parce qu'aux redoutables obstacles qu'il rencontre, on compare, hélas ! l'inconsistance de nos pouvoirs publics. On me dit même que, pour le moment, ils auraient complètement disparu !

Le Rassemblement s'est amenuisé, les efforts se sont dispersés, de Gaulle va provisoirement renoncer, pour mieux recommencer, plus tard, son combat. Mais aux dernières assises nationales du R.P.F., il s'écrie, rappelant les avertissements passés, annonçant ceux qui viendront encore :

Tout a été lâché avant que rien ne fût construit. « Acceptez, a-t-on dit à nos pouvoirs publics, que l'Allemagne redevienne un Reich. » Réponse : « Nous l'acceptons ! » Ce fut l'accord de Londres. « Abandonnez la part qui vous est due sur les charbons de la Ruhr. » – « Nous l'abandonnons ! » – « Renoncez au gouvernement interallié de l'Allemagne. » – « Nous y renonçons ! » – « Consentez à n'avoir plus d'autorité propre dans votre zone d'occupation. » – « Nous y consentons ! » – « Reconnaissez que l'Allemagne a, dès à présent, entière égalité de droits. » – « Oui ! Nous le reconnaissons par les accords dits : contractuels ! » – « Dans les organismes communs qui vont être établis : pool charbonacier, communauté de défense, entrez sans l'Afrique française ! » Réponse : « Bien que cela rompe l'équilibre en faveur de l'Allemagne et revienne à séparer le sort de la métropole de celui des territoires d'outre-mer, c'est entendu, nous entrons sans ces territoires dans les organismes communs ! » Enfin, dernière en date de ces pressantes invitations : « L'Allemagne doit se refaire des forces. On fondra les siennes avec les vôtres dans un organisme apatride dont disposera le commandement américain et qui, par la force des choses, ne pourra manquer de devenir l'instrument militaire de la politique germanique. Allons ! Donnez votre armée ! » Il est répondu : « Voilà, pour être dissous dans ce monstrueux organisme, ce qui, depuis mille ans, a été l'armée française ! Voilà même, de notre cru, un projet d'*armée européenne* où la nôtre disparaît corps et âme ! »

Après l'échec du Rassemblement, et malgré sa volonté de silence, de Gaulle n'hésite pas à sortir de sa retraite dès que la défense nationale est en jeu. C'est son combat contre le projet de Communauté européenne de défense (C.E.D.). Lors de sa conférence de presse du 25 février 1953 il s'écrie :

Si, pendant le dernier conflit, le gouvernement français de la guerre et de la Libération s'était plié à un pareil régime ;

si, dans la coalition dont il faisait partie, il n'avait pas gardé le droit et le moyen de disposer des troupes françaises en dernier ressort et ne s'en était pas servi pour imposer l'indispensable, Kœnig n'aurait pas été à Bir Hakeim, Juin n'aurait pas joué en Italie le rôle que l'on sait, Leclerc n'aurait pas pris le Fezzan et n'aurait pas été lancé, quand il le fallait, sur Paris, de Lattre n'aurait pas défendu l'Alsace, ni passé le Rhin et le Danube, Larminat n'aurait pas réduit les poches de l'Atlantique, Doyen ne se serait pas assuré de Tende et de La Brigue, le corps expéditionnaire ne serait jamais parti pour l'Indochine. Encore ne cité-je là que des épisodes militaires, sans évoquer les multiples et grosses difficultés politiques survenues entre nos alliés et nous et que nous n'avons surmontées que parce que nos propres moyens, si réduits fussent-ils alors, continuaient de nous appartenir. Sait-on que, s'il en avait été autrement, le gouvernement qui se serait établi en France, à la Libération, aurait été, ni plus ni moins, l'A.M.G.O.T., c'est-à-dire un gouvernement étranger? Pleven, Queuille, Jacquinot, Bidault, Mayer, Auriol, vous qui êtes présents aux affaires et qui étiez mes ministres, je ne puis croire que vous avez oublié tout cela!

S'il n'est plus, lui, aux affaires, il agit, par sa seule existence, sur ceux qui s'y trouvent. « Pour moi, malgré les bassesses du présent, je ne renonce pas plus qu'hier à la grandeur de la France! » (26 août 1954). L'Assemblée nationale repousse le projet d'armée européenne.

L'une des premières préoccupations du Général, lorsqu'il revient au pouvoir, est de marquer l'indépendance de la France à l'égard de ses alliés. C'est le mémorandum du 24 septembre 1958 qui a pour objet la coordination sur un pied d'égalité des rapports entre Paris, Washington et Londres; ce sont les mesures que de Gaulle prend pour montrer (mais, cette fois-ci, autrement que par des admonestations) qu'il n'est pas d'accord avec le Pacte Atlantique tel qu'il a été instauré : l'escadre française en Méditerranée ne sera plus mise à la disposition du commandement allié en cas de guerre ; les stocks d'ogives nucléaires et les rampes de lancement pour fusées sont éloignés du territoire national ; certaines escadrilles de chasse sont récupérées par le commandement français, etc. De Gaulle continue, comme par le passé, d'approuver dans son principe le Pacte Atlantique, ce sont ses modes d'application qu'il n'a cessé de contester et il agit en conséquence. Parmi tant de déclarations, citons la conférence de presse du 25 mars 1959 :

> J'observe que les deux autres grandes puissances mondiales de l'Alliance atlantique : Etats-Unis et Grande-Bretagne, ont pris leurs dispositions pour que la plus grande part de leurs forces navales ne soit pas intégrée dans l'O.T.A.N. J'ajoute qu'Américains et Anglais ont gardé dans leurs seules mains l'élément principal de leur force, les bombardiers atomiques. Le fait que la France a repris la disposition de sa flotte ne l'empêcherait certainement pas de l'engager, le cas échéant, dans la bataille commune en Méditerranée. Il n'y a donc rien là qui puisse affaiblir l'Alliance. Bien au contraire. Je crois, en effet, que celle-ci sera d'autant plus vivante et plus forte que les grands Etats s'uniront sous la forme de la coopération où chacun porte sa charge, plutôt que sous celle d'une intégration où les peuples et les gouvernements se trouveront peu ou prou dépouillés de leur rôle et de leur responsabilité dans le domaine de leur propre défense.

Ainsi, un même mot, *coopération*, suffit à résumer toute la politique du Général : aussi bien comme nous le rappellerons bientôt à l'égard des nations insuffisamment développées qu'à celle des nations les plus puissantes. Il n'y a pas pour de Gaulle deux poids, deux mesures : chaque Etat doit, sans rien sacrifier de son indépendance, collaborer avec les autres, non seulement en cas d'agression pour la défense commune, mais pour la promotion des moins favorisés.

Revenant, au cours de sa conférence de presse du 29 juillet 1963, sur « l'élémentaire nécessité qu'est l'Alliance atlantique », célébrant une fois de plus l'amitié deux fois séculaire de la France et des Etats-Unis, maintenue par le fait que « de toutes les puissances du monde, la France est la seule – en dehors, je dois le dire, de la Russie – avec laquelle jamais les Etats-Unis n'ont échangé un coup de canon, tandis qu'elle est entre toutes sans exception la seule qui ait combattu à leurs côtés pendant trois guerres : la guerre d'Indépendance, la Première et la Deuxième Guerres mondiales dans des conditions à jamais inoubliables », de Gaulle conclut :

> Si donc, encore une fois, sur le fonctionnement, sur l'organisation de l'Alliance il y a des divergences entre Washington et Paris, l'Alliance elle-même, c'est-à-dire le fait qu'en cas de guerre générale la France, avec les moyens qu'elle a, serait aux côtés des Etats-Unis, cela étant, je le crois, réciproque, est hors de question, excepté dans les élucubrations de ceux qui font profession d'alarmer les bonnes gens en dépeignant chaque écorchure comme une inguérissable plaie. Ainsi donc, ni l'amitié, ni l'alliance franco-américaine ne sauraient être et ne sont en cause. Mais il est vrai que, devant les problèmes qui se posent actuellement aux deux pays, leur politique ne concorde pas toujours. Il n'y a d'ailleurs là rien d'essentiel ni de foncièrement inquiétant, ni même d'étonnant. Mais il faut nous adapter, de part et d'autre, à cette situation nouvelle.

Voilà pour la défense de l'Europe telle qu'elle est. Mais voici, dès le 14 novembre 1949, pour l'Europe telle qu'elle doit être :

J'ai toujours dit, j'ai toujours cru, qu'il fallait faire l'Europe, qu'il fallait la faire progressivement dans son économie, dans sa culture, plus tard dans sa défense, et même un jour, dans sa politique. J'ai toujours cru aussi que, pour que l'Europe fasse son unité, dans des conditions satisfaisantes, il fallait qu'elle la fasse elle-même en dehors de toute pression extérieure. J'ai toujours dit et j'ai toujours cru que la base de l'Europe c'était un accord direct, sans intermédiaire, entre le peuple français et le peuple allemand, à supposer naturellement que cet accord soit possible. Ce n'est pas le chemin que l'on a pris [...].

Cette politique n'est pas bonne. Je le dis à nos amis de Washington et je le dis à nos amis de Londres. Cela risque de faire échouer l'organisation européenne et cela risque de perdre cette chance de la paix qui est précisément de faire l'Europe. Quant à cette pratique qui consisterait à profiter de l'inconsistance des pouvoirs publics français pour leur arracher des abandons, je ne suis pas convaincu que cela rapporte en définitive grand-chose. [...]

Je répète que le chemin suivi en ce qui concerne l'Allemagne ne me paraît pas bon. Mais je conviens que le silence de la France y est pour beaucoup. Il n'y a pas, en effet, un régime français qui soit la France, qui dise oui ou qui dise non, qui éclaire la nation française, qui entraîne les autres, qui traite directement avec l'Allemagne, qui cherche à voir s'il est possible ou non de faire l'Europe avec elle. Pour cela il faut une France debout. C'est pourquoi nous devons la faire !

Ces paroles prononcées il y a quinze ans nous font toucher, nous font saisir ce que ce prétendu adversaire de l'Europe était seul alors à concevoir : l'Europe est en train de se faire sous nos yeux telle que l'économie, la géographie et l'Histoire la nécessitaient, et grâce à une réconciliation avec l'Allemagne qui a été dès ce moment-là dans la pensée de de Gaulle.

Ses adversaires ont-ils raison de dire que cette politique franco-allemande a finalement échoué ? J'écris ceci le jour où le président de la République française Charles de Gaulle inaugure avec le président allemand de la République fédérale et avec la grande-duchesse de Luxembourg la Moselle canalisée. Nous voyons s'accomplir sous nos yeux en 1964 ce que de Gaulle avait conçu et ce qu'il avait proclamé dès 1950 alors que la France avait à peine commencé de renaître et qu'elle ne comptait guère encore aux yeux des Anglo-Saxons. Mais sur ce problème essentiel je voudrais une fois encore remonter à la source et juger sur les textes. Il ne s'agit pas seulement de la France, de l'Allemagne, de la fin d'une sanglante histoire. C'est l'avenir de l'Europe et celui de la planète qui sont en jeu.

Le 16 mars 1950, de Gaulle déclarait à propos de récents accords franco-sarrois :

> Mais ceci dit, et même ceci fait, il reste l'immense problème des relations entre le peuple allemand et le peuple français. Quant à moi, je suis profondément convaincu que, de ces relations-là, dépend tout le sort de l'Europe et, dans une large mesure, celui du monde.

Il ajoutait :

> Le chancelier Adenauer, de son côté, est partisan d'une entente et, peut-être un jour, d'une union entre les deux peuples. Il y a trente ans, je puis vous le dire, que je suis avec intérêt et considération les actes et les propos de Konrad Adenauer. Il m'a semblé, à plusieurs reprises, percevoir dans ce que dit ce bon Allemand une sorte d'écho à l'appel de l'Europe, ruinée, disloquée, sanglante et qui appelle ses enfants à s'unir.

Le 25 juin 1950, clôturant les assises nationales du R.P.F., il s'écrie :

> Oui, nous avons hâte de mettre l'Etat sur pied. Oui, nous nous sommes résolus à refaire l'unité nationale. C'est que les événements nous pressent. [...]
>
> Car, voici qu'à travers mille obstacles, l'Europe déchirée prend conscience d'elle-même. Devant le gouffre à nouveau béant, ses enfants aperçoivent que l'unité du continent – du moins de ce qui y est libre – peut et doit sortir du royaume des rêves pour devenir une politique. Cette politique, c'est la nôtre ! Nous la professions déjà, tout en combattant durement, au plus fort de la guerre mondiale et ce n'est pas de notre faute si les maîtres de la Russie lui ont préféré celle de la domination. Certes, nous n'avons jamais admis qu'elle comportât l'abandon de ce qui est dû à la France. C'est pourquoi nous nous sommes montrés fermes vis-à-vis de qui que ce fût, quand naguère, dans la matière encore en fusion, se créaient les faits accomplis. Mais nous avons, pour notre part, tout fait pour que, malgré les douleurs, les rancœurs, les fureurs, la politique de l'unité de l'Europe soit acceptée par les esprits.
>
> Mais, en outre, l'unité de l'Europe exige que le peuple allemand et le peuple français aient conclu entre eux un accord pratique d'action commune. Leurs querelles et leurs batailles ont, depuis des siècles, mené à la dislocation. Divisés encore une fois, ils voueraient notre continent à la servitude. Conjugués, ils seraient capables de former la base économique et culturelle d'abord, politique ensuite, sur laquelle les peuples de notre vieille Europe pourraient enfin bâtir l'unité.

Dix années plus tard, et de Gaulle étant de nouveau à la barre, cette politique s'était inscrite dans les faits. S'adressant au président Lübke, le 10 juin 1961, au terme d'un dîner offert en son honneur, le Général dit :

Ainsi, l'Europe commence à s'accomplir, du seul fait que l'Allemagne et la France se rejoignent. Comment pourrais-je manquer d'évoquer devant vous, Monsieur le Président, vos compatriotes éminents qui voulurent s'y consacrer et, d'abord, ce grand homme : le chancelier Konrad Adenauer ? Il y a là une œuvre internationale propre à déterminer le destin de l'univers.

Portant un toast au président de la République fédérale allemande, de Gaulle lève son verre « en l'honneur de l'Allemagne désormais liée à la France pour aider à l'union de l'Europe et servir ainsi l'humanité ». Et il dit :

Dieu, à la face de qui tant et tant d'hommes, couchés dessus le sol, sont morts dans nos grandes batailles, sait comment vous et nous avons terriblement lutté. Mais, dans la compréhension qui maintenant rapproche les Français et les Allemands, compte avant tout le fait que toutes les guerres qu'ils se sont livrées ne correspondent plus aucunement aux buts que les uns et les autres ont décidé d'atteindre à présent. Non point que chacun des deux peuples veuille oublier le courage déployé et les sacrifices subis, dès lors qu'ils l'ont été sans atteinte à l'honneur des combattants. Car, si une politique mauvaise a mené au crime et à l'oppression, l'estime réciproque que se portent les braves appartient au patrimoine moral du genre humain. Mais voici qu'en vertu d'une sorte de miracle, jailli de leurs épreuves passées, de leurs actuelles alarmes et de leurs élans nouveaux, tout commande à la France et à l'Allemagne de s'entendre et de s'unir.

Tout, c'est-à-dire le danger qui peut venir de l'est, mais aussi deux autres réalités qui engagent pareillement « la vie et la mort de notre espèce » :

Cette digue une fois établie [contre l'ambition totalitaire], l'évolution intérieure, commencée dans les deux camps sous l'action des mêmes éléments qui y jouent de part et d'autre et qui sont le désir d'une vie matérielle meilleure, grâce aux progrès de la technique et l'aspiration de l'homme à une condition morale conforme à ses vœux immortels, en viendra-t-elle à les rapprocher pour le salut et le progrès de la civilisation? Enfin, la paix ainsi dessinée, verra-t-on les peuples bien pourvus abattre les rideaux de fer et conjuguer leurs efforts pour abolir la faim, la misère, l'ignorance chez leurs frères moins développés?

Depuis plusieurs années déjà, de Gaulle saisit toutes les occasions d'indiquer la seule politique qui lui paraisse désormais digne non pas seulement de tel ou tel pays, donc du sien (une fois l'indépendance et la sécurité assurées), mais de l'humanité : l'abolition, grâce au concours des Etats les plus favorisés, de la faim et de l'ignorance, la construction du monde unifié et juste de demain.

A Reims, le 8 juillet 1962, à la fin de la visite du chancelier Adenauer, de Gaulle porte ce toast :

Mais l'élément essentiel, la chance féconde, la part divine de cette immense entreprise, c'est le sentiment des deux peuples. Tout se passe et tout se décide dans leur instinct, leur cœur et leur raison. [...]

Pour animer la grande tâche européenne et mondiale qu'ont à accomplir, en commun, les Germains et les Gaulois, il était nécessaire que l'âme populaire manifestât son approbation de ce côté-ci du Rhin. [...] Cela est fait d'une manière éclatante. Comme l'Allemagne et la France ne s'unissent que pour servir ensemble la liberté, la prospérité, la fraternité, d'abord chez elles, par là entre les Etats occidentaux de notre continent et à l'intérieur du monde libre sur les deux rives de l'Atlantique, puis un jour, peut-être, à travers l'Europe tout entière et, du même coup, au profit de tous les humains, on peut bien dire, comme un pareil but est celui-là même que fixe à notre espèce la loi suprême de sa vie, qu'à votre passage à Paris et dans nos provinces, « la voix du peuple fut la voix de Dieu ».

Quant à l'Europe il convient que l'on « sorte du royaume enchanté de la spéculation pour agir dans le domaine des âpres réalités ». La Commission de Bruxelles est certes importante, mais le pouvoir de décision continue d'appartenir aux gouvernements. « Ainsi ressort, une fois de plus, l'impropriété tendancieuse de conception et de terme par laquelle un certain langage intitule *exécutif* une réunion, si qualifiée qu'elle soit, d'experts internationaux. » La France étant ce qu'elle est, il était indispensable que la Communauté englobât l'agriculture, « faute de quoi, comme nous le fîmes connaître, nous eussions repris notre liberté à tous égards et il n'y aurait pas eu de Marché commun ». Enfin et surtout, « la Communauté européenne ne saurait se maintenir, a fortiori se développer, sans une coopération politique » :

> Pour cette raison et pour d'autres, la France a proposé à ses cinq partenaires d'organiser la coopération. On sait que le gouvernement du chancelier Adenauer avait, pour sa part, approuvé la proposition et même, à titre d'exemple, pris l'initiative d'un traité franco-allemand. On sait que le projet d'union politique des Six n'a pas encore abouti et on sait pourquoi, les opposants formulant trois conditions, qui, à notre sens, sont irréalisables, contradictoires l'une avec l'autre, et tendant, ou bien à placer l'Europe délibérément sous la coupe de l'Amérique, ou bien à la maintenir dans le domaine des brillants sujets de déclarations politiques, sans qu'on la réalise jamais.
>
> « Pas d'union européenne, disent-ils, sinon par une intégration à direction supranationale ! Pas d'union européenne, si l'Angleterre n'en fait pas partie ! Pas d'union européenne,

sauf à l'incorporer dans une communauté atlantique! »
Pourtant, il est clair qu'aucun des peuples de l'Europe n'admettrait de confier son destin à un aréopage principalement
composé d'étrangers. De toute façon, c'est vrai pour la
France. Il est clair, également, que l'Angleterre, grande
nation et grand Etat, l'accepterait moins que quiconque. Il
est clair enfin que, fondre dans une politique multilatérale
atlantique la politique de l'Europe, ce serait faire en sorte
qu'elle-même n'en ait aucune et, dès lors, on ne voit pas
pourquoi elle en viendrait à se confédérer. (*Conférence de
presse du 31 janvier 1964.*)

Faire l'Europe, mais quelle Europe? C'est là tout le
débat, devait rappeler de Gaulle au cours de sa conférence de presse suivante, le 23 juillet 1964. « Il s'agit que
l'Europe se fasse pour être européenne. Une Europe
européenne signifie qu'elle existe par elle-même et pour
elle-même, autrement dit qu'au milieu du monde, elle ait
sa propre politique » :

> Or, justement, c'est cela que rejettent, consciemment ou
> inconsciemment, certains qui prétendent cependant vouloir
> qu'elle se réalise. Au fond, le fait que l'Europe, n'ayant pas
> de politique, resterait soumise à celle qui lui viendrait de
> l'autre bord de l'Atlantique leur paraît, aujourd'hui encore,
> normal et satisfaisant.
> On a donc vu nombre d'esprits, souvent d'ailleurs
> valables et sincères, préconiser pour l'Europe non point une
> politique indépendante, qu'en vérité ils n'imaginent pas,
> mais une organisation inapte à en avoir une, rattachée dans
> ce domaine, comme dans celui de la défense et celui de
> l'économie, à un système atlantique, c'est-à-dire américain,
> et subordonnée, par conséquent, à ce que les Etats-Unis
> appellent leur « leadership ». Cette organisation, qualifiée
> de fédérale, aurait eu comme fondements, d'une part, un
> aréopage de compétences soustraites à l'appartenance des

Etats et qu'on eût baptisé « exécutif » ; d'autre part, un Parlement sans qualifications nationales et qu'on eût dit « législatif ». Sans doute, chacun de ces deux éléments aurait-il
fourni ce à quoi il eût été approprié, savoir : des études pour
l'aréopage et des débats pour le parlement. Mais, à coup sûr,
aucun des deux n'aurait fait ce qu'en somme on ne voulait
pas qu'il fasse, c'est-à-dire une politique [...] La politique
est une action, c'est-à-dire un ensemble de décisions que
l'on prend, de choses que l'on fait, de risques que l'on
assume, le tout avec l'appui d'un peuple. Seuls peuvent en
être capables et responsables les gouvernements des nations.
Il n'est certes pas interdit d'imaginer qu'un jour tous les
peuples de notre continent n'en feront qu'un et qu'alors il
pourrait y avoir un gouvernement de l'Europe, mais il serait
dérisoire de faire comme si ce jour était venu.

De Gaulle, s'il évoque ainsi l'Europe unie de l'avenir,
rappelle que, pour le présent, la France, plus modeste-
ment mais plus sagement, prit l'initiative de proposer à
ses cinq partenaires du traité de Rome « un début d'organisation de leur coopération » permettant de commencer
« à vivre en commun, en attendant qu'à partir de là l'habitude et l'évolution resserrent peu à peu les liens ». Un
projet de rencontre des six Etats à Paris, puis à Rome
donna de l'espoir, mais la mauvaise volonté de l'Italie et
du Bénélux remit tout en question. La Grande-Bretagne
avait d'autre part démontré, au cours des négociations de
Bruxelles, qu'elle n'était pas en mesure d'accepter les
règles économiques communes. Sa défense n'était pas
davantage européenne, faute d'être autonome par rapport
aux Etats-Unis. Il apparut dans ces conditions « au gouvernement de la République fédérale d'Allemagne et au
gouvernement de la République française que leur coopération bilatérale pouvait avoir quelque valeur ». Alors fut
conclu, sur la proposition du gouvernement allemand, le

traité du 22 janvier 1963 que le président de la République française signa avec le chancelier Adenauer.

Les suites de cette politique apparurent décevantes. Certes, divers progrès furent réalisés qui semblaient de bon augure, tel « l'heureux aboutissement des négociations au sujet du Marché commun ». Tel encore, sur un point précis, l'aménagement de la Moselle, grâce auquel des régions « longtemps enfermées chacune dans son système et mal accessibles les unes aux autres échangent aisément leur production en attendant qu'elles en viennent à les confondre ». A Trèves, le 26 mai 1964, de Gaulle avait pu déclarer :

> C'est de cette réalité que s'inspirèrent, en leur temps, les chefs de gouvernement Robert Schuman puis Mendès France à Paris, Adenauer à Bonn, Bech à Luxembourg, qui réussirent à régler la question. Comme le bon sens forme un tout, on allait voir par la suite que rien ne pouvait mieux répondre à l'esprit et à la pratique de la Communauté européenne, au sein de laquelle six Etats organisent maintenant en une seule leurs économies diverses. Mais, si efficaces que soient les moyens offerts par la technique moderne à des travaux tels que ceux dont nous fêtons l'heureux achèvement, si rationnelle que paraisse une entreprise qui va multiplier les rapports et les échanges des contrées riveraines de la Moselle et de celles qui bordent le Rhin, si forte que puisse être l'évolution qui pousse actuellement l'Allemagne, l'Italie, la Hollande, la Belgique, le Luxembourg et la France à réunir en un tout leurs activités économiques, l'aménagement de cette rivière en commun par trois Etats n'aurait pu être accompli sans l'impulsion d'une politique. Oui, certes, d'une politique, et combien vaste et nouvelle. [...]
> Sans doute l'Histoire tiendra-t-elle pour l'un des faits principaux de la vie de l'humanité l'extraordinaire changement qui, au cours des deux dernières décades, amena le

peuple allemand et le peuple français, d'abord à renoncer à leur inimitié d'antan, ensuite à faire partie, côte à côte, d'organisations internationales destinées soit à la sécurité, comme l'Alliance atlantique, soit au progrès économique, comme le Marché commun européen, enfin à pratiquer entre eux une coopération régulière et particulière en vue de l'action commune en tous domaines.

Deux mois après, lors de sa conférence de presse du 23 juillet, de Gaulle change de ton. Au lieu de mettre l'accent sur les progrès réalisés, il déclare que si le traité franco-allemand a bien donné des « résultats de détail » et s'il a conduit les deux gouvernements et leurs administrations à pratiquer des contacts dont personnellement il juge qu'ils auront été utiles et qu'il sont en tout cas fort agréables, on ne peut pas dire, qu'actuellement, il en soit sorti une ligne de conduite commune :

> Assurément, il n'y a pas et il ne peut y avoir d'opposition proprement dite entre Bonn et Paris. Mais, qu'il s'agisse de la solidarité effective de la France et de l'Allemagne quant à leur défense ; ou bien de l'organisation nouvelle à donner à l'Alliance atlantique ; ou bien de l'attitude à prendre et de l'action à exercer vis-à-vis de l'Est, avant tout des satellites de Moscou ; ou bien, corrélativement, de la question des frontières et des nationalités en Europe centrale et orientale ; ou bien de la reconnaissance de la Chine et de l'œuvre diplomatique et économique qui peut s'offrir à l'Europe par rapport à ce grand peuple ; ou bien de la paix en Asie et, notamment, en Indochine et en Indonésie ; ou bien de l'aide à apporter aux pays en voie de développement, en Afrique, en Asie, en Amérique latine ; ou bien de la mise sur pied du Marché commun agricole et par conséquent de l'avenir de la Communauté des Six, on ne saurait dire que l'Allemagne et la France se soient encore accordées pour faire ensemble une politique, et on ne saurait contester que cela tient au fait

que Bonn n'a pas cru, jusqu'à présent, que cette politique devrait être européenne et indépendante. Si cet état de choses devait durer, il risquerait à la longue d'en résulter, dans le peuple français du doute, dans le peuple allemand de l'inquiétude, et chez leurs quatre partenaires du traité de Rome une propension renforcée à en rester là où l'on en est, en attendant, peut-être, qu'on se disperse.

Les conférences de presse du Président de la République. Cette foule de journalistes du monde entier, l'admirable mise en scène : le rideau qui bouge, le grand homme qui apparaît, majestueux et simple, et qui parle non seulement à ceux qui sont là, mais à des millions de vivants, et non seulement aux millions de vivants, mais aux générations qui ne sont pas nées encore et qui, elles aussi, verront de Gaulle et l'entendront – car l'Histoire, désormais, sera illustrée par ceux qui l'ont faite, on a beau dire : ces techniques nouvelles achèveront de bousculer les anciens partis politiques et même les parlements. Le vieil échiquier, bientôt, ne servira plus à rien.

Je me tiens, un instant, en garde contre la politique et considère de Gaulle du point de vue du téléspectateur. Je me dis que la réussite du numéro, sa mise au point, n'a pu atteindre une telle perfection que grâce à la vérité du personnage – du personnage télévisé qui lui-même n'est vrai que parce qu'il est le reflet d'un homme authentique. De Gaulle a pu avancer masqué, à certains moments de sa vie. Mais ce 23 juillet 1964 il tient son masque à la main et il parle au monde sans plus chercher à aucun moment à lui donner le change. Avec l'Allemagne, pour l'instant du moins, cela paraît manqué... Eh bien, il le dit. Il faut attendre. Ce qu'il ne dit pas, c'est que tout dépend de ce qui se passera demain entre Khrouchtchev et Johnson et de ce qu'ils se téléphoneront l'un à l'autre. Le Marché commun, que l'on croyait gros de l'Europe, peut faire une fausse couche et en crever. Le meilleur joueur ne saurait jouer qu'avec les cartes qu'il a : dans le jeu de de Gaulle, les rois n'abondent pas, ni les as.

Ainsi parle de Gaulle sur l'Europe. Je ne crois pas que rien lui inspire plus de mépris que ce besoin, que cette idée fixe chez certains Français de noyer la France devenue faible et petite, dans un grand ensemble où elle deviendrait en quelque sorte invisible. Il y a de ce renoncement à base de fausse honte chez certains de nos « européens » : quant à n'être plus la grande nation, ils optent pour n'être plus qu'une vieille province de la nouvelle Europe, mais une province privilégiée dans la mesure où elle serait la cliente des Etats-Unis d'Amérique.

Car c'est cela qui compte d'abord à leurs yeux, cette allégeance à l'égard du grand peuple de l'Occident. La faute inexpiable de de Gaulle, c'est à leurs yeux de l'avoir dénoncée.

Mais lui-même, de Gaulle, n'est-il pas sur ce point pris dans une contradiction ? Il lui a suffi de quelques années et même de quelques mois pour assurer à la nation française, en dépit de ses moyens réduits, une place de premier rang. Mais il ne doute pas plus que ses alliés anglo-saxons et russes de la nécessité de détenir les moyens matériels de la grandeur s'il veut être grand. Pas plus qu'eux il ne croit à une puissance qui ne serait que spirituelle : c'est la part de l'Eglise. Un peuple libre ne saurait dépendre d'aucun autre pour sa défense... Je ne suis pas entré dans la controverse atomique et je n'y entrerai pas pour finir parce que je suis divisé à ce sujet, que toute une part de moi-même s'insurge contre cette complicité, malgré tout dérisoire, avec les puissances capables de détruire la planète. Mais les raisons de de Gaulle, comment les écarterais-je ?

Au vrai, l'arme atomique demeure le signe visible d'une exigence, d'une ambition, d'une prétention, légitimes ou injustifiées ? C'est tout le débat. Et que même ceux qui la condamnent aujourd'hui ne croient pas que, devenus les maîtres, ils puissent y renoncer désormais, m'incline à croire que ce que de Gaulle a tenté, dans tous les ordres, pour remettre la France à sa vraie place, est irréversible.

Il m'est arrivé de dire et d'écrire pour apaiser les Français qui ne respirent plus dès que nous faisons deux pas sans la permission des Etats-Unis : « Que craignez-vous ? Qui peut le plus peut le moins. Il ne vous faudra pas huit jours, après de Gaulle, pour remettre le pays où de Gaulle l'avait pris, à la botte des Anglo-Saxons... » Je l'ai écrit et je l'ai dit. En vérité, je ne le crois plus : le successeur de de Gaulle, fût-il l'adversaire le plus déterminé de l'armement atomique, s'y trouvera engagé malgré lui, et déterminé malgré lui, et tout s'ensuivra dans l'ordre de l'indépendance.

De Gaulle aura-t-il le temps de changer notre nature en changeant notre coutume (nos institutions) ? Au vrai, c'était notre nature de grande nation souveraine qui, sous les deux dernières Républiques, et pour une large part à cause de la menace allemande, s'était muée en cette coutume de cliente, libre de se livrer chez elle aux jeux les plus stupides et qui allaient à la mort, à condition de consentir au-dehors à être un pion docile sur l'échiquier américain, dans cette partie où le Pentagone ne gagne certes pas à tous les coups.

Il n'est pas nécessaire d'avoir le cerveau de de Gaulle pour le discerner. Mais il fallait être lui pour croire, ou pour agir comme s'il croyait, que la petite France, face aux Etats-Unis, détient une possibilité d'indépendance et de refus.

En s'appuyant sur qui ? Non certes sur ses alliés du Marché commun, qui la jalousent (dès qu'ils ne la méprisent plus), eux-mêmes d'ailleurs tremblants dès que l'ombre tutélaire d'Albion ou du grand capitalisme américain ne les recouvre plus. Pour le tiers-monde, le plus dispersé et le plus démuni de tous les mondes, c'est à l'O.N.U. que nous prendrons la mesure de ce qui nous peut venir par lui... Dirai-je toute ma pensée ? La France de de Gaulle me fait penser parfois à la chèvre de M. Seguin, à la vaillante petite chèvre qui se battit toute la nuit, et qu'à l'aube le loup mangea.

C'est aux heures de doute que cette pensée me vient. Et puis je songe : encore une fois, que risquons-nous ? Il n'y a pas de loup dans l'Histoire, même si elle devait tourner mal. Et il n'y en aura plus tant que les Russes auront intérêt à maintenir la paix du monde. Même vaincue, la chèvre de M. Seguin retrouverait son étable et son clos à l'ombre de la bannière étoilée.

Mais la petite chèvre peut gagner, et que la démonstration en ait été faite par Charles de Gaulle alors que la France était au pire de son Histoire, c'est tout le sujet de ce livre.

De Gaulle, ne traverse-t-il pas lui aussi des heures de doute, connaissant les Français comme il les connaît ? Je n'ai pas corrigé une contradiction diffuse dans les pages de cet essai parce qu'elle se trouve aussi en moi-même. J'ai rattaché de Gaulle à la famille des esprits qui croient que les nations sont périssables et que la France périra si elle ne renonce pas aux mœurs qui, sous les deux dernières Républiques, ont failli causer sa perte. C'est la race de Maurras. Et pourtant de Gaulle appartient aussi à la race de Péguy. Même au fond de l'abîme, ce Français se sent invaincu, immortel, éternel. Contradiction qui explique le va-et-vient de la pensée gaulliste : cette alarme dans laquelle il n'a cessé de vouloir nous tenir, avant le désastre ; mais le malheur une fois accompli, cette espérance fondée sur des faits, et sur une analyse que l'Histoire a vérifiée.

Elle relevait aussi d'une mystique : « La France parce qu'elle est la France... » Cette sublime lapalissade, nous l'entendons souvent. Après tout, qu'en pense vraiment de Gaulle ? et quand il laisse vagabonder sa pensée, jusqu'où la laisse-t-il courir ? Ne l'oublions pas : de Gaulle ne cesse d'avoir sous son regard la possibilité d'une totale destruction. Il affronte ce risque en face. Il l'assume, comme il a toujours tout assumé de l'inéluctable.

Mais quoi ? N'y aurait-il pas ce risque-là, l'arme atomique n'existerait-elle pas, il resterait que les empires se sont succédé et se sont effondrés, qu'ils ont été recouverts par le sable ou dévorés par la jungle, alors pourtant que les hommes ne disposaient que d'un pouvoir de destruction dérisoire.

De quelle promesse d'éternité nous flatterions-nous, alors que nos chances d'être anéantis l'emportent tellement sur celles qui ont joué au cours de l'Histoire contre des civilisations dont il ne reste que quelques signes indéchiffrables ?

Nous ne savons pas, nous ne saurons jamais si de Gaulle laisse parfois flotter sa rêverie au-dessus de ce néant. Il n'a de Chateaubriand que le style, mais non cette idée qu'il ne restera rien de valable au monde lorsqu'il en aura lui-même disparu. Le monde sans Chateaubriand n'intéressait plus Chateaubriand. Ce qui compte aux yeux de de Gaulle, dans de Gaulle, c'est la France qu'il a eu la folie de croire qu'il incarnait, et cette folie n'était pas une folie, mais le réel le plus réel. Tant qu'il lui restera une pensée, elle sera donc pour la France, et pour que la France dure, et donc pour qu'elle ne retourne pas à ses mauvaises mœurs politiques.

Ah ! non, il n'est pas l'homme de « après moi le déluge ! » Mais « faire en sorte… » – c'est une expression qui lui est familière, faire en sorte qu'il ne puisse plus y avoir après lui de déluge, du moins par la faute des institutions, c'est cela qui dépend encore de lui dans une large mesure, tant qu'il appartiendra encore au monde des vivants.

Ce qui ne dépend pas de lui c'est le choix de l'homme qui existe déjà, sans aucun doute, et qui viendra après lui. Car il est absurde d'imaginer après de Gaulle un monde où nous pourrions nous passer d'un de Gaulle, c'est-à-dire d'une tête pensante et d'une volonté souveraine. La conjoncture qui a nécessité de Gaulle lui survivra et c'est cela, à mon sens, qui privera ses adversaires de leur revanche. Il ne sera plus là ; mais ce qui les rend, eux, indésirables, au sens absolu, sera là toujours. Le gaullisme sans de Gaulle s'imposera en quelque sorte par un instinct raisonné de conservation. Ce qui a été inespérément sauvé depuis 1940, nous ne le jouerons plus, nous ne le risquerons plus, fût-ce pour contenter une certaine idée de la démocratie qu'une certaine race de Français a bien de la peine à s'enlever de la tête.

L'avenir n'est à personne. Mais ce que de Gaulle a fait, ce qu'il a fait à jamais, cette Histoire qui est son histoire, comment la juge-t-il quand il la considère du promontoire où le voilà parvenu ? Comme une victoire ? A-t-il le sentiment d'avoir gagné la partie ?

Au vrai, toute politique humaine échoue. Aucune grande pensée politique ne s'est accomplie telle qu'elle avait été conçue. De ce point de vue, de Gaulle, dans les heures noires, peut songer qu'il a manqué son but. Du moins lui arrive-t-il, j'imagine, de s'interroger sur ces points où les choses n'ont pas répondu à son attente, où il a été lui-même déçu et donc décevant pour les autres : l'Afrique, ce qu'il en avait reçu, ce qu'il en avait espéré, cette Union française qui était sa seule chance d'opposer aux deux empires atomiques un empire de cent millions d'êtres humains, c'est de cela que le destin l'a frustré. Et sa grandeur qui est d'avoir tiré finalement un gain de cette frustation, il en est le seul témoin, car ses ennemis lui feront à jamais assumer la liquidation de l'Empire ; mais surtout l'Algérie perdue.

Eh bien ! reportons-nous une dernière fois aux textes. Demandons à de Gaulle lui-même de se faire, dans ce grand procès, le juge de de Gaulle. C'est après l'avoir entendu que nous pourrons lui donner la réponse qui sera celle de l'Histoire : de Gaulle n'a jamais été si grand que lorsque l'Histoire lui a tendu ses pièges et, très précisément, le piège de la décolonisation.

En appelant, une fois de plus, le 8 juillet 1962, aux « profondeurs françaises », de Gaulle, s'adressant à l'Allemagne en la personne de celui qui l'incarnait alors, évoquait « une grande tâche européenne et mondiale », entreprise, à la limite, « au profit de tous les humains ». Ce qui apparaît désormais comme l'une de ses plus constantes préoccupations est un de ses plus anciens desseins. Dès le 30 janvier 1944, il déclarait, en ouvrant la conférence de Brazzaville :

> Au moment où commençait la présente guerre mondiale, apparaissait déjà la nécessité d'établir sur des bases nouvelles les conditions de la mise en valeur de notre Afrique, du progrès humain de ses habitants et de l'exercice de la souveraineté française.
>
> Comme toujours, la guerre elle-même précipite l'évolution. D'abord, par le fait qu'elle fut, jusqu'à ce jour, pour une bonne part, une guerre africaine et que, du même coup, l'importance absolue et relative des ressources, des communications, des contingents d'Afrique, est apparue dans la lumière crue des théâtres d'opérations. Mais, ensuite et surtout, parce que cette guerre a pour enjeu ni plus ni moins que la condition de l'homme et que, sous l'action des forces psychiques qu'elle a partout déclenchées, chaque individu

lève la tête, regarde au-delà du jour et s'interroge sur son destin.

S'il est une puissance impériale que les événements conduisent à s'inspirer de leurs leçons et à choisir noblement, libéralement, la route des temps nouveaux où elle entend diriger les soixante millions d'hommes qui se trouvent associés au sort de ses quarante-deux millions d'enfants, cette puissance c'est la France ! [...]

Nous croyons, en particulier, qu'au point de vue du développement des ressources et des grandes communications, le continent africain doit constituer, dans une large mesure, un tout. Mais, en Afrique française, comme dans tous les autres territoires où des hommes vivent sous notre drapeau, il n'y aurait aucun progrès qui soit un progrès, si les hommes, sur leur terre natale, n'en profitaient pas moralement et matériellement, s'ils ne pouvaient s'élever peu à peu jusqu'au niveau où ils seront capables de participer chez eux à la gestion de leurs propres affaires. C'est le devoir de la France de faire en sorte qu'il en soit ainsi.

Tel est le but vers lequel nous avons à nous diriger. Nous ne nous dissimulons pas la longueur des étapes.

A l'époque, de telles prises de position sont révolutionnaires. Elles décident longtemps avant leur avènement du destin des futurs Etats africains. Certes, en ce début d'année 1944, il s'agit encore dans l'esprit du Général de la seule participation de ceux qui y sont nés à la gestion de chaque territoire. Contrairement à ce que de Gaulle avait pensé, les étapes devaient se faire de plus en plus courtes une fois le processus déclenché. Là encore, le Général sut adapter sa pensée et son action à une évolution qu'il avait prévue mais dont il n'avait pas plus que quinconque envisagé qu'une fois commencée elle serait aussi rapide. Le 27 août 1946, il pouvait encore déclarer :

Sur ce point capital, le projet de Constitution se borne à affirmer le principe de la « libre disposition », lequel, dans l'état actuel du développement des territoires d'outre-mer et étant donné la concurrence des autres grandes puissances, ne pourrait mener les populations qu'à l'agitation, à la dislocation et, finalement, à la domination étrangère. En outre, le projet ne précise rien qui soit constructif et cette déficience est grave.

La Constitution devrait, au contraire, affirmer et imposer la solidarité avec la France de tous les territoires d'outre-mer. Elle devrait, en particulier, placer hors de question la responsabilité prééminente et, par conséquent, les droits de la France en ce qui concerne la politique étrangère de toute l'Union française, la défense de tous ses territoires, les communications communes, les mesures économiques intéressant l'ensemble. Cela posé, il faudrait reconnaître que chaque entité territoriale et nationale réelle doit être organisée de manière à se développer suivant son caractère propre, soit qu'elle constitue déjà un Etat lié à la France par un traité, soit qu'elle devienne un territoire jouissant d'une autonomie proportionnée à son développement, soit qu'elle soit incorporée à la République française. Enfin, il devrait être créé des institutions de caractère fédéral, communes à la métropole et aux territoires d'outre-mer : Président de l'Union française, Conseil de l'Union française, ministres affectés aux activités fédérales.

Ou encore dans le discours d'Epinal du 29 septembre 1946 :

Il nous paraît nécessaire que l'Union française soit une union et soit française, c'est-à-dire que les peuples d'outre-mer qui sont liés à notre destin aient la faculté de se développer suivant leur caractère propre et accèdent à la gestion de leurs affaires particulières à mesure de leur progrès, qu'ils soient associés à la France pour la délibération de leurs intérêts et que la France maintienne sa prééminence pour ce qui est commun à tous : politique étrangère, défense nationale, communications, affaires économiques d'ensemble. Ces conditions impliquent, d'une part, des institutions locales propres à chacun des territoires et, d'autre part, des institutions communes : conseil des Etats, assemblée de l'Union française, ministres chargés des affaires communes à tous.

Mais, place de la République, le 4 septembre 1958, de Gaulle affirme :

> Les rapports entre la métropole et les territoires d'outre-mer exigent une profonde adaptation. L'univers est traversé de courants qui mettent en cause l'avenir de l'espèce humaine et portent la France à se garder, tout en jouant le rôle de mesure, de paix, de fraternité, que lui dicte sa vocation.

Dès cette époque, et en dépit des graves préoccupations algériennes, de Gaulle voit plus loin. Il reconnaît dans l'Afrique même un élément d'un problème plus vaste, celui de la coopération. A Blois, le 9 mai 1959, il s'écrie : « Eh bien ! la France sera le champion de cette coopération-là, qui est indispensable à l'humanité » :

> C'est son génie, c'est sa vocation de prendre la direction morale, en tout cas d'indiquer la route. Elle le fera, en toute conscience, et sans se laisser leurrer par aucune propagande. Sans reculer devant aucune menace, de manière à ce que, grâce à elle, les deux milliards d'hommes dont je parlais trouvent une espérance, et qu'ils aient une aide pour s'élever peu à peu jusqu'à ce degré où l'on atteint – que l'on soit blanc, noir, jaune ou brun – la dignité, la prospérité et la fraternité.

Le 5 juin 1959 de Gaulle déclare à Saint-Flour :

Et puis, au dehors, notre pays a une œuvre humaine à accomplir, et il a à donner le signal, à prendre l'initiative du concours qu'il est nécessaire que les peuples développés, dont bien sûr nous sommes, apportent aux peuples qui ne le sont pas, ou qui le sont moins et qui sont la grande majorité des habitants de la terre. C'est pour cette œuvre que, dès que l'occasion se présentera, si elle doit se présenter dans une conférence, la France prendra, je le répète, l'initiative. Telle est l'œuvre qu'elle va proposer à ses trois autres grands partenaires afin que, quel que soit leur régime, quelle que soit leur doctrine, quelles que soient leurs querelles, ils décident, eux qui ont tous les moyens de coopérer, de coopérer au bien de leurs frères qui sont deux milliards d'hommes dont il s'agit d'élever le niveau de vie, qu'il faut faire monter jusqu'à la dignité et jusqu'à la fraternité.

Et, le même jour, à Aurillac :

La France est sur la terre pour promouvoir et pour servir nos semblables. [...] Vocation humaine de la France [...] sur l'ensemble de la terre. Il y a, sur la planète, environ deux milliards huit cents millions d'habitants. Il en est deux milliards qui, de loin, ne sont pas parvenus à un degré de développement analogue au nôtre. Et il en est huit cents millions qui, malgré les difficultés que nous subissons parfois en raison des politiques, des doctrines et des régimes, sont, à divers titres, en avance sur les autres. Ces huit cents millions-là, le grand problème du monde et du siècle est d'obtenir qu'ils unissent leur concours au-dessus de leurs rivalités, pour le développement des deux milliards d'autres. Et il faut que ce soit la France qui en donne l'exemple et qui en prenne l'initiative avec ses trois autres grands partenaires dans le monde, ce qu'elle est disposée à faire et ce qu'elle fera, dès qu'elle en trouvera l'occasion.

Ces lignes datent de 1959. De Gaulle ne poursuit donc pas en 1964, du moins quant à l'essentiel, on ne sait quelle obscure revanche, il ne recourt pas à quelque agression à l'égard des Etats-Unis, non, il continue la seule politique qui le retient aujourd'hui, parce qu'elle intéresse le monde dans son honneur, dans son bonheur, et que notre pays peut jouer dans ce progrès de l'humanité un rôle décisif. Il est remarquable que lui, de Gaulle, considère qu'en comparaison de ce grand dessein les rivalités entre doctrines et régimes et les « difficultés » qui en résultent perdent de leur importance. Bien plus : qu'il appelle l'U.R.S.S. à collaborer avec les autres puissances nanties à l'œuvre entreprise. Seulement, en 1959, l'affaire algérienne n'est pas réglée. De Gaulle ne peut se consacrer encore à ce qui deviendra quelques années plus tard sa préoccupation essentielle.

Au cours d'un entretien qu'il eut le 23 mars 1964 à Fort-de-France avec des parlementaires, de Gaulle, selon les témoins, aurait déclaré : « La politique, c'est les réalités ou rien. Je prends la Martinique comme elle est et je constate que les sentiments, le goût, l'instinct, tout ici est français. » De même fut-il contraint de prendre l'Algérie telle qu'elle était et de constater qu'elle n'était pas française. Sa politique lui fut imposée par les réalités que tant de passions, souvent légitimes, dissimulaient à ceux qui, y étant nés, pouvaient à bon droit la considérer comme leur. Et là encore, de Gaulle a collé au plus près à ce qui était la réalité du moment, l'adaptant peu à peu à ce qu'elle imposait, jusqu'au jour où il sut que la France devait consentir à quitter cette terre où elle avait tant fait, où tant des siens depuis plusieurs générations étaient nés, avaient travaillé, aimé, souffert, étaient morts. Et, certes, il est facile de mettre de Gaulle en contradiction avec lui-même. Sans parler du fameux « Je vous ai compris » du

4 juin 1958, il avait pu déclarer onze ans plus tôt, le 18 août 1947 :

> Souveraineté de la France ! Cela signifie, d'abord, que nous ne devons laisser mettre en question, sous aucune forme, ni au-dedans, ni au-dehors, le fait que l'Algérie est de notre domaine. Cela signifie encore qu'il n'y a aucune matière concernant l'Algérie, où les pouvoirs publics français : exécutif, législatif, judiciaire, puissent aliéner leur droit et leur devoir de trancher en dernier ressort. Cela signifie, enfin, que l'autorité de la République française doit s'exercer hautement et fermement sur place et que le Gouverneur général, qui est investi par l'Etat, ne saurait être responsable que devant les pouvoirs publics français.

Après quoi, venant à Alger, en tant que chef du R.P.F. le 12 octobre suivant, il avait tenu à dire « à ceux des Français, musulmans ou non, qui s'égarent dans le rêve de je ne sais quelle sécession : Vous vous trompez et vous trompez les autres ! Votre avenir d'hommmes fiers et libres et celui de vos enfants, vous ne pouvez les trouver qu'avec la France et dans la France ». Ajoutant, au sujet de cette Algérie « partie intégrante de la France » :

> Le bien de l'Algérie consiste en ceci : que la France y poursuive et y développe l'œuvre admirable qu'elle a entreprise depuis cent dix-sept années. Cette œuvre a été accomplie, sous son autorité, par l'effort de ses fils venus de la métropole et par le travail des autres. Ce sont ces trois éléments qui ont fait de l'Algérie ce qu'elle est. Si la France tolérait jamais que l'un des trois fût ébranlé, il n'y a pas le moindre doute que tout l'édifice s'écroulerait et que l'Algérie serait aussitôt plongée dans une confusion dont nul ne tirerait parti, excepté les fauteurs du trouble universel.
>
> L'autorité de la France doit donc s'affirmer ici aussi nettement et fortement que sur toute autre terre française. Les

Algériens d'origine métropolitaine doivent continuer avec confiance tout ce qu'ils ont entrepris, sans avoir à redouter d'être jamais submergés. Les Français musulmans d'Algérie doivent trouver, dans l'estime de notre peuple, dans le cadre de la souveraineté française et avec leur statut personnel, toutes possibilités d'améliorer leur destin à mesure que leur pays progresse et d'exercer leurs capacités à mesure qu'ils les développent. Ce que j'ai moi-même proclamé à Constantine, le 12 décembre 1943, et accompli par l'ordonnance du 7 mars 1944, répondait à ces principes. Toute politique qui, sous le prétexte fallacieux d'une évolution à rebours, aurait pour effet de réduire ici les droits et les devoirs de la France, ou bien de décourager les habitants d'origine métropolitaine, qui furent et qui demeurent le ferment de l'Algérie, ou bien, enfin, de donner à croire aux Français musulmans qu'il pourrait leur être loisible de séparer leur sort de celui de la France, ne ferait, en vérité, qu'ouvrir la porte à la décadence.

La réalité, c'était alors celle d'une Algérie française. Mais cette réalité changea. Et puis il y avait cette autre réalité, alors, d'un danger de guerre mondiale, qui, selon Paul-Marie de La Gorce, dont l'analyse mérite d'être ici rappelée, expliquerait en grande partie ce que fut ce jour-là, à Alger, la position de de Gaulle, qui, le 15 mai précédent, avait insisté à Bordeaux sur l'autonomie souhaitable des territoires de l'Union française : de Gaulle, « convaincu que rien ne ferait obstacle à une offensive soviétique sur le continent européen, jugeait probable un nouvel exil du gouvernement français ; dans ce cas, il faudrait éviter les servitudes d'un refuge en pays étranger – dont il avait tant souffert à Londres. La Tunisie et le Maroc ne manqueraient pas de renforcer leurs particularités ; Dakar était trop loin ; l'Algérie seule offrirait à la souveraineté française l'abri d'une terre française ».

Toutes les possibilités, toutes les probabilités, heureusement, ne se produisent pas : si le réalisme du Général fut, sur ce point, infirmé par les faits, il fut confirmé par bien d'autres. Notamment lorsqu'il lui fallut se convaincre et convaincre peu à peu les Français que l'Algérie avait le droit à l'autodétermination. Et que notre pays sortirait plus fort de cette amputation, et grandi, qu'il gagnerait en rayonnement ce qu'il perdrait en puissance.

Aussi bien, dans le discours de Constantine du 3 octobre 1958 où il lança le plan de cinq ans que son gouvernement venait d'établir pour l'Algérie, de Gaulle, s'il donnait des précisions quant à « l'œuvre immense, politique, économique, sociale et culturelle » que seule la France pouvait mener à bien, ménageait l'avenir et laissait à son action la marge que l'évolution de la situation pourrait rendre (et rendit) nécessaire, disant : « Cette évolution profonde, à quoi peut-elle conduire ? Quant au statut politique de l'Algérie, je crois tout à fait inutile de figer d'avance dans des mots ce que de toute manière l'entreprise va peu à peu dessiner. » De même, le 23 octobre suivant, lors de la première conférence de presse tenue par le Général depuis son retour aux affaires, déclarait-il :

Certains disent : « Mais quelles seraient les conditions politiques dont le gouvernement accepterait que l'on débatte ? » Je réponds : la politique de l'Algérie est en Algérie même. Ce n'est pas parce qu'on fait tirer des coups de fusil qu'on a le droit d'en disposer. Quand la voie démocratique est ouverte, quand les citoyens ont la possibilité d'exprimer leur volonté, il n'y en a pas d'autre qui soit acceptable. Or cette voie est ouverte en Algérie. Le référendum a eu lieu. Il y aura en novembre les élections législatives. Il y aura en mars les élections des conseils municipaux. Il y aura au mois d'avril l'élection des sénateurs.

Que sera la suite ? C'est une affaire d'évolution. De toute

manière une immense transformation matérielle et morale est commencée en Algérie. La France, parce que c'est son devoir, et parce qu'elle est seule à pouvoir le faire, met en œuvre cette transformation. Au fur et à mesure du développement, des solutions politiques se préciseront.

Je crois, comme je l'ai déjà dit, que les solutions futures auront pour base – c'est la nature des choses – la personnalité courageuse de l'Algérie et son association étroite avec la métropole française. Je crois aussi que cet ensemble, complété par le Sahara, se liera pour le progrès commun avec les Etats du Maroc et de Tunisie. A chaque jour suffit sa lourde peine. Mais qui gagnera en définitive ? Vous verrez que ce sera la fraternelle civilisation.

Rien n'a infirmé, quant à l'essentiel, ce que *la nature des choses* permettait à de Gaulle, en octobre 1958 (et sans doute bien avant), de prévoir. Remarquons l'importance qu'il donne, dès cette date, pour l'Algérie même, à l'ouverture de cette *voie démocratique* qu'on l'accuse si souvent, et toujours à tort, de ne pas suivre en France. Au fur et à mesure du développement de la situation, des solutions politiques, en effet, se précisèrent. Et si celle qui l'emporta ne fut pas telle que l'aurait souhaitée de Gaulle, elle n'en consacra pas moins jusqu'à maintenant contre toute espérance une collaboration de l'Algérie indépendante et socialiste avec la France. Ce qui a gagné, malgré tant de souffrances et de déchirements, ce fut bien, jusqu'à ce jour tout au moins, *la fraternelle civilisation.*

Le 16 septembre 1959, il déclare .

Compte tenu de toutes les données, algériennes, nationales et internationales, je considère comme nécessaire que ce recours à l'autodétermination soit, dès aujourd'hui, proclamé. Au nom de la France et de la République, en vertu du pouvoir que m'attribue la Constitution de consulter les citoyens, pourvu que Dieu me prête vie et que le peuple m'écoute, je m'engage à demander, d'une part aux Algériens, dans leur douze départements, ce qu'ils veulent être en définitive et, d'autre part, à tous les Français d'entériner ce que sera ce choix.

Pourvu que Dieu me prête vie et que le peuple m'écoute... Il y a là une simplicité et comme une humilité chrétiennes. Lors de sa conférence de presse du 11 avril 1961, où il déclare que « la France considérerait avec le plus grand sang-froid une solution telle que l'Algérie cessât d'appartenir à son domaine, solution qui, en d'autres temps, aurait pu paraître désastreuse pour nous et qu'encore une fois, nous considérons actuellement avec un cœur parfaitement tranquille », il répond aux « gens qui diront · Mais c'est la rébellion qui vous amène à penser de la sorte ! » et ajoute :

Ce n'est donc pas cela qui me fait parler comme je parle, bien que je ne disconvienne pas que les événements qui se sont passés, qui se passent en Algérie m'aient confirmé dans ce que j'ai pensé et démontré depuis plus de vingt ans, sans aucune joie, certes – et on comprend bien pourquoi – mais avec la certitude, ainsi, de bien servir la France.

Et le Général de rappeler que, depuis Brazzaville, il n'a jamais cessé d'affirmer que les populations rattachées à la France devaient pouvoir disposer d'elles-mêmes : accordant, en 1941, l'indépendance aux Etats sous mandat de la Syrie et du Liban ; donnant, en 1945, le droit de vote à tous les Africains, Algériens musulmans compris ; approuvant, en 1947, le statut de l'Algérie, qui « s'il avait été appliqué aurait vraisemblablement conduit à l'institution progressive d'un Etat algérien associé à la France » ; donnant son assentiment à ce qu'il fût mis un terme aux traités de protectorat concernant la Tunisie et le Maroc. En 1958, « ayant repris les affaires en main », il a, avec son gouvernement, créé la Communauté, puis reconnu et aidé l'indépendance des nouveaux Etats d'Afrique noire et de Madagascar. « N'étant pas revenu à temps pour prévenir l'insurrection algérienne, dès mon retour j'ai proposé à ses chefs de conclure la paix des braves et d'entamer des conversations politiques. » Il a proclamé en 1959 le droit des populations algériennes à l'autodétermination et la volonté de la France d'accepter, quelle qu'elle soit, la solution qui en serait l'aboutissement, affirmant par la suite en de multiples occasions que l'Algérie serait algérienne, évoquant la naissance de sa future République et renouvelant les offres de pourparlers. « Ce n'est pas de notre fait que les contacts de Melun n'ont pas eu de prolongements. En même temps, j'ai brisé les complots qui voulaient me forcer à soutenir l'intégration. En 1961, j'ai demandé au peuple français de m'approuver, ce qu'il a fait par un référendum massif, et j'ai, de nouveau, invité les hommes de la rébellion à prendre contact avec nos représentants. » Et il ajoute :

> Bref, nous prouvons tous les jours qu'une Algérie qui s'appartient à elle-même n'a rien qui soit contraire à la politique de la France. En somme qu'est-ce que cela ? c'est la décolonisation. Mais si je l'ai entreprise et poursuivie depuis longtemps ce n'est pas seulement parce qu'on pouvait prévoir et parce qu'ensuite on constatait l'immense mouvement d'affranchissement que la guerre mondiale et ses conséquences déclenchaient d'un bout à l'autre du monde et que d'ailleurs les surenchères rivales de l'Union soviétique et de l'Amérique ne manquaient pas de dramatiser.
>
> Si je l'ai fait, c'est aussi, c'est surtout parce qu'il m'apparaît contraire à l'intérêt actuel et à l'ambition nouvelle de la France de se tenir rivée à des obligations, à des charges qui

ne sont plus conformes à ce qu'exigent sa puissance et son rayonnement. D'ailleurs, cela est vrai aussi pour d'autres. [...] Je veux dire que les raisons qui avaient conduit naguère certains peuples civilisés à prendre sous leur coupe directe certains autres qui ne l'étaient pas, ces raisons-là sont en train d'achever de disparaître dans l'esprit même des ex-colonisateurs. Il apparaît maintenant aux plus puissants que leur avenir, leur salut et les possibilités de leur action mondiale tiennent à leur propre développement et à la coopération des pays naguère colonisés, beaucoup plutôt qu'à des dominations imposées à des allogènes.

Et le 26 mars 1962, au sujet du « jeune Etat qui va naître », l'Algérie, et de la France :

Pour l'une et l'autre nation, il est donc conforme à la raison que, passant outre aux déchirements récents, elle organise leur coopération, comme déjà l'ont fait, avec la République française et dans les conditions qui leur sont propres, douze Républiques africaines et la République malgache. Cette entreprise de la France, remplaçant et transformant partout celle qu'elle a accomplie par la colonisation, c'est, sans nul doute, une des plus grandes et, peut-être, une des plus fécondes de toutes celles qu'elle a tentées depuis qu'elle parut dans le monde.

Cette continuité de sa politique, en ce domaine encore, depuis la France Libre, de Gaulle en fait état le 31 janvier 1964 :

Reconnaître à tous les peuples qui n'étaient pas proprement le nôtre mais qui dépendaient de nous le droit de disposer d'eux-mêmes, mener l'affaire de telle sorte qu'en définitive, et malgré les déchirements, cela se fît d'accord avec nous et qu'ensuite, dans l'amitié, fût établie entre nous et les nouveaux Etats une belle et bonne coopération, ce fut

effectivement la politique de la France, telle qu'à
Brazzaville, il y a vingt ans, la France Libre l'avait procla-
mée et telle qu'elle fut accomplie dès que la République put
enfin se dégager d'un régime d'impuissance et de confusion.

« La coopération, c'est désormais une grande ambition
pour la France » :

Bien sûr, cela nous coûte cher. [...] Il n'y a pas un seul
pays au monde qui consacre au progrès des autres une
pareille proportion de ce qu'il fait pour le sien. Après nous,
celui qui, à ce point de vue, vient en tête est l'Amérique.
Sans doute verse-t-elle à un grand nombre de pays des
concours dont, en valeur absolue, le total est de beaucoup le
plus considérable. Mais, par rapport à ses moyens, l'aide
qu'elle fournit n'est pas, en pourcentage, la moitié de ce
qu'est la nôtre. Quant à l'Union soviétique, elle est encore
beaucoup plus loin.
Il est vrai que cette coopération n'est pas seulement à
sens unique. Le maintien de courants commerciaux actifs
avec les Etats arabes et les Etats noirs africains qui ont
conclu des accords avec nous et les droits d'exploitation qui
nous y sont reconnus sur telle ou telle matière première,
notamment une part du pétrole algérien, ne sont pas pour
nous sans valeur. Assurément, ce que nous en retirons est
très au-dessous de ce que nous donnons. Mais le fait seul
qu'il existe une contrepartie ne nous paraît pas négligeable,
et il est bien évident que nous serions peu portés à fournir
beaucoup à ceux qui ne nous fourniraient rien. Pourtant,
l'importance que revêt la coopération tient moins aux
chiffres et aux comptes immédiats qu'aux avantages d'ordre
général qu'elle peut assurer dans l'avenir à nous-mêmes et à
nos partenaires.

Ce que de Gaulle exprime ici à l'égard des jeunes Etats
indépendants auxquels notre pays apporte son aide, il

l'affirmait autrefois de l'Europe, de la France elles-mêmes, lorsqu'il s'agissait d'une aide non plus donnée mais reçue :

> Cependant, je le dis avec force, il appartient à l'Europe de faire en sorte que, grâce à elle, ses prêteurs y trouvent leur compte, tant par le renforcement de leur propre sécurité que par le développement des grands échanges internationaux. Car, dans les rapports à établir et dans les accords à conclure entre les deux côtés de l'Atlantique, il doit absolument s'agir de coopération et non point de dépendance, sous peine de tout compromettre pour le malheur général. (*Compiègne, 7 mars 1948.*)

Nouvel exemple de la continuité de sa pensée. Preuve de surcroît de sa volonté d'indépendance et de son exigence de justice. Avec, déjà, ce mot, *coopération*, dont nous avons indiqué que de Gaulle l'utilise pour définir sa politique aussi bien dans le domaine de la Défense commune que dans celui du soutien à donner aux Etats insuffisamment développés. Nombreux sont pourtant en France ceux qui souhaiteraient que la France cesse d'apporter son aide aux jeunes nations. Et, de même qu'à Brazzaville, le 30 janvier 1944, il avait lui-même posé la question pour mieux y répondre (« Attendez ! nous conseillerait, sans doute, la fausse prudence d'autrefois. La guerre n'est pas à son terme. Encore moins peut-on savoir ce que sera demain la paix. La France, d'ailleurs, n'a-t-elle pas, hélas ! des soucis plus immédiats que l'avenir de ses territoires d'outre-mer ? »), de même dans son allocution du 16 avril 1964 de Gaulle répond-il à ces opposants par la seule façon de formuler leur revendication : « Il ne manque pas enfin de critiques pour déclarer [...] : cessons d'aider au progrès de peuples qui, dans le monde, aspirent à notre civilisation. Ainsi pourrons-nous arrondir ce que nous allouons aux salariés de l'Etat et aux investissements collectifs. » Ajoutant :

> Quant à mettre un terme à la coopération amicale, réciproque et calculée que nous pratiquons à l'égard d'un certain nombre d'Etats en voie de développement, cela reviendrait d'abord à nous éloigner d'eux en laissant notre place à d'autres. Cela nous amènerait aussi à nous fermer de vastes champs d'action économique, technique et culturelle, au lieu de nous les ouvrir. Enfin et surtout, cela équivaudrait à renier le rôle qui nous revient à l'égard de l'évolution qui porte tant de peuples d'Afrique, d'Asie, d'Amérique latine à se développer à leur tour sans se livrer à l'une ou l'autre des deux hégémonies qui tendent à se partager l'univers tant que l'Europe de l'Ouest n'aura pas pu ou voulu s'organiser de telle sorte que l'équilibre s'établisse. Pourquoi donc la France, qui est elle-même en plein essor, se tiendrait-elle à l'écart d'un mouvement dont son génie traditionnel est en grande partie la source et dont dépendent, en définitive, la paix et le sort du monde ?

De Gaulle attache une telle importance à l'indépendance nationale, condition première à ses yeux de toute organisation européenne ou mondiale ultérieure, qu'un pays qui la fait respecter bénéficie aussitôt pour lui d'un préjugé favorable, quel que soit son régime. La Chine populaire ayant fait la preuve de son autonomie à l'égard de l'U.R.S.S., il juge possible de la reconnaître diplomatiquement (ce qu'il estimait souhaitable depuis longtemps), déclarant à ce sujet le 31 janvier 1964 :

> Il est vrai que la Russie soviétique a, tout d'abord, prêté à la Chine un assez large concours. [...] C'était le temps où le Kremlin, utilisant, là comme ailleurs, sa rigoureuse prépondérance à l'intérieur de l'Eglise communiste pour soutenir la suprématie de la Russie sur les peuples qu'une dictature

semblable à la sienne lui avait subordonnés, comptait garder la Chine sous sa coupe et, par elle, dominer l'Asie. Mais l'illusion s'est dissipée. Sans doute, demeure encore entre les régimes régnant à Moscou et à Pékin une certaine solidarité doctrinale qui peut se manifester dans la concurrence mondiale des idéologies. Mais, sous un manteau chaque jour plus déchiré, apparaît l'inévitable différence des politiques nationales. Le moins qu'on puisse dire à ce sujet, c'est qu'en Asie, où la frontière entre les deux Etats, depuis l'Hindou-Kouch jusqu'à Vladivostok, est la plus longue qui existe au monde, l'intérêt de la Russie, qui conserve et qui maintient, et celui de la Chine, qui a besoin de croître et de prendre, ne sauraient être confondus. Il en résulte que l'attitude et l'action d'un peuple de 700 millions d'habitants ne sont effectivement réglées que par son propre gouvernement.

Mais au-dessus de toutes les raisons qui ont incité la France à reconnaître le gouvernement de Pékin sans que cela « implique aucune sorte d'approbation à l'égard du régime qui domine actuellement en Chine » et dont la principale est que « la France ne fait que reconnaître le monde tel qu'il est », il y a surtout celle-ci, formulée lors de cette même conférence de presse :

Par-dessus tout, il se peut, dans l'immense évolution du monde, qu'en multipliant les rapports entre les peuples, on serve la cause des hommes, c'est-à-dire celle de la sagesse, du progrès et de la paix. Il se peut que de tels contacts contribuent à l'atténuation, actuellement commencée, des dramatiques contrastes et oppositions entre les différents camps qui divisent le monde. Il se peut qu'ainsi les âmes, où qu'elles soient sur la terre, se rencontrent un peu moins tard au rendez-vous que la France donna à l'univers, voici cent soixante-quinze ans, celui de la liberté, de l'égalité et de la fraternité.

Comme de Gaulle le dit encore ce jour-là, « le développement des pays du monde et, en particulier, de ceux qui jusqu'à présent n'ont fait qu'entamer ce grand mouvement, est la question mondiale par excellence ». De cette œuvre « dépend le salut de l'espèce ». Ainsi a-t-il conscience de *servir la cause des hommes*, non seulement lorsqu'il reconnaît, au nom de son pays, un Etat indépendant de 700 millions d'habitants, mais lorsqu'il apporte aux nouveaux Etats l'aide du pays colonisateur d'hier. Expliquant, le 31 janvier 1964, « combien sont élevés les buts et combien sont forts les motifs de la coopération », de Gaulle ajoutait :

> Mais c'est là que l'entreprise dépasse le cadre africain et constitue, en vérité, une politique mondiale. Par cette voie, la France peut se porter vers d'autres pays, qui, dans d'autres continents, sont, plus ou moins largement, en cours de développement, qui nous attirent d'instinct et de nature et qui souhaitent, pour leur évolution, un appui qui leur soit prêté suivant notre esprit et à notre manière, peuvent vouloir nous associer directement à leur progrès et, réciproquement, prendre part à tout ce qui est la France. [...] Sans doute, l'effort que nous autres, Français, sommes en mesure de fournir matériellement à cet égard se trouve limité par nos ressources qui ne sont pas immenses. Mais notre propre avance, qui se poursuit au-dedans de chez nous, nous procure des moyens qui s'accroissent d'année en année. D'ailleurs, le problème consiste souvent pour nous à porter chez nos amis des ferments de progrès techniques et culturels qui exigent des capacités humaines et une compréhension cordiale, plus encore que de l'argent. Enfin, on peut penser qu'une Europe organisée demain comme nous le lui proposons voudrait, solidairement avec nous, prendre une part plus grande à cette œuvre dont dépend le sort de notre espèce. Tout se tient. Ce que nous tentons pour bâtir une

Europe qui soit elle-même se conjugue avec ce que nous faisons en faveur des peuples qui montent à l'intérieur de notre civilisation. Oui ! la coopération est, désormais, une grande ambition de la France.

Dans son allocution prononcée le 16 mars 1964 à l'université de Mexico, de Gaulle affirme :

Par-dessus les distances qui se rétrécissent, les idéologies qui s'atténuent, les politiques qui s'essoufflent, et à moins que l'humanité ne s'anéantisse elle-même un jour dans de monstrueuses destructions, le fait qui dominera le futur, c'est l'unité de notre univers. Une cause, celle de l'homme ; une nécessité, celle du progrès mondial, et, par conséquent, de l'aide à tous les pays qui le souhaitent pour leur développement ; un devoir, celui de la paix, sont, pour notre espèce, les conditions mêmes de sa vie.

Ces « idéologies qui s'atténuent », nous l'avions entendu en prendre acte dans ses discours du 5 juin 1959 à Saint-Flour et à Aurillac. Il voyait loin, plus loin que 1964, car de tels propos apparaissent aujourd'hui encore au plus grand nombre prématurés, si ce n'est même aventurés. Assurément, de Gaulle fait au Mexique la politique de la France. Il déclare, par exemple, le 17 mars 1964 devant le congrès de l'Union que, dans le rapprochement qui s'organise entre les deux nations, il est nécessaire que « le but, l'attitude, l'action, en un mot la politique de Mexico et de Paris ne soient point en opposition et que, même, on les accorde ». Précisant : « Voici, d'autre part, le Mexique [...], le Mexique, qui, sans méconnaître aucunement ce qu'ont de naturel et de fécond les relations massives qu'il entretient avec son grand voisin du Nord, est attiré par toutes sortes d'affinités vers les pays européens et, d'abord, j'ose le dire, vers le mien. » Mais l'objectif final, au-dessus des intérêts, de l'un et de l'autre pays, est d'ordre planétaire. Evoquant dans le même discours un échange culturel et scientifique, de Gaulle peut dire devant les représentants du peuple mexicain : « Voilà qui ferait de la France et du Mexique de réels et bons compagnons dans le travail de civilisation qui soulève aujourd'hui le monde. »

Un an plus tôt, presque jour pour jour, recevant à Paris le président de la République des Etats-Unis du Mexique, de Gaulle avait dit, le 26 mars 1963, au terme du repas qu'il avait offert en son honneur à l'Elysée :

> Mais il se trouve au surplus que l'avènement de votre pays se manifeste en notre époque où le monde est aux prises avec d'immenses problèmes et des menaces illimitées. Il se trouve, en même temps, que l'évolution de l'Amérique latine, à laquelle votre ascension donne l'exemple, apparaît aujourd'hui essentielle à l'Europe et à la France. De ce que deviendra, en général, au point de vue économique, social, culturel, politique, cette vaste partie du monde actuellement en pleine gestation, et de ce que voudra et saura faire, en particulier, le Mexique, dépendra dans une large mesure le sort de l'humanité.

Ainsi annonça-t-il sa grande politique sud-américaine qui devait trouver son épanouissement l'année suivante. De Gaulle, à Paris, avait ce 26 mars 1963 parlé de coopération – comme il devait le faire à Mexico le 17 mars 1964. Au cours du déjeuner où il est reçu ce jour-là au Palais national, par le président Adolfo López Mateos, de Gaulle, avant de lever son verre en l'honneur de son hôte, déclare :

> Mais quand, chez deux peuples, le cœur et la raison s'accordent, une politique est tracée. C'est donc celle de la

coopération que nous avons, ensemble, adoptée, celle qu'a marquée, Monsieur le Président, l'importante et émouvante visite que vous avez faite à Paris l'an dernier, celle qu'a précisée l'accord conclu ensuite entre nos deux gouvernements et celle que la magnifique réception que vous m'accordez aujourd'hui met en relief devant le monde entier. Oui! devant le monde entier. Car si cette politique est franco-mexicaine, elle est mondiale du même coup. Que des rapports particuliers s'établissent entre votre pays, œuvre vive de l'Amérique latine, et le mien, essentiel à l'Europe mais aussi plongeant son influence et son activité en Afrique et en Asie, c'est là un fait dont heureusement les conséquences peuvent dépasser nos Etats.

D'autant plus et d'autant mieux que vous et nous n'entendons pas, en raison de ce fait nouveau, exclure, ni même réduire, les relations, les courants, les contacts, qui nous lient respectivement à nos voisins et à d'autres peuples; d'autant plus et d'autant mieux, aussi, qu'il y a là comme le signe d'un des plus grands événements qui s'annoncent en notre siècle, je veux dire l'apparition des Américains latins au premier plan de la scène de l'univers; d'autant plus et d'autant mieux, enfin, que le trait singulier de cette action commune du Mexique et de la France, par opposition aux axes et aux pactes conclus jadis pour dominer, c'est qu'elle ne tend qu'au bien de nos hommes et au progrès de nos peuples, sans nuire à qui que ce soit, bref qu'elle est faite pour servir la paix.

A Basse-Terre, le 20 mars 1964, il tire les leçons de son voyage officiel au Mexique, il évoque cet élan de confiance qu'il a senti aussi bien du côté populaire que du côté officiel, élan d'amitié qu'il avait trouvé dans d'autres pays étrangers où il lui avait été donné, ces derniers temps, d'aller représenter la France :

J'en ai conclu et tout le monde en a conclu que la situation internationale de notre pays est plus brillante, plus assurée qu'elle ne fut jamais. Nous sommes une grande nation, le monde entier le reconnaît.

Cela ne signifie pas que nous nous opposions à ceux qui ne nous menacent pas et en particulier à ceux qui sont naturellement nos amis et nos alliés. Il leur appartient de s'adapter à cette situation nouvelle et pour nous très satisfaisante qu'est l'indépendance française. Mais dès lors qu'ils s'y seront adaptés et qu'ils admettront que la France, elle aussi, peut prendre des initiatives, avoir son action au-dehors et sa politique, il n'y aura plus l'ombre d'un nuage entre eux et nous. C'est leur affaire. Nous souhaitons que le plus tôt possible ils en conviennent.

Un rien de satisfaction, un rien d'impertinence en trop peut-être. Mais que de Gaulle triomphe, qui s'en étonnerait après les avanies qu'il a subies de nos alliés, à Londres, à Alger, à Paris même où il se trouvait installé en août 1944 avec son gouvernement sans être encore reconnu ! Quant à la grandeur dont il a beaucoup parlé, mais dont il nous donne, au-delà de toute expression, une image qu'admirent nos amis et nos adversaires, il déclare, avec un simple orgueil, à la fin du même discours de Basse-Terre :

> Quelquefois on dit : « Oh ! C'est de Gaulle qui parle de la grandeur... » Oui, c'est bien vrai. La France a besoin de cela. Nos pères, de tout temps, n'ont pu faire quelque chose de valable, de fort, qu'à condition de vouloir que ce soit grand. Eh bien ! nous en sommes là, encore aujourd'hui. D'ailleurs, ce n'est pas la politique la plus coûteuse. La politique la plus coûteuse, la plus ruineuse, c'est de demander quelque chose à tout le monde pour ne jamais l'obtenir.

Désormais, la France ne demande plus ; elle donne. Et la grandeur de la France, pour de Gaulle, c'est avant tout sa mission de coopération et de promotion. Il le redit à

Basse-Terre, comme il le redira le 21 mars à Cayenne et le 22 mars à Fort-de-France ; comme il l'avait dit ce même 20 mars 1964 à Pointe-à-Pitre, et au Mexique dans les jours précédents.

Il y va de l'intérêt de la France et de Gaulle, réaliste comme toujours, n'a cessé de le rappeler. (« C'est un fait : la décolonisation est notre intérêt et, par conséquent, notre politique », avait-il déclaré le 19 avril 1961.) Mais il y va aussi (il l'indique désormais fréquemment) de l'honneur non plus de tel ou tel pays, ni même de l'Europe, mais de la planète. C'est ce que le Général exprime lors de son voyage aux Antilles françaises, le 23 mars 1964, dans sa réponse à Aimé Césaire, maire de Fort-de-France et député de la Martinique :

> Ce à quoi j'ai assisté ce matin était vraiment incomparable. Il y avait dans la manifestation populaire un contact entre Français, quelque chose qui dominait nos personnes, les circonstances et les contingences du moment. Cela était évidemment émouvant pour celui qui vous parle et réconfortant pour notre peuple. J'ai entendu, monsieur le maire, ce que vous avez dit de l'histoire de la Martinique. Oui, il y a dans l'histoire des peuples, et en particulier de notre peuple, des obstacles, des épreuves qu'il a surmontés, et pourtant ces épreuves auraient pu être mortelles. Ces épreuves vous les avez connues.
>
> Le monde d'aujourd'hui est complexe, et le drame quotidien de ce monde, c'est, par-dessus tous les pays et tous les Etats, le drame de l'homme. La question qui se pose à nous Français, c'est celle-ci : Alors, que faire pour que la condition des hommes soit la meilleure, la plus noble, la plus digne ? La France a fait son devoir et continue de le faire vis-à-vis de ses enfants. Ici, avec vous, et dans le monde, avec le dessein d'être fidèle à sa vocation et à son génie, qui sont toujours humains. La France ne redoute pas du tout le jugement que ses enfants, où qu'ils soient, ici en particulier,

lui portent du fond de leur cœur, et au-delà des formules, et peut-être des combinaisons, tous ses enfants sentent qu'elle fait son devoir. Je m'en retourne plus convaincu que jamais du prestige de la France. Je suis convaincu qu'elle suit la bonne route. Que ceux qui sont ses enfants demeurent avec elle ! C'est ce qu'elle croit avoir le devoir de leur demander.

Ainsi nous retrouvons, une fois encore, ce *contact d'âmes* entre la France et lui, mais il ne s'agira plus seulement de la seule politique française. De Gaulle a éludé les questions que vient de lui poser Aimé Césaire mais il a élevé le débat. Il a placé la Martinique dans l'ensemble français et l'ensemble français dans le monde. Désormais, il évoque la responsabilité de la France non plus seulement à l'égard de ses enfants, mais des peuples libres à qui « sa vocation et son génie » lui font un devoir d'apporter, dans la mesure de ses possibilités, son aide spirituelle et matérielle. Aussi bien de Gaulle parle-t-il moins déjà ici en Français ou en Européen, qu'en citoyen du Monde unifié de demain.

J'ai demandé à de Gaulle de nous dire lui-même qui était de Gaulle. Et maintenant je reviens à ma première ébauche, et je la confronte au personnage qui s'est composé sous mon regard, à travers les propos publics du Général, l'expression de sa pensée claire, non peut-être de son arrière-pensée. Dois-je faire des retouches à ma première esquisse ? C'est toute la question, au moment de conclure.

Au vrai, tous les livres écrits sur de Gaulle vivant se ressemblent au moins par le dernier chapitre. Tous aboutissent à ce portique ouvert sur l'inconnu, à cette cohue des professionnels de la politique, déçus et inquiets, tout tremblants d'impatience, et qui guettent la sortie du héros. Tant qu'il occupera la scène, le jeu parlementaire, tel que les Français l'ont pratiqué, pour leur malheur, depuis près d'un siècle, demeure interrompu. Si les institutions qu'il vient de nous donner s'enracinent, si lui-même tient encore la barre quelque temps, à l'Elysée, ou s'il reste dans la coulisse de Colombey pour en surveiller la croissance, alors à gauche toute une génération politique aura été frustrée et restera sur sa faim ; et pour l'extrême droite, l'histoire aura fini avec la débâcle de l'O.A.S.

Ces passions avouées ou refoulées qu'entretient dans

les cœurs de Gaulle présent et vivant semblent vouer à
l'échec, du moins dans l'absolu, son rêve de « rassembler
la France ». Les Français du temps de de Gaulle ne s'ai-
ment pas plus que ne s'aimaient les Gaulois du temps de
César. Mais de Gaulle a toujours su que le rassemblement
n'existerait que comme une tentative sans cesse interrom-
pue, et détruite, et reprise. Il suffit que cette remontée du
courant de haine soit assurée par les institutions pour que
la France, sourdement divisée, dresse tout de même à la
proue de l'Europe ce visage ressemblant à l'idée que de
Gaulle se fait d'elle dans son cœur et dans sa pensée.

Ce que de Gaulle a compris, c'est que plus la France
existe en tant que nation, et plus profondément elle agit
dans le monde. Les perroquets de la gauche dénonçaient
son nationalisme, et les perroquets de la droite répétaient
qu'il nous vouait à la solitude. Mais la nation française, à
peine avait-elle émergé de ses deux dernières guerres
coloniales, qu'elle avait déjà, non par la vertu de sa force,
très réduite, simplement parce qu'elle est la France,
retrouvé son rang et repris sa place.

Charles de Gaulle, à son entrée dans l'Histoire, eut partie liée avec le chef de l'Angleterre en armes, de l'Angleterre invincible, et avec le président des Etats-Unis d'Amérique. Et lui, dans la mesure où il incarnait quelque chose,
c'était un peuple écrasé et qui, en tant que puissance,
n'existait plus. Pourtant, dès ce moment-là, Charles de
Gaulle l'emporte sur ses formidables partenaires. Ses
moindres propos le prouvent : il tient sous son regard, à
chaque instant et partout à la fois, la bataille engagée dans
le monde ; mais alors que les deux autres croient que c'en
est fait de la France, alors que l'erreur qu'ils commettent
fausse leurs calculs (les conséquences après vingt années
s'en font sentir encore), l'acte de foi de de Gaulle dans la

France le fait parler et agir comme si notre désastre n'eût été qu'un épisode, et par là lui permet de tenir tête aux maîtres du monde et de ne leur céder sur rien de l'essentiel, simplement parce qu'il a raison contre eux. Il a raison de proclamer contre eux que cette France, pour l'instant piétinée et déshonorée, demeure : elle constitue une donnée inévitable qu'ils n'écarteront pas de la solution vers laquelle ils tendent. Et de cette France, d'ores et déjà libre, d'ores et déjà combattante, le général de Gaulle a raison de dire : « C'est moi ! », bien que ce soit pour Roosevelt et même pour Churchill un propos de fou.

Peut-être, à ce moment-là, le général de Gaulle crut-il que la France reprendrait un jour sa place auprès de ses alliés – sa vraie place, non pas celle qu'elle a en effet, et même assez vite, obtenue, puisqu'elle a occupé l'Allemagne, et qu'elle fut présente à la reddition de l'ennemi –, mais celle qui lui assurerait l'égalité totale, dans tous les ordres, et en particulier sur le plan atomique.

Cette ambition-là, le général de Gaulle a dû la perdre assez tôt. Si je n'ai fait qu'une allusion à la lettre de septembre 1958, adressée par le président de la République française au président des Etats-Unis, le général Eisenhower, et à M. Macmillan, pour leur proposer de fonder à eux trois un directoire atomique, ce n'est pas que l'importance de cette lettre m'ait échappé mais c'est qu'à mon sens, elle est loin de prouver que le de Gaulle de 1958 croyait encore que la France pût occuper cette place privilégiée auprès de ses grands alliés. Lui qui connaît les hommes (et ces deux hommes-là...), comment eût-il pu douter du refus qu'il allait essuyer ? N'y eût-il eu d'autres raisons que la jalousie de leurs alliés européens, l'Amérique ne pouvait qu'écarter la prétention française. Et lui, de Gaulle, ne pouvait pas ne pas le savoir.

En vérité, il escomptait ce refus – ce refus qui allait lui ouvrir une perspective inconnue. Ce refus signifiait que de Gaulle allait pouvoir enfin témoigner devant le monde, pour reprendre l'image de Shakespeare, que le monde n'était plus pris entre deux mâchoires. Ce n'était pas une nouvelle politique, qu'il inventait, ce n'était pas une vue de l'esprit, qu'il se fût efforcé de faire passer dans les faits : cette politique s'était dégagée peu à peu des faits eux-mêmes.

Un des adversaires les plus déterminés, les plus acharnés de de Gaulle et du gaullisme, Claude Bourdet, vient tout récemment d'en convenir : « De Gaulle, écrit-il, par certaines de ses initiatives, conçues par lui comme de simples moyens d'influence et de "grandeur", mais prises à une époque où il n'a pourtant aucun moyen militaire de grande envergure, vient de démontrer bon gré mal gré que les blocs se paralysent réciproquement, qu'il n'y a plus lieu d'avoir peur et de se cramponner aux alliances, et aussi que la force militaire n'est plus, dans cette situation de paralysie, une condition de l'indépendance… »

Ce n'est pas de Gaulle qui a créé, ni même suscité cet état de choses. Il en a été en quelque sorte l'accoucheur, parce qu'il en a pris conscience avant les autres, et que grâce aux institutions que les Français ont reçues de lui, il se trouve avoir été le premier chef de la politique française, depuis cent ans, qui ait eu les mains libres, et dont aucun impératif de politique intérieure n'infléchit désormais la décision.

Voilà où de Gaulle en est de son histoire et de notre Histoire, voilà le palier où je dois m'arrêter. C'est un lieu de réflexion pour chaque Français. Car le maintien ou la ruine de cette politique dépendra un jour de l'homme qui sera choisi pour remplacer de Gaulle – pour le remplacer, ou pour le continuer ? C'est toute la question car l'analyse gaulliste peut être poursuivie. La méthode ne nécessite pas de génie. Grâce à de Gaulle, la politique étrangère française n'obéit plus qu'à sa propre nécessité et il nous a donné en même temps les institutions propres à sauvegarder cette liberté enfin recouvrée. S'il ne se représentait pas, ce ne serait pas un autre nom que le sien qui diviserait les Français. L'enjeu de la bataille électorale tiendra dans les institutions que nous avons reçues de lui. Il se trouvera un candidat gaulliste pour les défendre, face à un adversaire résolu – non peut-être à les combattre ouvertement, mais qui prétendra les retailler, à la mode des deux dernières Républiques. Voilà, de ce dernier palier où je m'arrête, ce qui m'apparaît en clair : quand de Gaulle ne sera plus là, il sera là encore. Et s'il faut parier, je parie que ce sera lui encore qui décidera.

Que faire, sur ce palier où je prétends être parvenu, sinon continuer d'observer mon personnage en pleine action, et de le suivre du regard le plus longtemps possible ; tant que le bon à tirer ne sera pas donné, ne puis-je ajouter un trait, faire une retouche ? Voici donc le dernier journal de ma pensée, tandis que j'observe de Gaulle, ici et maintenant.

Au retour de sa tournée en Picardie, ceci me frappe : la perplexité de l'opinion et des partis est à son comble. Jamais aucun homme autant que celui-là n'obligea les Français à se poser plus de questions dont la réponse dépend de lui seul. Il y a là de quoi irriter et même exaspérer un parlementaire d'ancienne observance : que le destin du pays soit lié aux calculs, ou aux humeurs d'un général de brigade, c'est plus qu'ils n'en peuvent supporter, et c'est pourtant ce qu'ils doivent souffrir sans y trouver aucun remède.

Mais, pour de Gaulle, le « suspense » est-il devenu un procédé de politique intérieure, une méthode qu'il a inventée ou qu'il a mise au point ? En vérité, je jurerais qu'au départ il n'y entendait pas malice. Son pragmatisme s'appliquait ici comme sur tout autre terrain : s'il ne découvrait pas son plan d'avance, et ne faisait pas connaître ses projets, c'est qu'il les ignorait lui-même et qu'ils naissaient en quelque sorte des circonstances. De Gaulle, à la dernière seconde, pouvait bifurquer dans une direction inattendue, nécessitée par la conjoncture. Peut-être ne sait-il que d'hier, ou d'aujourd'hui, s'il compte « rempiler », pour parler comme cet homme de la rue. De Gaulle n'a pas eu recours délibérément au suspense par système. Non, certes ! Mais qu'il ait fini par y trouver son plaisir, je m'en doute et je le crois.

Et d'autant plus de plaisir qu'il irrite davantage et qu'il déconcerte l'adversaire. Ainsi en vient-il à mettre l'accent sur ce qui gêne même quelques-uns de ses amis : que le destin de la République tienne au caprice d'un citoyen qui, si grand qu'il soit, n'est que l'un de nous. Comme le dit Cassius à Brutus, dans Shakespeare : « Qui a pu dire avant nos jours : les larges murs de Rome sont la ceinture d'un seul homme ? Et maintenant est-ce Rome en vérité, cette Rome qui n'a pour hommes qu'un homme ? »

Eh bien, non. J'ai pu ressentir cela moi-même, mais j'en atteste les dieux immortels, pour parler encore comme ces Romains, je ne rends pas le général de Gaulle responsable de sa solitude : elle est née des décombres de deux Républiques effondrées, l'une et l'autre, moins sous les coups du dehors que rongées du dedans par les termites. La solitude d'un homme, ce n'est pas lui, c'est le désert autour de lui, et ce désert c'est vous qui en êtes responsables, et vous surtout, hommes d'une gauche innombrable et percluse et dont la paralysie tient pour une large part au fait que le général de Gaulle a accompli lui seul, et lui seul inscrit dans les faits ce qui était demeuré au stade des aspirations et des rêves chez les politiciens de la gauche, soumis aux impératifs de la droite, tout le temps qu'ils avaient tenu la barre. J'ai peine à croire à la bonne foi des confrères qui me reprochent de défendre de Gaulle après avoir défendu Mendès France – dont l'honneur est précisément d'avoir amorcé la politique dont de Gaulle est venu à bout.

Ce serait la raison suffisante de leur hargne, s'il n'y avait celle sur quoi il faut sans cesse revenir et qui tient dans une formule : des carrières interrompues par un destin. Et que quelques-unes de ces carrières eussent été dignes de devenir à leur tour destins, non en s'opposant à de Gaulle, non en se dressant contre de Gaulle, comme Pierre Mendès France l'a cru, mais en l'enrichissant de certains apports que de Gaulle n'a pas reçus de sa formation et qu'il n'a pas trouvés dans son héritage, voilà ce que je crois pour ma part.

Certes, à première vue, pour un Mendès France (j'écris ceci dix ans après son accession à la présidence du Conseil), c'était bien le choix qu'il a fait au lendemain du 13 mai qui paraissait s'imposer. Ne fallait-il pas une tête à l'opposition, une tête pensante, et précisément celle d'un des premiers fidèles de de Gaulle ? Pierre Mendès France aurait pu du moins attendre, se réserver. Il a choisi, à peine de Gaulle revenu au pouvoir, d'annoncer les catastrophes. Il s'est fait le prophète d'un malheur qui ne s'est pas accompli. Partout où il annonçait l'effondrement, il y a eu relèvement.

Je ne suis pas si fou que de croire un homme politique capable de dire : « Je me suis trompé, nous nous sommes trompés : c'est nous-mêmes que nous avons combattus en de Gaulle. C'est à nous-mêmes que nous nous sommes opposés, à ce que nous avions été appelés à faire par vocation et que de Gaulle a accompli sans nous et contre nous. C'est à cela que nous avons dit "non". »

On peut rêver sur un Mendès France épousant cette solitude dont vous faites un crime à l'homme que vous avez laissé seul. J'imagine (quel rêve insensé !) un Mendès France ralliant le camp de de Gaulle : dès lors la gauche occuperait une partie du terrain, le jour où la succession sera ouverte. Elle serait sur place, héritière naturelle d'une politique qui lui appartient de droit et qui lui a toujours appartenu.

Ce miracle n'aura pas lieu. La gauche continuera d'opposer un front dispersé et divisé au candidat héritier de la pensée gaulliste. Mais n'y en aura-t-il qu'un ? Ne verrons-nous pas s'entre-dévorer les généraux d'Alexandre ?

Il est vrai que Mendès France, même s'il consentait à dire : « Je me suis trompé… », n'en éprouverait pas moins d'hostilité et ne manifesterait pas moins de répulsion, à la seule pensée de dépendre d'un homme, d'être soumis à un homme… Que c'est étrange ! Il ne se sentait pas humilié, naguère, de dépendre des partis ligués contre lui, de perdre le temps que des affaires si graves exigeaient, à se défendre devant des commissions hostiles, à éviter leurs embûches et leurs chausse-trapes. Ni les piques, ni les banderilles, ni la dernière estocade n'ont jamais humilié cette espèce de taureau. En revanche, les méandres d'une politique changeante en apparence, mouvante comme l'est toujours la conjoncture, le consentement donné à un pilote, fût-ce à ce pilote-là, c'est cela qui apparaît insupportable à un Mendès France. Le vrai est que, parmi ces anciens consuls, aucun ne veut être le troisième, ni même le second, aucun ne veut être Lépide, aucun ne veut être Lebrun.

Et pourtant je le leur demande, et même aux meilleurs d'entre eux : en est-il parmi eux un seul qui songerait à reprendre pour son compte ce que l'Octave de Shakespeare dit d'Antoine : « Nous ne pouvions tenir ensemble dans l'univers... » Écartons le terme « supériorité », s'il vous choque. Et après tout, vous pouvez, chacun de vous, en des points particuliers, l'emporter sur de Gaulle. Il faut revenir à l'idée de solitude, car c'est cette solitude qui au fond vous fait horreur. Je la considère, mais non plus au sens tout physique, ni même spirituel : c'est d'une solitude historique qu'il s'agit ici, je veux dire que les événements, non pas durant une courte période, comme il est advenu pour Clemenceau ou pour Churchill, mais au cours de trente années d'une histoire dramatique, et qui continue, n'ont pu être maîtrisés que par un homme, et par cet homme seul, et à condition que ceux qui l'entourent lui demeurent subordonnés.

Je n'émets pas ici une opinion qui soit discutable, car c'est de l'Histoire et que nous avons vécue. Je le demande à tous les résistants et à l'une de leurs plus fortes têtes, à Pierre Mendès France, et à l'un des plus valeureux, à Claude Bourdet : « Que fût-il advenu de vous, ou plutôt de ce que vous avez voulu sauver et maintenir, tant que dura l'enfer de l'occupation ennemie, si l'action de de Gaulle ne s'était pas poursuivie au-delà de la Libération ? » Convenez-en : tout eût été gâché et perdu, et peut-être dans le déshonneur. Vous avez fait un crime à de Gaulle des circonstances (troubles, j'en conviens) qui, à l'avant-dernière seconde, l'ont ramené, en 1958, à la barre. Mais c'est parce qu'elles étaient pressantes et qu'il y allait de tout pour la République, et pour vous, résistants, que de Gaulle n'a pas eu à s'interroger, pas plus qu'un homme n'hésiterait à se jeter à l'eau, fût-ce dans la plus boueuse des eaux, s'il voyait sa mère et ses frères s'y débattre. D'instinct nous passons vite sur cette histoire qui nous fait honte. Le pronunciamiento appartenait de droit aux républiques latines d'Amérique. Notre République à nous avait toujours tenu de court ses prétoriens ; elle avait gagné contre eux les deux batailles qu'ils lui avaient livrées : celle du boulangisme et celle de Dreyfus. Sans de Gaulle, vous eussiez risqué de perdre la troisième. En tout cas, vous ne l'auriez gagnée qu'après un règlement de comptes horrible que de Gaulle, et lui seul, vous a épargné.

Car il y a loin de l'état de la France au moment du 13 mai à ce qu'était la République en 1889 et en 1896. Le fascisme, le nazisme, ne constituent pas un mal épidémique, mais un mal récurrent. Les passions qui se fussent manifestées, soulagées, délivrées, si les colonels, à la tête des corps spécialisés, étaient devenus, ne fût-ce qu'un peu de temps, les maîtres, l'avez-vous jamais envisagé ? Quelle revanche pour les rescapés de l'épuration ! Je ne songe pas tant ici à la boutade prêtée à de Gaulle (à propos de l'un de vous) : « Sans moi, il serait pendu. » Ce n'est pas tant notre vie qu'il a sauvée, une fois encore, mais notre honneur ; car c'était la torture qui parut être alors au moment de gagner sur nous qui nous étions dressés contre elle. Et ce dont ses partisans étaient capables, et jusqu'où ils eussent pu aller, l'O.A.S. en a fait sous nos yeux la démonstration. Si cette armée n'avait plus été secrète, mais maîtresse du pouvoir, mais triomphante... cela n'eût pu durer ? Certes, je le crois. Rien ne dure contre les faits. Et le fait algérien n'était modifiable que par des crimes épisodiques. Il n'empêche que nous pouvons rêver sur ce qui sans de Gaulle se serait passé à Paris. L'un des colonels, en se pourléchant les babines, avait confié à Edouard Corniglion-Molinier (qui me l'avait répété) : « Les deux premiers que je ferai fusiller, c'est Mauriac et c'est Raymond Aron ! » Et comme Edouard Corniglion lui objectait que de Gaulle serait là pour l'en empêcher : « De Gaulle ? » protesta le colonel, « de Gaulle ? C'est un vieux "schnock". » Je suppose que les idées de ce colonel se sont modifiées.

Mais pourquoi les idées de Pierre Mendès France – qui, lui, en a, et qui ont compté, et qui comptent encore pour nous –, résisteraient-elles à l'examen de ce qui s'est passé depuis le retour de de Gaulle au pouvoir ? Je ne suis pas fou : je sais bien que même si la nature de Pierre Mendès France était telle qu'il fût capable de reconnaître son erreur et d'en convenir à la face du monde, il n'en demeurerait pas moins méfiant devant le personnage de de Gaulle, par un instinct hérité de son ascendance radicale.

La « tripe républicaine », ceux qui l'ont reçue en héritage se reconnaissent entre eux et ont vite fait de démasquer ceux qui parlent comme s'ils la détenaient eux aussi. Mais il ne sert à rien à de Gaulle, pour un vrai républicain du temps de Doumergue, d'avoir en fait et par deux fois restauré la république, et de s'être toujours réclamé d'elle et des principes sur lesquels elle est fondée. Sous la IIIᵉ République, qu'avaient failli ébranler le maréchal de Mac-Mahon et le général Boulanger, il suffisait d'être militaire pour être suspect.

Mais surtout ce dont de Gaulle a prétendu purger la république pour qu'elle devînt selon son cœur constituait l'essence même de la république authentique pour les vieux républicains. Le référendum qui est à la base de l'institution gaulliste, son seul nom invoqué eût suffi naguère à rendre un Français suspect, parce qu'il se distingue mal du plébiscite. De Gaulle a dissipé cet enchantement qui avait confondu, durant quatre-vingts ans, l'idée de république avec celle d'une assemblée à la fois souveraine et impuissante et d'un pouvoir exécutif aux mains liées, aux jambes entravées.

De Gaulle a-t-il été l'auteur de ce grand changement, ou seulement le témoin ? A dire vrai, les deux grandes guerres en furent la cause directe. Le désastre et la honte de la seconde ont achevé de désenchanter les Français. Marianne est redevenue une petite fille au destin inconnu et dont l'éducation est à refaire, très différente de la grosse dame à bonnet phrygien, radicale et maçonne, des caricatures du temps de Dreyfus.

Un fait, un très petit fait mais qui a dû frapper tous les hommes de mon âge alors qu'il n'a pas même été aperçu de nos cadets, ce fut l'enlèvement, sans trompette ni tambour, de la statue de Gambetta sur la place du Carrousel. Avant 1914, et même durant l'entre-deux-guerres, ce sacrilège n'eût pas même été concevable, tant la personne de Gambetta se confondait avec le principe républicain. Lui qui avait vu tant de fois, dans tant de provinces, Napoléon III et son cheval précipités de leur socle et jetés à la rivière, a été déboulonné à son tour, et pas seulement sur la place du Carrousel mais aussi à Bordeaux, sur les allées de Tourny, et nul ne sait dans quelle obscure resserre il attend une improbable résurrection.

Que sont devenus les serpents qui sifflaient sur cette tête chevaline ? Le ministre aux armées debout à Lourdes au premier rang d'un pèlerinage de soldats étonne plus encore la « tripe républicaine » des survivants de la IIIe, que les subventions à nos écoles congréganistes.

La république consulaire, telle que de Gaulle l'a conçue, et dont le chef tient directement son pouvoir du peuple, pourquoi ne serait-elle pas la république véritable, et au nom de quelle autorité la déclarez-vous suspecte ?

Au vrai, c'est moins le principe qui paraît suspect aux vieux républicains que ce général de formation maurrassienne, qui nous en a dotés, et qui certes s'est donné les gants de sauver par deux fois la république. On ne peut lui refuser cela : qu'il est allé par deux fois la chercher dans le sang et dans la boue où elle gisait. Et maintenant il la tient – il la tient même fortement –, non bien sûr pour en faire hommage au comte de Paris, comme certains l'insinuent sans y croire.

Au fait, pourquoi le comte de Paris est-il devenu un des personnages de la pièce ? Ce n'est pas qu'il y joue un rôle. Mais enfin nous l'apercevons dans la coulisse, entouré de sa famille. « C'était une belle famille ! » soupirait ma grand-mère qui regrettait Louis-Philippe. Ce que dans l'absolu pense de la monarchie le général de Gaulle, nous nous en doutons. Qu'il soit l'homme du monde le moins capable de croire que la monarchie pourrait être du dehors imposée à un peuple qui a fait sa révolution depuis un siècle, cela aussi nous le savons.

Le comte de Paris et ce qu'il incarne fait partie du jeu français que de Gaulle tient dans une seule main. C'est la carte qu'il ne jouera pas, qu'il n'aura pas à jouer mais qu'il garde et qu'il considère comme toute autre institution héritée d'un passé illustre. L'histoire de France compose pour de Gaulle une tapisserie dont chaque fil est précieux, et il n'y a pas à choisir entre les figures décoratives qui continuent d'y vivre, bien que ne pouvant plus servir à rien... Mais sait-on jamais ? J'ignore si ce « sait-on jamais ? » à propos des d'Orléans, a pu être murmuré par un de Gaulle rêvant à mi-voix. Qu'il en fût capable ne prouverait pas du tout qu'il est un homme du passé, au contraire qu'il est un esprit libre qui ne s'étonne ni ne s'effraie de rien dans cet ordre d'idées parce que précisément il n'est prisonnier d'aucune tradition. Les vrais traditionalistes, ce sont les esprits du type Mendès France ou du type Guy Mollet, qui sont fixés une fois pour toutes sur une certaine conception de la France, d'une France vouée à l'inflation, à la fois anarchique au-dedans et subordonnée au-dehors, et qui croient que tout rentrera dans l'ordre, dans cet ordre-là, à peine le général de Gaulle aura-t-il quitté la scène, comme si la victoire de de Gaulle sur eux ne tenait pas à l'accord de sa pensée avec le monde tel qu'il est devenu : une pensée demeurée libre alors que la leur est soumise à des dogmes, et ligotée.

Quelle sera après de Gaulle la proportion des esprits qu'il aura libérés ? C'est toute la question. Le gaullisme a-t-il imposé ses structures à une France immobile et immuable, ou au contraire est-il le signe d'un changement en profondeur ? Au vrai, c'est façon de parler : je semble croire qu'il fut un temps où le monde ne changeait pas et était immobile, et que tout à coup il se serait mis à bouger. Mais ce que nous vivons aujourd'hui existait déjà en puissance il y a dix ans, il y a vingt ans, et la preuve nous en est donnée précisément par la divination ou plutôt par le déchiffrage qu'a su faire un de Gaulle de l'Histoire qu'il interprétait en même temps qu'il la créait.

Tout a toujours bougé autour des esprits sclérosés, seuls immobiles. Ce monde d'aujourd'hui que les adversaires de de Gaulle ne reconnaissent plus, qu'est-ce donc qui le rend si différent ? Il n'est plus fou de liberté, ni non plus ennemi de la liberté comme il était au temps de notre jeunesse, selon que nous étions de gauche ou de droite. La technocratie répond à un état de choses qui a créé un état d'esprit. Ce n'est plus tant le bonheur qui est une idée nouvelle en Europe qu'une certaine notion du confort, du confort devenu obligatoire. En fait, la machine à laver, la télévision, la deux-chevaux, sont devenus les signes visibles d'un paradis qui se manifeste durant les trois semaines de congés payés : ô délices qui n'existez que dans l'idée qu'on s'en fait et dans le souvenir qu'on en garde ! Ce n'est pas de Gaulle qui a inventé ce monde, lui, le dernier paladin du monde ancien. Mais, hélas ! ce n'est pas souvent le paladin du monde occidental, lorsqu'il nous parle, qui s'adresse aux Français.

Cette grande âme ne parle pas volontiers le langage de l'âme à ces Français dont on pourrait croire, à l'entendre, qu'ils sont devenus non certes un peuple sans Histoire, mais un peuple sans histoires et qui n'a d'autre souci en tête que de n'en plus avoir jamais.

Ce de Gaulle de soixante-quinze ans qui est passé à travers le feu pour arriver jusqu'à nous, ce soldat blessé et enseveli vivant, qui a échappé par miracle à l'hécatombe de deux guerres, ce condamné à mort, ce vainqueur autour duquel les balles sifflaient à Notre-Dame, ce prince entouré d'assassins, nous serions en droit d'entendre enfin de sa bouche une parole qui ne serait plus celle du chef politique, ou celle de l'administrateur responsable du patrimoine national...

Mais on ne souffle pas à de Gaulle ce qu'il devrait dire ou faire à ce moment de son destin. Lui seul sait pourquoi il demeure sur cette frontière qu'il s'interdit de franchir. Il y a chez cet orgueilleux une humilité très cachée, une sorte de renoncement à l'altitude. Comme si cet albatros ne savait pas qu'il a des ailes de géant ! Ah ! ce discours à la jeunesse que de Gaulle n'a jamais fait... Mais il sait pourquoi il ne l'a pas fait.

C'est à nous, chrétiens, de prendre conscience du dépôt dont nous sommes plus que jamais responsables. Dans ce monde voué à la réussite technique et aux délices des congés payés, chacun va à la mort et la meilleure des républiques n'y changera rien pour personne. Une moitié du monde, celle qui a reçu l'évangile marxiste, est obligatoirement athée. Mais nous, que sommes-nous ? Que croyons-nous ? N'avez-vous rien à dire, aucun mot d'ordre à laisser à ces générations qui se talonnent et qui se bousculent avant d'être l'une après l'autre englouties dans la même ténèbre, ou dans la même lumière ? Charles de Gaulle à genoux dans le chœur de Notre-Dame au cours des cérémonies officielles, que dit-il à l'Etre infini ?

Ce n'est pas vrai qu'il a dit comme on le lui prête : « L'intendance suivra ! » mais il est vrai que l'intendance a suivi et tout a été pour le mieux dans la meilleure des républiques. N'importe ! rien ne peut faire que ce peuple heureux ne soit assis à l'ombre de la mort comme tous les peuples l'ont été et le seront. N'avez-vous rien d'autre à lui proposer que votre évangile de l'efficacité ?

La moitié du monde qui est condamnée au matérialisme d'Etat a suscité une race d'hommes dont Gagarine est le type. Où sont les héros de l'humanisme chrétien dont vous êtes le dépositaire ? Je vois bien la différence : il n'y a pas une jeunesse de France à laquelle serait imposée une vérité contrôlée par l'Etat – mais des jeunesses qui se méconnaissent et qui s'opposent. Ce que vous diriez aux jeunes chrétiens de votre bord ferait hausser les épaules à de jeunes communistes ou aux fils des radicaux-socialistes de la IIIe République. Quand il ne s'agit plus, comme en 1914, ou comme en 1940, de la patrie et de son existence même à préserver ou à maintenir, et qu'ils ne sont plus unis par ce devoir sacré, que reste-t-il à faire pour le chef soucieux de les rassembler sinon de n'aborder aucun des sujets qui les divisent et de s'en tenir à ce qui relève des sciences politiques et de l'économie, aux difficultés surmontées, aux résultats obtenus ?

Peut-être un grand politique, condamné à ne pas lever

les yeux au-dessus du terrain qu'il étudie, finit-il par perdre le sens de ce qui dépend d'une autre connaissance. L'animal humain subit une formation, comme dans une meute où tous les chiens ne seraient pas dressés pour la même chasse et ne chasseraient pas le même gibier.

Et pourtant ce Français, cette Française, à qui de Gaulle s'adresse à la télévision, ce n'est pas la neutralité de l'Indochine qui les intéresse ni notre indépendance à l'égard des Etats-Unis, mais ce n'est pas non plus seulement, bien que ce soit cela d'abord, le prix de la nourriture, le logement, la fin du mois, les enfants, les histoires d'école et de lycée... Non, ce n'est pas seulement cela. Le mal rôde dans les êtres. Il y a la femme qui est infidèle, le mari qui s'en va avec une autre, et la laideur, et la solitude, pour tant d'êtres qui n'ont jamais été aimés, et l'âge, la maladie, l'infirmité, et cette immense ténèbre sur laquelle ouvre le cancer. Et pourtant si elle existait cette grille qu'il suffirait d'appliquer sur ce grimoire sinistre, et tout à coup un sens apparaîtrait...

Ce n'est pas à de Gaulle, dites-vous, de nous donner cette grille. Mais Khrouchtchev se fait-il faute de s'exprimer en athée, et de se réclamer de son athéisme ? Il n'y a pas plusieurs de Gaulle par génération. Il ne s'en trouve même pas un à chaque génération. Quand il paraît enfin, nous lui demandons infiniment plus que ce qu'il nous donne, autant qu'il nous ait donné. Il nous montre tous les royaumes de la terre, et nous, nous avançons, nous sommes en marche vers un autre royaume qui n'est pas de ce monde.

Vous dites : « Ces choses ne concernent pas la politique humaine. Ce sont deux mondes séparés que les mêmes lois ne régissent pas. La politique ne concerne que le réel... » Mais qu'est-ce que le réel, sinon ce qui nous apparaît ? Ce qui ramène tout à une question d'*éclairage* : la même politique se colore ou s'enténèbre à volonté. Par exemple nous nous glorifions de ce que pour la première fois, depuis bien des années, la France est partout en paix dans le monde, comme si elle n'y avait pas été contrainte. Nous nous vantons de ce qu'elle a donné l'indépendance à son Empire, comme si la décolonisation ne lui avait pas été imposée du dehors. Nous nous félicitons d'être le peuple qui fait les plus grands sacrifices pour aider les affamés et les sous-développés du monde entier, comme si nous n'invoquions pas à ce sujet notre intérêt (bien ou mal entendu) et comme si nous ne nous flattions pas de faire dans ces pays des placements à long terme !

Oui, tout cela est vrai, et il n'y a rien à répondre au cynique qui nous rabaisse le caquet. Cela est vrai et c'est pourtant faux. Car il est vrai aussi que pour la première fois – depuis combien d'années ! – la politique de la France répond à ce que les nations attendent d'elle. C'est un fait : et qu'il relève de l'analyse dans une France à peine sortie de ses deux dernières guerres coloniales (guerres atroces, guerres perdues), voilà qui lui donne plus de portée ; et aussi que la France ne soit plus une nation de tout premier rang. Ce que le monde attend de nous, ce que nous avons à donner au monde, ni les Etats-Unis d'Amérique, ni la Russie des Soviets ne peuvent le lui donner, malgré leur puissance démesurée.

Mais on dirait que nous ne le savons plus, ou que nous faisons semblant de ne plus le savoir. Qui nous le rappellerait, sinon Charles de Gaulle ? Il lui reste de nous redire, à temps et à contretemps, que la grandeur, ce qu'il appelle la grandeur, ne se confond pas avec la puissance matérielle ni avec la réussite technique. Si la France diminuée de 1964 demeure grande, si sa grandeur, grâce à de Gaulle, est sortie intacte d'une honte telle qu'elle n'en avait pas connu en mille ans d'Histoire, c'est donc que ce peuple a en lui un principe – et que nous l'appelions « âme » ou que nous parlions de « vocation », c'est affaire de vocabulaire. Ame, vocation relèvent du vocabulaire chrétien qui m'est familier, et c'est pourquoi j'en use. Ce principe, quel que soit le nom qui le désigne, des vivants aujourd'hui peuvent le méconnaître, c'est lui pourtant qui rend si laborieuse la gestation d'une Europe politique. La France n'est devenue la France que dans la mesure où la Bourgogne, la Guyenne et les autres provinces se sont « dépersonnalisées ». Il subsiste une âme bretonne, une âme alsacienne, une âme basque. Mais la plupart des vieux pays de France ont perdu leur âme pour que la France naisse. La naissance des Etats-Unis d'Europe rendra-t-elle nécessaire un pareil sacrifice ? La réponse du général de Gaulle, nous la connaissons et il nous le rappellera jusqu'à son dernier souffle : c'est que la France, si elle n'est plus la grande nation, demeure l'irremplaçable nation, et que servir la France, c'est servir le monde.

Dans la collection Les Cahiers Rouges

Alexis (Paul), **Céard** (Henry), **Hennique** (Léon), **Huysmans** (JK), **Maupassant** (Guy de), **Zola** (Émile)	*Les Soirées de Médan*
Andreas-Salomé (Lou)	*Friedrich Nietzsche à travers ses œuvres*
Arbaud (Joseph d')	*La Bête du Vaccarès*
Audiberti (Jacques)	*Les Enfants naturels* ■ *L'Opéra du monde*
Audoux (Marguerite)	*Marie-Claire suivi de l'Atelier de Marie-Claire*
Augiéras (François)	*L'Apprenti sorcier* ■ *Domme ou l'essai d'occupation* ■ *Un voyage au mont Athos* ■ *Le Voyage des morts*
Aymé (Marcel)	*Clérambard* ■ *Vogue la galère*
Barbey d'Aurevilly (Jules)	*Les Quarante médaillons de l'Académie*
Baudelaire (Charles)	*Lettres inédites aux siens*
Bayon	*Haut fonctionnaire*
Beck (Béatrix)	*La Décharge* ■ *Josée dite Nancy*
Becker (Jurek)	*Jakob le menteur*
Begley (Louis)	*Une éducation polonaise*
Benda (Julien)	*Tradition de l'existentialisme* ■ *La Trahison des clercs*
Berger (Yves)	*Le Sud*
Berl (Emmanuel)	*La France irréelle* ■ *Méditation sur un amour défunt* ■ *Rachel et autres grâces*
Berl (Emmanuel), **Ormesson** (Jean d')	*Tant que vous penserez à moi*
Bernard (Tristan)	*Mots croisés*
Bibesco (Princesse)	*Catherine-Paris* ■ *Le Confesseur et les poètes*
Bierce (Ambrose)	*Histoires impossibles* ■ *Morts violentes*
Bodard (Lucien)	*La Vallée des roses*
Bosquet (Alain)	*Une mère russe*
Brenner (Jacques)	*Les Petites filles de Courbelles*
Breton (André), **Deharme** (Lise), **Gracq** (Julien), **Tardieu** (Jean)	*Farouche à quatre feuilles*
Brincourt (André)	*La Parole dérobée*
Bukowski (Charles)	*Au sud de nulle part* ■ *Factotum* ■ *L'amour est un chien de l'enfer (t1)* ■ *L'amour est un chien de l'enfer (t2)* ■ *Le Postier* ■ *Souvenirs d'un pas grand-chose* ■ *Women*
Burgess (Anthony)	*Pianistes*
Butor (Michel)	*Le Génie du lieu*
Caldwell (Erskine)	*Une lampe, le soir…*
Calet (Henri)	*Contre l'oubli* ■ *Le Croquant indiscret*
Capote (Truman)	*Prières exaucées*
Carossa (Hans)	*Journal de guerre*

Gadda (Carlo Emilio)	*Le Château d'Udine*
Galey (Matthieu)	*Les Vitamines du vinaigre*
Gallois (Claire)	*Une fille cousue de fil blanc*
García Márquez (Gabriel)	*L'Automne du patriarche* ■ *Chronique d'une mort annoncée* ■ *Des feuilles dans la bourrasque* ■ *Des yeux de chien bleu* ■ *Les Funérailles de la Grande Mémé* ■ *L'Incroyable et triste histoire de la candide Erendira et de sa grand-mère diabolique* ■ *La Mala Hora* ■ *Pas de lettre pour le colonel* ■ *Récit d'un naufragé*
Garnett (David)	*La Femme changée en renard*
Gauguin (Paul)	*Lettres à sa femme et à ses amis*
Genevoix (Maurice)	*La Boîte à pêche* ■ *Raboliot*
Ginzburg (Natalia)	*Les Mots de la tribu*
Giono (Jean)	*Colline* ■ *Jean le Bleu* ■ *Mort d'un personnage* ■ *Naissance de l'Odyssée* ■ *Que ma joie demeure* ■ *Regain* ■ *Le Serpent d'étoiles* ■ *Un de Baumugnes* ■ *Les Vraies richesses*
Giraudoux (Jean)	*Adorable Clio* ■ *Bella* ■ *Eglantine* ■ *Lectures pour une ombre* ■ *La Menteuse* ■ *Siegfried et le Limousin* ■ *Supplément au voyage de Cook*
Glaeser (Ernst)	*Le Dernier civil*
Gordimer (Nadine)	*Le Conservateur*
Goyen (William)	*Savannah*
Guéhenno (Jean)	*Changer la vie*
Guilbert (Yvette)	*La Chanson de ma vie*
Guilloux (Louis)	*Angélina* ■ *Dossier confidentiel* ■ *Hyménée* ■ *La Maison du peuple*
Groult (Benoîte)	*Ainsi soit-elle*, précédé de *Ainsi soient-elles au XXIe siècle*
Gurgand (Jean-Noël)	*Israéliennes*
Haedens (Kléber)	*Adios* ■ *L'Été finit sous les tilleuls* ■ *Magnolia-Jules/L'école des parents* ■ *Une histoire de la littérature française*
Halévy (Daniel)	*Pays parisiens*
Hamsun (Knut)	*Au pays des contes* ■ *Vagabonds*
Heller (Joseph)	*Catch 22*
Hémon (Louis)	*Battling Malone, pugiliste* ■ *Monsieur Ripois et la Némésis*
Herbart (Pierre)	*Histoires confidentielles*
Hesse (Hermann)	*Siddhartha*
Istrati (Panaït)	*Les Chardons du Baragan*
James (Henry)	*Les Journaux*
Jardin (Pascal)	*Guerre après guerre* suivi de *La guerre à neuf ans*
Jarry (Alfred)	*Les Minutes de Sable mémorial*
Jouhandeau (Marcel)	*Les Argonautes* ■ *Elise architecte*

Jullian (Philippe), **Minoret** (Bernard) — *Les Morot-Chandonneur*

Jünger (Ernst) — *Rivarol et autres essais* ■ *Le contemplateur solitaire*

Kafka (Franz) — *Journal* ■ *Tentation au village*

Kipling (Rudyard) — *Souvenirs de France*

Klee (Paul) — *Journal*

La Varende (Jean de) — *Le Centaure de Dieu*

La Ville de Mirmont (Jean de) — *L'Horizon chimérique*

Lanoux (Armand) — *Maupassant, le Bel-Ami*

Laurent (Jacques) — *Croire à Noël* ■ *Le Petit Canard*

Le Golif (Louis-Adhémar-Timothée) — *Cahiers de Louis-Adhémar-Timothée Le Golif, dit Borgnefesse, capitaine de la flibuste*

Léautaud (Paul) — *Bestiaire*

Lenotre (G.) — *Napoléon – Croquis de l'épopée* ■ *La Révolution française* ■ *Versailles au temps des rois*

Levi (Primo) — *La Trêve*

Lilar (Suzanne) — *Le Couple*

Lowry (Malcolm) — *Sous le volcan*

Mac Orlan (Pierre) — *Marguerite de la nuit*

Maeterlinck (Maurice) — *Le Trésor des humbles*

Maïakowski (Vladimir) — *Théâtre*

Mailer (Norman) — *Les Armées de la nuit* ■ *Pourquoi sommes-nous au Vietnam ?* ■ *Un rêve américain*

Maillet (Antonine) — *Les Cordes-de-Bois* ■ *Pélagie-la-Charrette*

Malaparte (Curzio) — *Technique du coup d'État*

Malerba (Luigi) — *Saut de la mort* ■ *Le Serpent cannibale*

Mallea (Eduardo) — *La Barque de glace*

Malraux (André) — *La Tentation de l'Occident*

Malraux (Clara) — *...Et pourtant j'étais libre* ■ *Nos vingt ans*

Mann (Heinrich) — *Professeur Unrat (l'Ange bleu)* ■ *Le Sujet!*

Mann (Klaus) — *La Danse pieuse* ■ *Mephisto* ■ *Symphonie pathétique* ■ *Le Volcan*

Mann (Thomas) — *Altesse royale* ■ *Les Maîtres* ■ *Mario et le magicien* ■ *Sang réservé*

Mauriac (Claude) — *Aimer de Gaulle* ■ *André Breton*

Mauriac (François) — *Les Anges noirs* ■ *Les Chemins de la mer* ■ *De Gaulle* ■ *Le Mystère Frontenac* ■ *La Pharisienne* ■ *La Robe prétexte* ■ *Thérèse Desqueyroux*

Mauriac (Jean) — *Mort du général de Gaulle*

Maurois (André) — *Ariel ou la vie de Shelley* ■ *Le Cercle de famille* ■ *Choses nues* ■ *Don Juan ou la vie de Byron* ■ *René ou la vie de Chateaubriand* ■ *Les Silences du colonel Bramble* ■ *Tourguéniev* ■ *Voltaire*

Mistral (Frédéric) — *Mireille/Mirèio*

Cet ouvrage a été imprimé
en mai 2010 par

CPi

FIRMIN-DIDOT

27650 Mesnil-sur-l'Estrée
N° d'édition : 16246
N° d'impression : 100298
Dépôt légal : juin 2010

Imprimé en France